W0333674

ANNE GRIESSER (Hrsg.)

Schwarzwald morbid

UNHEIMLICH KRIMINELL Sie duften nach Abenteuer, verzaubern mit ihrem morbiden Charme, erwecken die Neugier und die Lust auf längst vergangene Zeiten. Verlorene und vergessene Orte üben eine magische Anziehungskraft auf die Menschen aus. In ehemaligen Luxushotels, halb verfallenen Schlössern, verlassenen Kliniken oder alten Fabriken lauert die Ästhetik des Verfalls. Der Schwarzwald ist besonders reich an solchen Orten. Dass Lost Places auch dunkle Geheimnisse bergen, versteht sich dabei fast von selbst.

14 Autorinnen und Autoren haben ihren ganz persönlichen Blick hinter die Kulissen dieser versunkenen Plätze gerichtet. Die Leserinnen und Leser erfahren von Urban Explorern, die auf Unerwartetes stoßen, von vergessenen Verbrechen, die erst nach langer Zeit ans Tageslicht kommen, von unheimlichen Ereignissen, verborgenen Schätzen und raffinierten Ganoven. Zusätzlich erhalten sie spannende Hintergrundinformationen zu den verlorenen Orten.

© privat

Anne Grießer ist im badischen Odenwald geboren und aufgewachsen. Sie studierte Bibliothekswesen, Ethnologie und Literaturwissenschaft in Stuttgart, Köln und Freiburg. Nach einigen Ausflügen in die seriöse Berufswelt (Redakteurin, Lektorin, Buchhändlerin, Reiseleiterin) lebt sie heute ihre kriminelle Ader auf dem Papier, auf der Bühne und bei Krimiwanderungen im Schwarzwald aus. Neben Kurzgeschichten, Theaterstücken sowie zeitgenössischen und historischen Romanen schreibt die in Freiburg lebende Autorin auch Reiseführer und Sachbücher zu kulturgeschichtlichen Themen. Sie ist Initiatorin des Schreibwettbewerbs Freiburger Krimipreis.
www.anne-griesser.de

ANNE GRIESSER (Hrsg.)

Schwarzwald morbid

KRIMIS

GMEINER

Personen und Handlung sind frei erfunden.
Ähnlichkeiten mit lebenden oder toten Personen
sind rein zufällig und nicht beabsichtigt.

Immer informiert

Spannung pur – mit unserem Newsletter informieren wir Sie
regelmäßig über Wissenswertes aus unserer Bücherwelt.

Gefällt mir!

Facebook: @Gmeiner.Verlag
Instagram: @gmeinerverlag
Twitter: @GmeinerVerlag

Besuchen Sie uns im Internet:
www.gmeiner-verlag.de

© 2023 – Gmeiner-Verlag GmbH
Im Ehnried 5, 88605 Meßkirch
Telefon 07575/2095-0
info@gmeiner-verlag.de
Alle Rechte vorbehalten
1. Auflage 2023

Lektorat: Anne Grießer
Herstellung: Mirjam Hecht
Umschlaggestaltung: U.O.R.G. Lutz Eberle, Stuttgart
unter Verwendung eines Fotos von: © Fritschk / shutterstock.com
Druck: GGP Media GmbH, Pößneck
Printed in Germany
ISBN 978-3-8392-0413-9

INHALT

VORWORT

Verlorene Orte – schon der Begriff duftet nach Geheimnis und Abenteuer, nach spannenden Geschichten aus Gegenwart und Vergangenheit. Nach einem Hauch von Nervenkitzel.

Unter Lost Places versteht man gemeinhin Häuser und Gebäudekomplexe, die früher einem bestimmten Zweck dienten (Wohnhaus, Hotel, Industrieanlage, Bahnhof …) und irgendwann verlassen und dem Verfall anheimgegeben wurden. Im weiteren Sinne zählen auch frühe Kultstätten und mystische Plätze dazu. Die Faszination dieser Orte liegt u.a. in ihrem morbiden Charme, im Nebeneinander von Zivilisation und Wildnis, von Mensch und Natur. Wo vor Jahrzehnten noch der gewöhnliche Alltag seinen Lauf nahm, haben mittlerweile Schimmel, Pflanzen und Moder die Oberhand gewonnen. Der Putz bröckelt, Tapeten lösen sich von den Wänden, Gebrauchsgegenstände faulen vor sich hin.

Seit einigen Jahren hat sich eine regelrechte Szene etabliert, die solche Lost Places besucht und ihre einzigartige Stimmung in Fotografien festhält. Die genaue Lage der verlorenen Orte wird von Urban Explorern, wie sie sich im internationalen Jargon nennen, streng geheim gehalten – vor allem, um dem Vandalismus keine Pforte zu öffnen. Nicht immer haben sich Neugierige im Vorfeld eine Erlaubnis zum Aufenthalt am Lost Place eingeholt.

Denn auch das macht ein Stück Faszination aus: der Reiz des Verbotenen.

Es liegt auf der Hand, dass solche Plätze die Fantasie von Autorinnen und Autoren anregen. Und so waren wir uns im Verein Freiburger Krimipreis e.V. im Jahr 2022 sehr schnell einig, als es um die Themensuche unseres Schreibwettbewerbes ging: Krimis rund um verlorene Orte im Schwarzwald.

Uns erreichte eine Fülle von Einsendungen der unterschiedlichsten Art, manchmal verschwamm die Genregrenze zwischen Krimi und Spukgeschichte, was nicht weiter überrascht. Auch gab es ausgesprochene Lieblings-Lost Places. Die ehemalige Volksheilstätte Charlottenhöhe zum Beispiel, oder das Hotel Alexanderschanze. Absoluter Spitzenreiter in der Beliebtheitsskala war das ehemalige Grandhotel Waldlust bei Freudenstadt. Deshalb sind dieser Location auch drei Geschichten im Buch gewidmet.

Neben den drei Siegerstorys schafften es noch sieben weitere Wettbewerbsbeiträge in die Anthologie. Entstanden ist eine bunte Mischung aus Kriminalgeschichten, unheimlichen Erzählungen und humorvollen Storys.

Ich wünsche nun allen Freundinnen und Freunden des gepflegten Grusels viel Vergnügen bei der Lektüre von *Schwarzwald morbid!*

Anne Grießer, im Oktober 2022

NORDSCHWARZWALD

Im nördlichen Schwarzwald befinden sich einige der berühmtesten Lost Places Baden Württembergs. Entlang der Schwarzwaldhochstraße sind es vor allem verlassene und dem Verfall anheimgegebene ehemalige Luxushotels, die sich wie dunkle Perlen an einer Kette aufreihen. Das ehemalige Schlosshotel Bühlerhöhe beispielsweise, die Alexanderschanze und der vielleicht bekannteste Lost Place, das Grandhotel Waldlust in Freudenstadt, um nur ein paar zu nennen.

Ebenso berühmt-berüchtigt wie die Hotels ist die ehemalige Volksheilstätte Charlottenhöhe bei Calmbach – heute ein Paradies für Fotobegeisterte und Schimmelpilze. Doch auch alte Kultplätze und Naturdenkmäler, um die sich schaurige Legenden ranken, finden sich zuhauf.

Verlorene Orte im Nordschwarzwald scheinen besonders gern von Gespenstern, den Dämonen der Vergangenheit und Spukerscheinungen aller Art heimgesucht zu werden. Zumindest, wenn man den folgenden Geschichten Glauben schenken will!

DIE BAND

ANJA PUHANE

Es war ein sonniger Frühlingstag. Genau richtig für einen Spaziergang und den Besuch eines Cafés. Trotzdem zögerte Tom, überlegte einen Moment, den Wanderparkplatz links liegen zu lassen. Die nächste Auffahrt zur Autobahn zu nehmen und einfach wieder zurück ins Rheinland zu fahren, wo er mittlerweile lebte.

»Es wird Ihnen gut tun, mit der Vergangenheit abzuschließen. Einen letzten Blick darauf zu werfen, genau das konnten Sie ja damals nicht«, hatte seine Therapeutin gesagt. »Dann können Sie auch wieder gut schlafen.«

Ihre Zuversicht hätte er gerne geteilt. Immerhin war es fast fünfundzwanzig Jahre her, dass er zum letzten Mal gut geschlafen hatte. Das war an dem Tag gewesen, als es passierte. Oder vielmehr in der Nacht. Damals waren Tage und Nächte ohnehin ineinander übergegangen. Vieles in der Dämmerung zwischen Rausch und Schlaf untergegangen. Vermutlich war es die Strafe für seine Exzesse gewesen, wäre alles anders gelaufen, wenn er nicht so viel gesoffen und gekifft hätte. Ellen würde noch leben und er hätte nicht über zwanzig Jahre hinter Gittern verbracht. Vielleicht hätten sie Karriere gemacht. Vielleicht geheiratet. Nicht einander, nein, Ellen den schönen Nico und er die süße, kleine Nina.

Nina. Er spürte, wie die Galle hochstieg, schmeckte den sauren Verrat auf der Zunge. Dieses dämliche, eifersüchtige Mädchen. Ihr musste doch vollkommen klar gewesen sein, dass die Sache mit Ellen nichts bedeutete.

An dieser Stelle seines Berichts hatte die Therapeutin gelacht. »Sie verstehen immer noch nicht viel von Frauen«, stellte sie fest.

»Aber wir haben doch alle, ich meine, das war doch nur Spiel«, hatte er lahm erwidert.

»Betrug ist Betrug, wenn diese Nina wirklich in Sie verliebt war, wie Sie vermuten, dann hat es sie schwer getroffen, dass sie mit ihrer besten Freundin geschlafen haben.«

»So gute Freundinnen waren die beiden nicht«, versuchte er klarzustellen. Dann war die Stunde vorbei und er war wieder alleine mit seinen Gedanken.

So wie jetzt. Er stellte den Wagen auf dem Wanderparkplatz ab und konnte sich nicht dazu durchringen, auszusteigen. Saß minutenlang im Auto, während ein belangloser Popsong nach dem anderen an ihm vorbeirauschte. Fragte sich, ob er das wirklich wollte: in die Vergangenheit eintauchen. Der Täter kehrt immer zum Tatort zurück, sagt man. Ihn hatte es nie dorthin gezogen. Sprach das für ihn?

Es war dieser Bericht über Lost Places im Fernsehen, der ihn nicht mehr losgelassen hatte. Auf einer Internetseite hatte er die Bilder von Klein Wildbad gesehen. Sie trafen ihn wie eine Faust in den Magen. Eisig und brennend zugleich. Die Erinnerung war wieder da. Er erkannte ihren Proberaum mit den Eierkartons an den Wänden. Das damals schon versiffte Klo.

Er hatte die Augen geschlossen. Und die Bilder dennoch deutlicher gesehen, als ihm lieb war. Sie wurden lebendig. Er sah wieder die schöne kühle Ellen, lässig an die Wand gelehnt wie ein Model, eine Zigarette im Mundwinkel. Hörte ihre rauchgeschwängerte Stimme hauchen und kreischen. Die wenigen Journalisten, die sich zu ihren Konzerten verirrten, waren ihr verfallen, verglichen sie mit Marianne Faithfull.

Wenn er die Augen fester zusammenkniff, sah er Nico in seinem schwarzen Ledermantel, die dunklen Haare verdeckten halb das bleiche Gesicht. Die Augen blickten immer noch durch ihn hindurch, auf seine Seele, in den hintersten Winkel seines Wesens, dorthin, wo die Angst lauerte.

Und wenn er den Kopf schüttelte, um die Bilder loszuwerden, weil er es nicht mehr aushielt, sah er sie. Nina, die Kleine mit den kurzen dunklen Haaren, die sich im Regen lockten. Nina, ihre Keyboarderin mit der klassischen Klavierausbildung. Die graue Maus mit der glockenhellen Stimme. Die ihn verraten hatte.

Tom fuhr sich mit der Hand über die Stirn. Wie um zu fühlen, ob er Fieber hätte. Er sollte wirklich besser abhauen. Das Ganze war keine gute Idee. Das würde er seiner Therapeutin sagen. Oder noch besser, er würde ihr erzählen, er sei dort gewesen, habe nichts gefühlt und jetzt sei aber auch gut. Schluss, aus.

Er stieg aus. Seine Therapeutin belügt man nicht. So viel war klar. Und unverrichteter Dinge zurückkehren ging auch nicht. Als ob er ein Feigling wäre. Er dachte an ihr Gespräch über Weglaufen und Ausweichen. Nein, er wollte definitiv nicht, dass sie ihn für einen Feigling hielt. Er wollte sich nicht wie einer fühlen.

Seine Füße liefen wie ferngesteuert auf das Gebäude zu, welches in neu renoviertem Glanz erstrahlte und ein schmuckes Café beherbergte. Ihm war, als ob seine unteren Extremitäten ein Eigenleben entwickelten, als ob sein Körper ihm nicht mehr gehorchte. Seine Therapeutin ihn gehackt hätte.

Er betrat das Gebäude, das so gar nicht mehr an die Bruchbude von damals erinnerte. Tom atmete tief durch und gleichzeitig auf. Es stimmte, er fühlte tatsächlich nichts. Er war einfach ein hagerer Mann Mitte vierzig mit immer noch vollem blondem Haar, der an einem Frühlingstag in ein Café im Schwarzwald ging und die Auswahl der Kuchentheke begutachtete. Keiner würde hier das M-Wort rufen, er war einfach ein Gast wie jeder andere.

»Was darf ich Ihnen geben, haben Sie schon gewählt?«, fragte eine glockenhelle Stimme.

»Was würden Sie mir empfehlen?«, entgegnete er und blickte auf. Er sah in braune Augen, ein fein geschnittenes, blasses Gesicht, eingerahmt von dunklen, lockigen Haaren. Sein Magen krampfte sich zusammen. Das konnte nicht sein.

»Wie wäre es mit Mohnkuchen? Den mag ich besonders gerne. Oder lieber Waffeln? Oder ein Stück Liebenzeller Kranz?«

Sie schien nicht zu bemerken, dass ihm die Stimme versagte, zählte einfach weiter die Kuchensorten auf, bis er irgendwann nickte. Sie schaufelte ihm ein Stück auf einen Teller und reichte ihm einen Becher mit Kaffee dazu. Er gab ihr einen Geldschein, ohne auf den Betrag zu achten, wartete nicht auf das Wechselgeld, sondern ging wie in Trance zu einem freien Tisch. Er schaute aus dem Fenster, sah nicht die Landschaft, sondern ihr Gesicht. Seine Hände zitterten, die Kuchengabel entglitt ihm, landete klirrend auf den Holzdielen. Ihm brach der Schweiß aus, er bückte sich nach dem Besteckteil, hörte wie in weiter Ferne eine Stimme sagen: »Ich bringe Ihnen eine neue.«

Er blickte auf und sah die ausgestreckte Hand mit dem Wechselgeld.

»Stimmt so«, murmelte er.

»Danke«, erwiderte sie und errötete. Dann war sie fort, er saß wieder in seinem Sessel, betrachtete die Gabel in seiner Hand wie ein seltenes Insekt. Ein Metalltier, das ihm entwunden und durch ein sauberes ersetzt wurde.

Er hob den Blick. »Nina«, krächzte seine Stimme, die ihm selbst fremd war.

Sie schüttelte den Kopf, lachte: »Nein, ich bin Kristina.«

Natürlich, sie war viel zu jung, auch die Nina von damals musste mittlerweile in den Vierzigern sein.

»Kennen Sie meine Mutter?«

Der nächste Schlag in den Magen. Er merkte, dass die Gabel wieder aus der zitternden Hand zu gleiten drohte, legte sie auf den Teller und seine Hände auf die Oberschenkel. Die Finger krampften sich in den Stoff der Jeans.

Kristina hatte den Blick erwartungsvoll auf ihn gerichtet. Tom nickte. Langsam.

»Aus ihrer Jugend?« Die Frage schlug eine Kluft. Er fühlte sich alt.

»Ja, kann sein, dass ich sie von damals kenne. Ich bin …«, er zögerte, »hier zur Schule gegangen. Vermutlich kenne ich sie. Ja, ich glaube, ich erinnere mich.«

»Ich muss wieder hinter die Theke, aber gleich habe ich ein paar Minuten.« Sie huschte fort, wie eine geschäftige kleine Maus. Wie ihre Mutter.

Tom überlegte, ob er auch einfach davonhuschen sollte. Wie ein Schatten, wie das Gespenst aus der Vergangenheit, das er war. Stattdessen atmete er tief durch und trank seinen Kaffee. Auf den Kuchen hatte er eigentlich keinen Hunger mehr, nahm aber ein paar Bissen. Er schmeckte gut. Sehr gut sogar. Kein bisschen nach Kindheit oder Heimat.

Dann war sie wieder da, setzte sich mit einem Kaffeebecher ihm gegenüber an den Tisch und sah ihn an.

»Sie sind also mit meiner Mutter zur Schule gegangen?«

Tom nickte.

»Wie war sie so?«

»Nett.« Er musste noch nicht einmal lügen.

Sie lachte. »Geht es auch etwas weniger belanglos? Oder war sie das – belanglos?«

»Haben Sie keine Bilder?« Er wich aus, merkte aber, dass er sie genau damit traf.

Sie schüttelte den Kopf. »Irgendetwas muss damals passiert sein. Sie hat alle Bilder weggeworfen.«

Er schwieg. Nicht nur er hatte also seine Jugend verloren.

»Ich habe gehört, dass damals eine ihrer Freundinnen umgebracht wurde. Sie will nicht darüber sprechen. Keiner will darüber reden. Wissen Sie etwas?«

Tom schüttelte den Kopf. »Vermutlich war das, nachdem ich weggezogen bin. Sorry.« Weggezogen. Er kam sich schäbig vor.

Sie schwiegen. Kristina blickte sich um, als ob sie auf heißen Kohlen säße, nach einer Fluchtmöglichkeit suchen würde.

»Und Ihr Vater?«, fragte Tom hastig, wunderte sich, welcher Teufel ihn wohl ritt.

»Kennen Sie den auch?« Kristinas Neugier war wieder geweckt.

»Vielleicht, wenn sie schon zu Schulzeiten zusammen waren. Ich glaube, ich habe sie mit so einem dunkelhaarigen Typ gesehen.« Schon merkwürdig, den einst besten Freund wie jemanden zu beschreiben, den man allenfalls flüchtig kannte.

Kristina kaute auf ihrer Unterlippe.

»Erzählen Sie mir von ihm?«

»Na, ich weiß ja nicht, ob das überhaupt Ihr Vater ist.« Tom zögerte. Vielleicht war das ein guter Augenblick, um dieses merkwürdige Experiment abzubrechen. Nach Hause zu fahren und in sein neues Leben einzutauchen. Statt alten Staub aufzuwirbeln. »Nicolas hieß, ich meine heißt er, genannt Nico«, fuhr er fort. »Groß, blass, dünn. Nicht dumm, aber Schule interessierte ihn nicht wirklich. Er kam gut durch, hätte aber weit mehr erreichen können, wenn er sich angestrengt hätte.« Er dachte daran, wie er oft neidisch auf Nico gewesen war, weil ihm alles zuflog, während er selbst büffeln musste. Wie sie die Musik für sich entdeckt hatten. Nicos Eltern besorgten dem Sohn sofort eine teure E-Gitarre und engagierten einen Lehrer. Tom hingegen kaufte von seinem Ersparten ein gebrauchtes Schlagzeug und brachte sich alles selbst bei. Er bekam Ärger mit seinen Eltern, weil seine Noten schlechter wurden. Der Streit gipfelte darin, dass er einen Teller vom gehüteten Service seiner Mutter zerschlug. Er konnte noch heute den Grenzübertritt von damals fühlen, sah immer noch, wie seine Mutter in Tränen ausbrach, hörte ihr Schluchzen. Erinnerte sich, wie der Vater ihm stumm die Tür gewiesen hatte. Er war zu Nico geflohen. Dessen Mutter hatte den Streit geschlichtet, das Porzellan ersetzt und für beide Nachhilfe und Musikunterricht bezahlt. Tom wohnte eine Weile bei Nico. Sie waren bereit, alles zu teilen, auch die Mädchen. Aber die hatten andere Absichten.

»Und die beiden waren seit der Schulzeit ein Paar?«, unterbrach Kristina seinen Gedankenfluss. Sie sah ihn begierig an, bereit, alle Informationen aufzusaugen. Ihre Finger hatte sie um die Tasse geschlungen, die Knöchel waren weiß.

»Ja, sie waren ein Herz und eine Seele«, log Tom. »Spielten beide in einer Band.«

»Hat Mama auch gesungen? Sie hat mal erwähnt, dass sie gerne Sängerin geworden wäre. Heute singt sie im Kirchenchor.«

Tom schluckte. Kirchenchor, wie unpassend.

»Ja, sie hat gesungen und Keyboard gespielt. Nico Gitarre.«

Er dachte daran, wie Ellen und Nina sich gestritten hatten. Nina hatte die bessere Stimme, glockenhell und klar, aber Ellens Rockröhre passte besser zu ihrer Musik. Sie konnte singen, kreischen, hauchen, alle Emotionen in ihre Stimme legen, alle Register von leise bis ohrenbetäubend ziehen, während Ninas Stimme einfach nur schön war. Und das reichte ihnen nicht.

Wie frustrierend es sein musste, wenn schön zu wenig war. Nina hatte geargwöhnt, dass es an Ellens Optik, den langen blonden Haaren und der lasziven Ausstrahlung lag. Die Antwort war ein beredtes Schweigen gewesen. »Du bist eben kein Shouter«, hatte Ellen gesagt. Tom sah noch vor sich, wie Nina sich wegdrehte. Vermutlich, um ihre Tränen zu verbergen. Oder ihre Wut. Warum hatte eigentlich niemand sie verdächtigt?

»Waren Sie auch in der Band?«

Tom zuckte zusammen. Überlegte, wie viel Kristina wusste, was ihre Mutter vielleicht doch erzählt hatte. Was sie woanders gehört hatte. Egal, Fragen zogen Fragen, zogen Antworten, zogen Fragen nach sich. Er kannte das. Und schüttelte den Kopf.

»Wie gesagt, ich bin direkt nach dem Abi fortgezogen.«

»Oh, wohin denn?«

Heikle Frage. »Berlin«, log er. Das war wenigstens groß genug.

»Spannend. Zum Studium?«

Tom nickte.

»Was denn?«

»Architektur.« Noch eine Lüge. Tatsächlich war es sein Plan gewesen. In dem Leben davor. Wenn sie weitere Fragen stellte, würde er am Ende noch sein ideales Leben erfinden. Und das würde schmerzen. Also musste er dringend das Thema wechseln.

»Was macht Ihr Vater denn heute?«

Diesmal zuckte Kristina zusammen.

»Tot.«

»Oh, tut mir leid.« Es war nicht gelogen.

Kristina schüttelte leicht den Kopf. »Konnten Sie ja nicht wissen. Wir hatten aber schon lange keinen Kontakt mehr, als er gestorben ist.« Eine winzige Pause vor *gestorben*. Sie presste die Lippen zusammen, senkte den Kopf. »Er hat uns früh verlassen. Vor meinem vierten Geburtstag. Sagte, dass ihm das zu eng sei. Ist nach München gezogen. Hat wohl irgendwas mit Musik und Kunst studiert. Oder Film. Seine Eltern waren ja reich.«

Sie spie die Worte förmlich aus. Wie ihre Mutter früher, wenn sie sich ungerecht behandelt fühlte.

»Irgendwann erzählte Mama mir dann, dass er tot sei. Autounfall. Na ja, immerhin hat seine Familie weiter gezahlt, auch wenn sie nicht wirklich was mit uns zu tun haben wollte.« Sie schluckte und stand auf. »Ich muss jetzt weiterarbeiten.«

Tom blickte nachdenklich in seine leere Tasse. Die Kaffeereste begannen zu trocknen. Er überlegte, sich noch einen zu holen, konnte sich aber nicht aufraffen. Eigentlich brauchte er etwas Stärkeres. Ellen tot. Nico tot. Nina vermutlich verbittert und er orientierungslos. Er überlegte, ob er Nina einen Besuch abstatten sollte. Aber was sollte das bringen? Frieden? Wem?

»Wo wohnt Ihre Mutter? Ich würde sie gerne besuchen. Oder arbeitet sie auch hier?«

Kristina blickte ihn über die Kuchentheke hinweg an, auf ihrer Stirn bildete sich eine Falte. »Nein, sie kommt nie hierher. Aber wenn Sie meine Mutter kennen, dann wissen Sie wohl auch, wo sie wohnt. Daran hat sich nichts geändert.«

Tom spürte einen Kloß im Hals und hatte das Bedürfnis, die Flucht zu ergreifen. »Es ist lange her, so gut kannte ich sie nicht. Ich erinnere mich dunkel, wo ihre Eltern wohnten.«

»Dann wissen Sie ja alles.« Ihr Blick sagte, dass sie ihm nicht glaubte, ahnte, wer er war. Und warum er nicht hier sein sollte. Einen Moment dachte er, wieder in der alten Bruchbude zu stehen und nicht in dem hellen, freundlichen Café. Ob sie schon mit ihrer Mutter gesprochen hatte, brühwarm am Telefon von ihm, seinen Fragen und seinen Antworten berichtet hatte? Und Nina sie gewarnt hatte? Dass man ihm nicht trauen könne.

Blödsinn, beruhigte er sich. Sie ist einfach eine verunsicherte junge Frau, der niemand von den Vorkommnissen erzählt hat und die jetzt argwöhnt, dass er auch nicht mit offenen Karten spielt. Womit sie recht hat.

»Also wohnt sie noch dort«, murmelte er.

Eine Viertelstunde später stand er vor Ninas Tür, zögerte. Drückte dann energisch auf den Klingelknopf.

Nina erkannte ihn sofort. Ihr Erstaunen schien echt.

»Tom?«, sagte sie in einer Mischung aus Überraschung und Entsetzen. »Was willst du?«

Ja, was wollte er? Tom versuchte es mit der Wahrheit. »Reden. Mit der Vergangenheit abschließen. Frieden finden.«

»Und dafür brauchst du mich?« Um ihren Mund lag ein Zug, den er von früher nicht kannte. Die kleinen Falten machten sie hässlich und alt.

Sie standen sich gegenüber. Er draußen, sie drinnen. Sie blickte misstrauisch auf die Nachbarhäuser, dann bat sie ihn hinein. Sie setzten sich an den Küchentisch. Nina bot ihm etwas zu trinken an. Er bat um ein Wasser.

»Ich hab aber nur Leitungswasser.«

»Passt.«

Tom sah zu, wie sie ein Glas aus dem Hahn füllte. Zumindest konnte sie daran nichts manipulieren, dachte er und fragte sich, was ihn auf solche Gedanken brachte. Sie war nicht mehr die Nina von früher.

»Also, was willst du?«, fragte sie und stellte das Glas hart auf den Tisch.

»Antworten.«

»Dann frag.« Sie verschränkte die Arme vor der Brust.

Er schwieg. Wusste nicht mehr, wo er beginnen sollte. »Erzähl mir von Nico.«

»Nico? Da gibt es nicht viel zu erzählen. Er tröstete mich. Wegen dir. Wegen Ellen. Aber das weißt du.«

So etwas Ähnliches hatte sie schon vor Gericht gesagt. Tom grübelte. Genau. Nico sei ihr Halt. Er habe sie aufgefangen, nachdem sie Ellen gefunden hatte. Tom konnte sich noch daran erinnern. Ninas Schrei. Wie sie sich in Nicos Arme gestürzt und geschluchzt hatte. Dann war Tom in den Toilettenraum gegangen. Dort hatte Ellen gelegen. Mit hochgeschobenem Rock, zerrissener Strumpfhose und entblößten Brüsten. Und mit eingeschlagenem Kopf. Das Blut war überall. Tom hatte minutenlang auf die Leiche gestarrt. Stumm. Das hatten sie später gegen ihn verwendet.

»Warum hast du dich damals in seine Arme geworfen?«

Sie blitzte ihn an. »Das habe ich doch schon gesagt. Weil ich dich gesehen hatte. Und mir direkt klar war, dass du sie umgebracht hast.«

»Aber du kannst mich nicht gesehen haben. Weil ich es nämlich nicht war. Weil ich zu der Zeit, als du mich gesehen haben willst, auf der Veranda lag und meinen Rausch ausgeschlafen habe. Also, warum hast du gelogen?«

Sie sah ihn trotzig an. »Sie haben Spuren von dir gefunden.« Sie sprach es nicht aus, aber er wusste, welche Flüssigkeiten sie meinte. Er schwieg. Sie schwieg.

Nach einer Weile räusperte sie sich, sprach weiter: »Ich habe dich gesehen. Vorher. Du bist zu ihr gegangen. Ich habe euch gesehen. Zusammen.«

Der Schatten. Plötzlich fiel ihm wieder ein, wie Ellen aufgeschreckt war, weil sie angeblich am Fenster etwas gesehen hatte. Nina.

»Du warst eifersüchtig?«

Nina nickte trotzig.

»Und deshalb schickst du jemanden für 25 Jahre ins Gefängnis? Für deine kleine, dumme Eifersucht?«

Er hatte Nina gemocht. Mehr als das. Aber er war auch Ellens Reizen verfallen. Genauso wie Nico. Es war ein Spiel. Ohne Sieger und Verlierer. Hatte er gedacht. Und nun stellte er fest, dass es nur Verlierer gab.

»Und Nico? Warum hat er gelogen?«

Nina grinste. Diabolisch, fand er.

»Er war danach bei ihr. Als man sie fand, geriet er in Panik. Beschwor mich, zu sagen, dass wir die ganze Nacht zusammen verbracht hätten.«

Tom schluckte. »Nico? Aber man hat von ihm keine Spuren gefunden.«

Ninas Grinsen wurde breiter. »Ellen hat ihn abgewiesen. Das gab ihm ein Motiv. Ein sehr gutes Motiv. Der verwöhnte, reiche Junge bekommt mal nicht, was er will. Er war schlau genug, das sofort zu erkennen. Als ich sagte, dass ich dich gesehen hatte, war er erleichtert. Wir beschlossen, beide zu erzählen, dass wir die ganze Nacht zusammen waren. Um irgendwelchen Spekulationen vorzubeugen.«

Verräterin, dachte Tom. Das Wort kreiste in seinem Hirn. Gemeinsam mit einem anderen Gedanken. »Hattest du nie den Verdacht, dass er es war? Das wäre naheliegend gewesen. Und du wusstest, dass ich es nicht war.«

Sie zuckte die Schultern. »Woher sollte ich das wissen? Aus meiner Sicht konntest du es sehr wohl gewesen sein. Bei Nico war ich mir ziemlich sicher, dass er es nicht war. Du warst für mich in dem Moment verloren, als ich euch sah, dich und Ellen. Nico war dankbar, dass ich ihm ein Alibi gab, das er nicht brauchte. Sehr dankbar.«

»Er hat dich verlassen.«

Nina lächelte. Abermals war dieser hässliche Zug um ihren Mund.

»Wir merkten beide, dass es nicht passte.«

Wieder schwiegen sie. Tom trank einen Schluck.

»Hast du nie daran gedacht, deine Aussage zu ändern? Es hätte mir viele Jahre im Knast ersparen können. Jahre, in denen er frei herumlief. Du hast möglicherweise einen Mörder gedeckt. Ist dir das klar?«

»Er ist der Vater meiner Tochter. Ist dir das klar? Außerdem habe ich dir schon gesagt, dass ich mir sicher war, dass er es nicht gewesen sein konnte.«

Beide blickten sich still in die Augen.

»Aber er war nicht da. Genau wie ich.«

Nina sah ihn an. »Du hättest da sein können. Wir hätten ein schönes Leben haben können. Aber du hast es zerstört.«

Tom betrachtete sie. Fünfundzwanzig Jahre Verbitterung. Da war sein Erbe aus dem Gefängnis fast leichter zu ertragen.

»Eine letzte Frage: Wie ist er gestorben?«

»Autounfall.« Ihr Gesichtsausdruck machte klar, dass das Gespräch für sie beendet war.

Er schwieg und sah auf den Tisch. Tiefe Kerben zogen sich durch das Holz. Tom trank sein Wasser und verabschiedete sich.

Eine halbe Stunde später betrat er Nicos Elternhaus. Dessen Mutter sah ihn erst erstaunt, dann ernst an und bat ihn ins Wohnzimmer.

»Entschuldigen Sie, Frau Hellmaier, wenn ich Sie so überfalle.« Tom überlegte, ob die Worte gut gewählt waren. Dann sprach er weiter. »Ich bin damals nicht mehr dazu gekommen, mich bei Ihnen zu bedanken, für all das, was Sie für mich getan haben. Bevor …«, er stockte, »es passierte.«

Sie nickte. »Schon gut, Tom. Ich darf doch noch Tom sagen? Ich habe es gerne getan. Für Nico und dich. Schade, dass es so endete. Ich habe es nie verstanden. Konnte es mir einfach nicht vorstellen. Das habe ich damals im Prozess ja auch gesagt. Genauso wenig konnte ich mir vorstellen, dass Nico etwas damit zu tun hatte.« Sie lächelte. »Allerdings wusste ich natürlich, dass er jähzornig werden konnte, wenn er seinen Willen nicht bekam. Er erzählte mir, dass er einen Filmriss hatte. Die ganze Nacht herumgelaufen und irgendwann in seinem Auto aufgewacht sei. Er war sich selbst nicht sicher. Es hat ihn all die Jahre gequält. Dieser Verdacht, dass etwas an der Geschichte nicht stimmte. Deshalb ist er fortgegangen. Hat irgendwie versucht, es zu verarbeiten.« Sie sah Tom an. »Du fragst dich bestimmt, warum ich dir das erzähle. Nun, vor sieben Jahren tauchte Nico unangekündigt hier auf und sagte mir, ihm sei etwas klar geworden. Vier Leute wart ihr. Die Einzige, auf die kein Verdacht fiel, war sehr erpicht darauf, ihn zu decken und dich zu beschuldigen. Anfangs dachte er, weil es die Wahrheit war. Dann dachte er, es wäre, weil er im Gegensatz zu dir nett zu ihr gewesen ist, nachdem du sie so enttäuscht hattest. Dann quälte sie ihn mit ihrer Eifersucht, ihrer Paranoia, sodass er sie schließlich verließ. Mit den Jahren hat er die Geschichte, wie sie wirklich passiert ist, wohl Stück für Stück zusammengesetzt. Und ihm ist etwas eingefallen, worüber er mit ihr sprechen wollte. Danach habe ich ihn nicht mehr gesehen. Nina sagte, er sei nie bei ihr gewesen, nie dort angekommen. Er wurde auf der Landstraße überfahren. Hatte anscheinend eine Autopanne und wurde von einem Betrunkenen erwischt. Man hat nie herausgefunden, wer es war.«

Tom sah sie ungläubig an.

»Ich bin mit meinem Verdacht zur Polizei gegangen. Habe so lange auf sie eingeredet, bis sie Ninas Auto untersucht haben. Es war repariert worden. Angeblich nach einem Wildunfall. Nina wollte mich anschließend wegen Verleumdung anzeigen.«

Sie senkte den Blick, schwieg einen Moment. »Ich habe dafür gesorgt, dass Kristina Nicos Erbe bekommt. Dann war auch Nina ruhig. Obwohl ich sichergestellt habe, dass kein Cent an sie geht.«

»Aber haben Sie Nicos Verdacht nie der Polizei gegenüber geäußert?«

»Doch, aber ich hatte keine Beweise. Nur ein paar Andeutungen von Nico. Er sagte, dass er gesehen hat, wie sie einen Stein in die Nagold warf. Den findet heute keiner mehr. Und selbst wenn, gäbe es keine Spuren mehr. Die hat die Nagold abgewaschen.«

Sie blickte auf ihre Hände, die sie im Schoß verschränkt hatte.

»Ich bin sicher, dass sie irgendwann ihre gerechte Strafe bekommt. Aber wir wollen sie nicht richten.«

Tom schluckte. »Ich weiß nicht, ob ich das so sehen kann. Es einfach hinnehmen kann.«

»Schließe Frieden, lebe dein neues Leben. Das ist das Beste, was du tun kannst. Alles andere reißt nur alte Wunden auf«, sagte sein Gegenüber.

Er betrachtete sie. Eva Hellmaier, eine gut situierte Frau. Aber auch eine Mutter, die ihren Sohn verloren hatte. Vermutlich lange, bevor er tatsächlich starb. Die Falten hatten sich tief in ihr Gesicht eingegraben. Das konnte keine Pflegecreme übertünchen.

»Es ist deine Entscheidung«, sagte sie nach einer Weile. »Wir können es nicht beweisen. Nina wird es niemals zugeben. Und da ist auch noch Kristina, deren Leben es ebenfalls zerstören würde, wenn wir die Sache jetzt aufwühlen.«

Tom verstand. Der Sohn war nicht mehr da, konnte nicht mehr zurückgeholt werden, also konzentrierte Frau Hellmaier ihre Fürsorge auf die Enkelin.

Nachdem Tom sich verabschiedet hatte, fuhr er zurück zum Wanderparkplatz und ging zu dem Gebäude, das so schicksalhaft für sie alle gewesen war. Das von einem Ort der Flucht aus dem Alltag, der Kreativität, der unbeschwerten Jugend zu einem Albtraum geworden war, der sie nicht losgelassen hatte. Tom schloss die Augen und ging in Gedanken noch einmal durch die Proberäume. Sah Nico, wie er eine Melodie auf der Gitarre übte. Eine Falte auf der Stirn, die aber nicht vom Kummer kam, sondern reine Konzentration war. Tom ließ den Blick über sein Schlagzeug, die Eierkartons an den Wänden wandern. Dann stattete er Nina in der Küche einen Besuch ab. Sie kochte Kaffee. Auch auf ihrer Stirn war eine Falte. Sie schien sich wieder einmal über irgendetwas geärgert zu haben. Es fiel Tom jetzt erst auf, dass sie ständig über etwas erbost gewesen war, sich ungerecht behandelt gefühlt hatte. Er wandte sich ab, ging wieder in den Proberaum. Ellen saß lässig auf einer der weißen Bänke, summte Nicos Melodie mit, zog an ihrer Zigarette. Ihre Stirn war glatt, als sie sich zu ihm drehte, lächelte und das Victory-Zeichen machte. Eine warme Welle durchströmte Toms Körper. Er öffnete die Augen.

Das Badhaus war erleuchtet, leichte Jazz-Klänge wehten herüber. Pfeifend ging Tom zurück zum Parkplatz.

Er sah den Wagen erst, als die Scheinwerfer aufblendeten. Fühlte sich wie ein Reh für einen Moment unfähig, sich zu bewegen. Dann war das also das Ende? Er bekam einen harten Stoß in die Seite, flog ins Gebüsch. Schnappte nach Luft. Durch die Blätter und Zweige sah er, dass das Fahrzeug angehalten hatte. Hörte, wie eine Tür sich öffnete und Schritte näher kamen. Mühsam rappelte er sich auf, sein Bein schmerzte, aber er konnte sich bewegen.

Nina wartete auf dem Parkplatz. Sah ihm zu, wie er sich einen Weg durch die Büsche bahnte. Dann standen sie sich gegenüber, die Frau ging Tom gerade bis zur Brust.

»Warum?«, fragte er.

Sie lachte. »Das weißt du doch. Ellen sollte weder dich noch Nico kriegen. Die schöne Ellen. Ha! Schönheit ist vergänglich.«

»Hass wohl nicht«, erwiderte Tom. Er wunderte sich selbst über seine Ruhe.

Nina schüttelte den Kopf, grinste. »Nico hatte sich alles zusammengereimt. Hat ziemlich lange dafür gebraucht. Angeblich war ihm nach Jahren wieder eingefallen, dass er gesehen hatte, wie ich die Tatwaffe in die Nagold warf.« Sie lachte. »Eigentlich hätte ich mir deswegen keine Sorgen machen müssen. Aber Kristina war damals noch so klein. Sie durfte mich doch nicht verlieren. Und wer weiß, wenn Nico wirklich zur Polizei gegangen wäre, dann hätten die alles wieder ans Licht gezerrt, keine Ahnung, ob ich das durchgehalten hätte. Nein, ich musste handeln.«

Tom schwieg.

»Und was mache ich nun mit dir? Du scheinst ein anderes Kaliber zu sein.« Nina seufzte. Dann ging sie ein paar Schritte auf ihn zu, lächelte, stellte sich auf die Zehenspitzen und gab ihm einen Kuss auf die Wange. »Leb wohl.« Sie lief zu ihrem Wagen, stieg ein und brauste davon.

Tom sah ihr hinterher, schüttelte sich wie ein Hund und sprintete zu seinem eigenen Auto. Ausgerechnet jetzt sprang die alte Karre nicht an. Erst nach mehrfachen Versuchen konnte er starten. Tom trat aufs Gaspedal.

Als er die Rauchsäule sah und den Schrotthaufen, der die Tanne zu umarmen schien, wusste er, dass er zu spät kam.

Nun gab es nur noch ihn.

ZUR GESCHICHTE VON KLEIN WILDBAD – HEUTE BADHAUS 1897

Im Jahr 1897 wurde in Bad Liebenzell das kleine Wildbad erbaut, welches die Funktion eines Volksbades mit Café-Restaurant hatte. Der Betreiber bezeichnete und vermarktete die im Haus befindliche Quelle als Klein-Wildbad-Quelle. Bis ins Jahr 1940 wurde das Gebäude gastronomisch genutzt. Danach stand es für Wohnzwecke, Vereins- und Lagerräume zur Verfügung. Als eine der letzten Nutzungen stellte man dort Proberäume für Bands zur Verfügung, bevor das Gebäude Ende des letzten Jahrhunderts leer stand und dem Verfall preisgegeben wurde. In den Jahren 2015/2016 wurde es von den neuen Besitzern grundlegend saniert. Das denkmalgeschützte Gebäude beherbergt heute wieder ein Café und soll auch ein Treffpunkt für Künstler sein.

Quelle der Informationen sind die Internetseite des Badhaus 1897, der Schwarzwälder Bote (Bad Liebenzell, Geschichte des Gebäudes, Andrea Fisel, 21.07.2016) und die Seite urbexworld.de.

KEIN SCHWARZWALDMÄDEL, KEINE OPERETTE

DANIEL WALTER

A-Seite

I

Er machte es sich auf einer Bank gemütlich und schaute der Sonne zu, die sich, ihrem Untergang geweiht, auf der anderen Rheinseite rot umwölkt in den Vogesen verkroch. Ob er diese Gegenlicht-Atmosphäre einfangen könnte? Er folgte nicht dem Impuls, seine Spiegellose aus der Kameratasche zu holen. Er war hier, um Geld zu verdienen, nicht um sentimental zu werden.

Zuflucht hieß dieser Ort. Hier, genauer gesagt auf der Nachbarbank zu seiner Rechten, hatte er Gudrun damals zum ersten Mal geküsst. Danach kam eine Zeit des schmerzlichen Verliebtseins, eine des schmerzlich öden Alltags, eine des schmerzlichen Verlassenwerdens und eine des größtenteils schmerzfreien Alkoholkonsums. Der übliche Zyklus sequenzieller Monogamie, mit dem er seine Lebenszeit vergeudete. Und jetzt, nach all den Jahren, drückte er sich seinen Hintern auf dieser Bank platt, anstatt seine Arbeit zu tun. Der Name des Ortes grub sich in seinen Gedanken ein. Zuflucht? Suchte er Zuflucht in Erinnerungen? Wovor flüchtete er? Wenn es etwas gab, wovor er flüchten wollte, dann ja wohl gerade vor diesen verdammten Erinnerungen.

Ärgerlich über sich selbst erhob er seinen fast sechzig Jahre alten Körper mit einem Ruck, schnappte seine Tasche und ging zu seinem Auto. Er setzte sich hinters Steuer und betrachtete die Liste mit Zielen für seinen Auftrag, die er sich vor Antritt der Reise im Navigationssystem gespeichert hatte. Die Ruine, die einmal das Hotel Waldlust gewesen war, könnte er noch abklappern, bevor das Licht zu schlecht für seine Kamera wurde. Er musste sich noch eine Unterkunft für die Nacht organisieren, und in Freudenstadt würde dies vermutlich problemlos möglich sein. Im Schlafsack in einem einstürzenden Altbau darauf zu warten, dass der Geist des Jugendstils kettenrasselnd die Mitternachtsstunde verkündete, war nicht sein Ding. Zumal es vermutlich nicht nur höchst unbequem, sondern auch ausgesprochen illegal war, dort zu nächtigen. Wenn dieser Lost Place irgendwo mitten im schwarzen Wald liegen würde, hätte er es vielleicht trotzdem gewagt, um sich die Übernachtungskosten zu sparen. Aber laut Navi war die Waldlust am Stadtrand von Freudenstadt zu finden.

Seine Meinung zum Thema Verlorene Orte war kurz gefasst: Ausgelutscht. Genauso wie er. Aber immerhin handelte es sich um einen Werkvertrag mit garantierter Bezahlung, wenn auch von diesem Stuttgarter Käseblatt, dem von seinen Shareholdern schon lange die Seele ausgehaucht worden war. Das moderne Verlagswesen war eben kein Zuckerschlecken. Ebenso wenig wie das Leben als freier Journalist. Beides war am Rande der Insolvenz angesiedelt und führte selten zu literarischer Qualität.

Trotz seiner notorischen Geldknappheit hätte er den Auftrag fast sausen lassen. Was nicht am Thema lag. Das war ihm herzlich egal. Er hätte auch eine Bilderserie über die langweiligsten Bahnstrecken Süddeutschlands abgeliefert, wenn es Geld gebracht hätte. Nein. Der Auftraggeber vom Verlag war ihm zutiefst zuwider. Immerhin handelte es sich bei diesem Ressortleiterimitat der *Nesenbacher Neuesten Nachrichten* um genau jenen Aufschneider, der ihm damals Gudrun ausgespannt hatte. Was ritt diesen Blödmann, ihm einen Job anzubieten? Eine späte Entschuldigung? Wiedergutmachung? Oder sollte das eine Art feingeistiger perfider Kränkung darstellen?

Er hatte den Auftrag angenommen. Zum einen, um dem Herrn Redakteur zu zeigen, dass er Profi genug war, um über den Niederungen banaler Eifersucht zu stehen. Und zum anderen natürlich banal des Geldes wegen. Der damit verbundene Kurztrip in seinen geliebten Schwarzwald gab ihm die nötige Motivation, tatsächlich auf das Angebot einzugehen und nicht dem Impuls zu folgen, dem Trottel vom Käseblatt in einfachen Worten mitzuteilen, an welchen verlorenen Ort er sich den Auftrag stecken könne. Gudrun hatte immer behauptet, er müsse dringend an seiner Impulskontrolle arbeiten. Na bitte! Die drei Jahre Therapie waren scheinbar doch nicht ganz umsonst. Er kicherte in sich hinein, als er aus dem Parkplatz hinausschoss und in Richtung Schwarzwaldhochstraße beschleunigte.

2

Ein großzügig dimensioniertes Schild an der Zufahrt zum ehemaligen Grandhotel erläuterte neben den Öffnungszeiten weitere mehr oder weniger interessante Informationen. Unter anderem wurde interessierten Hobby- beziehungsweise Profifotografinnen und -fotografen kundgetan, dass für Lost-Place-Fototermine eine Anmeldung spätestens einen Tag vor dem gewünschten Termin nötig sowie ein Unkostenbeitrag fällig sei, der vollständig in die Unterhaltung des denkmalgeschützten ehemaligen Grandhotels Waldlust flösse. Zu erfragen unter www.waldlust-denkmal.de. Was für ein Scheiß.

Dunkle und verlassene Orte, denen etwas Wehmütiges oder Unheimliches anhaftet, hatte sich der Herr Redakteur ausbedungen. Und dann diesen Tourismus-Nepp ganz oben auf seine Wunschliste gesetzt. Der kannte den Schwarzwald vermutlich nur aus einer Googlesuche, der Trottel.

Ach was! Selber Trottel. Dass er für die Besichtigung dieser Ruine einen Termin vereinbaren musste, hätte er wissen können, wenn er ein wenig genauer recherchiert hätte. Wie sein alter Freund Erpelberg, Hauptkommissar a. D. bei der Stuttgarter Kripo immer gesagt hatte: Das halbe Leben ist Recherche.

Er ging die Zufahrt hinab. Das geschwungene Vordach des Haupteingangs war untypisch für die typisch düstere Abart dieses Baustils, der sich Schwarzwälder Jugendstil schimpfte, denn trotz seines unnötigen Volumens strahlte es eine heitere Leichtigkeit aus. Die auf der Treppe platzierten Blumenkübel vom Baumarkt konterkarierten im Schein der LED-Straßenbeleuchtung leider den wohlig-morbiden Charme dieses Motivs. Er musste kichern. Immer auf Motivsuche. Wie früher sein Kumpel Erpelberg, der alte Kriminalist.

Eine profane Eisenkette samt Vorhängeschloss sicherte die durchaus imposante zweiflügelige Eingangstür, die dank ihrer fein ornamentierten, teilweise vergoldeten Fenstereinrahmungen deutlich weniger wuchtig wirkte, als sie tatsächlich war. Etwas frustriert ging er zurück zu seinem Wagen, den er oben an der Lauterbadstraße geparkt hatte. Und jetzt?

3

Er saß auf dem Balkon seines AirBnB-Appartments in der Landhausstraße, einer Parallelstraße zur Lauterbadstraße, schaute hinüber zur von Schwarzwaldschwärze umrahmten Waldlust und aß Chips von der Tankstelle. Als Begleiter zu diesem leichten Abendmahl hatte er Büchsenbier gewählt. Das Angebot der Tanke umfasste zwar auch feinstes Tannenzäpfle von der badischen Staatsbrauerei, aber leider nicht in Alu. Er schimpfte sich sentimental, weil ihm dieses Retardieren seines Erwachsenwerdens und Abfeiern seiner Punkerjugend selbst im zarten Alter von fast sechzig Jahren Spaß machte und ihm Tränen der Rührung in die Augen trieb.

Er hatte nach seinem Tankstellenbesuch einen nicht unbedeutenden Bruchteil einer Ewigkeit damit verschwendet, das schnell per Internet gebuchte und bezahlte *kleine aber feine Appartement zu günstigsten Konditionen, in Sichtweite des ehemaligen Grandhotels gelegen, der berühmte Marktplatz in wenigen Minuten fußläufig zu erreichen, Internet und Minibar vorhanden,* zu finden, welches sich dann als überteuerte kleine, leicht heruntergekommene Eineinhalb-Zimmer-Wohnung in einem Häuschen aus den Fünfzigern entpuppte. Die Adresse lautete Landhausstraße, aber die war mit seinem Navi nicht lokalisierbar. Er versuchte es mit GoogleMaps auf seinem Mobiltelefon. Hier wurden ihm gleich drei Straßen nebeneinander als Landhausstraße angezeigt. Er wollte fast schon an diesem seltsamen Bug der allwissenden Informationsmüllhalde verzweifeln, als ihm ein zufällig daher spazierender Einheimischer doch noch den Weg weisen konnte. Jetzt saß er also auf diesem Balkon, frönte dem Bier und schwelgte in mildem Selbstmitleid.

Das Lied *Verschwende deine Jugend* von DAF kam ihm in den Sinn. Das hatte er ausgiebig getan. Und er war konsequent geblieben und verschwendete nun auch sein Alter mit einigem fragwürdigen Zeitvertreib. Geld verdienen durch Arbeit? Für den Typ, der mir die Frau ausgespannt hat?

Die wildromantische Schönheit des Schwarzwalds ging ihm, obwohl sie in der Dunkelheit abseits der Straßenbeleuchtung nur zu erahnen war, plötzlich mächtig auf die Nerven. Dabei mochte er die Gegend und die Leute eigentlich wirklich sehr. Immerhin kam Gudrun von hier. Ein echtes Schwarzwaldmädel. Mit Seufzer. Uneigentlich wunderte er sich, warum in einem der Fenster des Grandhotels Waldlust plötzlich Taschenlampenlicht flackerte.

4

Wie öde Detektivarbeit im realen Leben war, hatte er vor Jahren erfahren dürfen, als er wegen Geldmangels ein paar Monate als Gehilfe in der Privatdetektei seines väterlichen Freundes Erpelberg gearbeitet hatte, die der Kriminalhauptkommissar gründete, nachdem er in Rente geschickt worden war. Meist saß er damals nächtelang im Auto vor irgendwelchen größeren Einfamilienhäusern oder kleineren Villen in gehobenen Wohngegenden und verkniff sich das Pinkeln, um den jeweils zu dokumentierenden gutbürgerlichen Ehebruch nicht zu verpassen. Jetzt gerade aber fühlte er sich wie der heldenhafte Privatschnüffler in einem schwarz-weißen Gruselkrimi, als er sich, bewaffnet mit seiner Kameratasche und ein paar Büchsen Billigbier, hinüber zum Grandhotel schlich. Besoffen sein und Blödsinn machen wie früher. Sehr schön!

Er ging möglichst leise die Hotelvorfahrt hinab, behielt dabei die Fenster des Hotels im Blick und versuchte, sich darüber klar zu werden, in welchem Stock des großen Ungeheuers die Taschenlampe konkret im Einsatz war. Das fiel ihm wegen seines Blutalkoholspiegels und der fast blickdichten Brüstungsvertäfelungen der am Quergiebel der Nordfassade über mehrere Stockwerke angebrachten großen Holzbalkone schwer. Wobei er sich nicht sicher war, ob Quergiebel der richtige Begriff war, weil sich der Eingang an der Schmalseite des Gebäudes befand. Und die war schon breit und beeindruckend. Die laut GoogleMaps im Vergleich dazu riesige Westseite mit ihren großen Panoramafenstern, Terrassen und Balkonen hatte er in natura noch nicht gesehen, weil ihm, als er auf dem Airbnb-Miet-Balkon saß, der Koloss den östlichen Rücken gezeigt hatte. Aber auch dieser war beeindruckend und wirkte düster wie ein aufgelassenes Militärkrankenhaus aus einer Gothic Novel. Der Schwarzwald-Jugendstil war zwar vom Feinsten, aber verwirrend.

Er schaute genauer hin und begriff endlich, dass mehrere Personen in verschiedenen Zimmern mit Taschenlampen unterwegs waren.

Vermutlich handelte es sich bei den seltsamen Lichterscheinungen um eine touristische Nachtführung mit vom Fremdenverkehrsamt garantiertem Gruselfaktor. *Für Kinder unter sechs Jahren nicht geeignet.* Egal. Vielleicht konnte er sich heimlich reinschleichen, so den Eintrittspreis ersparen, und sich dieser vermuteten Mitternachtsführung anschließen. Das wäre dann immerhin kein Einbruch, sondern nur eine sogenannte Leistungserschleichung, ähnlich dem Schwarzfahren. Mit dem f/1.2-Weitwinkelobjektiv auf seiner Nikon, die auch bei extrem hohen ISO-Werten relativ rauscharme Bilder fabrizierte, konnte er mit etwas Glück und Geschick das Wehmütige und Unheimliche einfangen, das sein Auftraggeber bei ihm bestellt hatte. Düster genug dafür war es.

Die große Kette mit dem Vorhängeschloss war jedenfalls verschwunden. Er drückte vorsichtig die Türklinke herunter. Die Eingangstür gab nach. Also hinein ins Vergnügen.

5

Prinzipiell gehörte ja das fahle Licht des Vollmondes zur Grundausstattung einer ordentlichen Gruselgeschichte. Leider gab der Kalender dies nicht her. So musste er mit dem, was die zivilisatorische Lichtverschmutzung als Streulicht hergab, zurechtkommen. Anders als in Stuttgart, wo dank einer diesigen Lichtkuppel sogar bei Neumond das Zeitungslesen im Stadtwald möglich war, war hier, am Rande Freudenstadts, der Schwarzwald tatsächlich relativ schwarz.

Die Rezeption und eine Treppenhalle mit heruntergekommenem Aufzug gaben hervorragende Motive ab, bei denen jedoch der Sensor seiner Kamera an seine Grenzen kam. Durch die Panoramafenster im Westen fiel allerdings so viel Restlicht, dass ihm in den dort gelegenen großen und großartigen Räumlichkeiten einige stimmungsvolle Aufnahmen gelangen. Er konnte oft nur erahnen, welche Funktion einzelne Bereiche gehabt hatten und vermutete, in einem Restaurant, vielleicht in einem Rauchsalon für die Herren, einem Teesalon für die Damen und schließlich in so etwas wie einem Ballsaal gelandet zu sein. Die Zeit schien in diesem Gemäuer zur Jahrhundertwende unversehens stehen geblieben zu sein. Allerdings nicht zur letzten Wende, sondern zur vorletzten. 1900. Belle Epoche. Was mussten hier für glanzvolle Feste gefeiert worden sein! Was für große und kleine menschlichen Dramen mochten sich hier abgespielt haben? Er spürte überrascht, dass er tatsächlich eine Gänsehaut bekam. Wenn jetzt das Hotelgespenst vorbeischweben würde, wäre das nur konsequent.

Originalmöbel, Originalfußböden, ob Parkett, Fliesen oder Teppich, Stuckdecken, Kassettendecken, Wände mit aufwendigen Holzvertäfelungen, schmucklose Wände, tapezierte Wände, all dies verbunden durch Sichtachsen, gegliedert durch Säulen, gereiht durch offene Übergänge oder verglaste Flügeltüren, manchmal mit Stützbogen, manchmal mit geraden Unterzügen. Alles versehen mit dezenter Ornamentik. Er konnte sich nicht sattsehen und da sich seine Augen langsam an die Dunkelheit gewöhnten, erkannte er immer mehr Details. Er machte Aufnahme um Aufnahme, fast wie im Fieberrausch.

Er sog die Atmosphäre, die vermutlich in jedem Reiseführer als angenehm morbide bezeichnet wurde, in sich auf. Die fast vollkommene Stille und die seltsam verbraucht riechende Luft taten ein Übriges, um ihn wohlig erschauern zu lassen. Unvermittelt kam das beängstigende Gefühl über ihn, dass er das Gespenst war, gefangen in dieser geronnenen Zeit, für immer dazu verdammt, einsam und alleine durch dieses Grandhotel zu spuken. Dreh nicht durch, sagte er sich, setzte sich in einen der Prunksessel in dem übergroßen Raum, in dem er sich befand, machte sich ein Bier auf und versuchte, sich zu beruhigen.

6

Als von irgendwoher aus dem Stockwerk über ihm leise Geräusche zu hören waren, wurde ihm wieder bewusst, dass er nicht alleine war. Die Menschen, die hier mit Taschenlampen zugange waren, hatte er zwischenzeitlich völlig vergessen, so beeindruckt war er von dem, was er in diesem wahrhaft großartigen Grandhotel zu sehen bekommen hatte. Anscheinend war er bisher unbemerkt geblieben, worüber er sehr erleichtert war. Er atmete auf und entspannte sich. Um gleich darauf zutiefst zu erschrecken, denn nun hörte er eine Stimme leise zischen: »Seid doch endlich mal still! Da hinten ist was!« Eine andere entgegnete: »Nein. Ich glaube eher, das Geräusch kommt von unten.« Der einsetzenden Vielstimmigkeit des Gemurmels nach schien es sich um eine größere Menschenansammlung zu handeln, die irgendwo über ihm erfolglos versuchte, leise zu sein. Eine Frauenstimme rief in geflüstertem Brüllton: »Ruhe jetzt, verdammt!« Und dann: »Ja, unten ist wer. Lasst uns nachschauen gehen. Vielleicht erwischen wir ihn. Wir teilen uns auf. Die eine Gruppe nimmt die Haupttreppe, die andere die Personaltreppe.«

Verdammt. Egal was hier vorging und was für Leute sich, aus welchen Gründen auch immer, hier herumtrieben, er wollte keinen Ärger bekommen. Am liebsten wäre er einfach wieder abgehauen, aber es war dunkel, er war betrunken und hatte zu allem Überfluss in diesem Labyrinth die Orientierung verloren. Und die Atmosphäre des Lost Place kroch seine Seele tatsächlich an. Er fühlte sich wie der Standarddepp im Standard-Gruselfilm, der vor dem Betreten des Geisterhauses volltönend behauptet, keine Angst vor Geistern zu haben, mit der geistlosen Begründung, es gäbe gar keine. Um dann beim ersten schrägen Geräusch zu dramatischer Geigenmusik in Panik zusammenzuzucken. Jetzt hörte er auch noch schnelle, leise Schritte ganz in seiner Nähe, wenn auch ohne Geigenuntermalung. Er schimpfte innerlich mit sich: Reiß dich zusammen! Denk nach! Hier ist anscheinend noch jemand, der nicht entdeckt werden will. Vielleicht ist die Gruppe, die sich oben herumtreibt, nicht hinter dir, sondern hinter dem her.

Moment. Er konnte nicht wissen, ob es sich dabei um einen Mann oder eine Frau handelte.

Herrgottnochmal! Reiß dich endlich zusammen! Ist doch egal, ob Männchen oder Weibchen.

Jedenfalls bildete er sich ein, jetzt Schritte auf einer Treppe zu hören. Nein. Auf zwei Treppen. Durch dicke Teppichläufer gedämpfte von der großen Haupttreppe her, und hölzern knarrende von einer weiteren Treppe, deren genaue Lage ihm bisher verborgen geblieben war. Es bestand Gefahr, dass die Häscher ihn einkesselten. Was tun? Flüchten, verstecken oder sich den anrückenden Horden stellen? Er kam zu einem Entschluss. Vermutlich wollte die andere Person sich auch dem Zugriff der Gruppe, die von oben zu hören war, entziehen und mit etwas Glück wusste der- oder diejenige im Gegensatz zu ihm, wo der Ausgang zu finden war. Also stand er auf, schnappte sich seine Tasche und eilte in die Richtung, in die vorher die geheimnisvollen schnellen Schritte entschwunden waren. Dabei versuchte er, möglichst geräuschlos zu sein und nicht über irgendwelche Jugendstil-Einrichtungsgegenstände zu stolpern.

Als die ersten Taschenlampenlichtschwerter durch die Verglasung einer Flügeltür in den Saal stachen, in dem er eben noch sein Bier vertilgt hatte, gelang es ihm gerade noch, in einen dunklen Seitengang zu entkommen.

7

Er stellte fest, dass er robustes, dickes Teppichmaterial unter seinen Füßen hatte, also glaubte er rennen zu können, ohne von den Verfolgern gehört zu werden. Da der Flur, in dem er sich bewegte, mangels Fenstern über keinerlei natürliche Belichtung verfügte, bereute er dies fast augenblicklich, als er mit dem Fuß gegen eine Kommode rumpelte, oder was auch immer es war. Er stolperte, fiel fast hin und stellte fest, dass er sich schmerzhaft am Schienbein gestoßen hatte. Er unterdrückte einen Fluch, um die Sucher, die sich nach dem Radau, den er veranstaltet hatte, von zwei Seiten auf ihn zuzubewegen schienen, nicht noch mehr auf sich aufmerksam zu machen. Kurz war es komplett still im ganzen Haus. Vermutlich versuchten alle Anwesenden, durch intensives Lauschen den Standort der jeweils anderen zu orten.

In dieser Stille war er in der Lage, die schnellen, leisen Schritte, die er vorher schon wahrgenommen hatte, erneut zu hören. Und zwar in unmittelbarer Nähe. Ohne darüber nachzudenken, ging er ihnen nach. Bald kam er dabei an eine Gangkreuzung, bog dann mehrmals ab und hörte schließlich, wie die Schritte eine Treppe knarzen ließen. Eine dritte. Wie viele Treppen es hier wohl noch geben mochte? Der oder die Unbekannte stieg ein Stockwerk höher und hatte so die anderen Verfolger ausgetrickst. Ihn jedoch nicht. Er ging hinterher.

Oben angekommen, konnte er gerade noch hören, wie eine Tür leise ins Schloss klickte. Er erahnte einen langen Flur, von dem eine große Anzahl Türen abzugehen schien. Gästezimmer vermutlich. Er ging auf eine zu. Probeweise drückte er deren Klinke hinunter, aber es war abgeschlossen. Er ging weiter und versuchte es an der nächsten, dann an der übernächsten Tür und noch zweimal. Alles verschlossen.

Die nächste Tür gewährte ihm überraschend Einlass. So stand er plötzlich in einer luxuriösen Suite mit großem Fenster, das vermutlich nach Westen ging und bei Tageslicht eine sensationelle Aussicht bieten mochte. Nach den dunklen Gängen war das schwache nächtliche Licht eine Erholung für seine strapazierten Augen. Er stand da und bewunderte, was er sah. Unter anderem ein Himmelbett von enormen Ausmaßen und üppigen Formen. Eine Art Barock-Jugendstil. Er setzte sich an den Bettrand und schaute hinaus in die Nacht. Die Atmosphäre hatte ihn schon wieder im Griff.

Was ist bloß los mit mir? Ich renne vor Leuten weg, renne jemand anderem hinterher und grusele mich höchst effektiv. So besoffen kann ich doch gar nicht sein. Schluss jetzt mit dem Blödsinn!

Er beschloss, seinen Ausflug ins Reich der Hotelgespenster zu beenden und den Ausgang zu suchen. Sollte er dabei den Leuten begegnen, die die vermutete Nachtführung mitmachten, würde er sich schon irgendwie rausreden können. Freundlichkeit half in solchen Fällen oft.

Gerade als er aufstehen wollte, hörte er einen Schuss.

8

Das war echt! Heilige Scheiße!

Das hatte sein bedröhntes Hirn sich definitiv nicht aus einer Fehlzündung einer aufs Schändlichste getunten Zwölfzylinder-AMG-Albernheit auf der nahen Bundesstraße nach Straßburg zusammengereimt. Er wusste, wie sich ein echter Schuss anhörte. Immerhin hatte Erpelberg ihn damals genötigt, sich einen Waffenschein zuzulegen. Weil ein echter Privatdetektiv so was angeblich braucht. Dafür schämte er sich als aufrechter Pazifist heute noch. Aber das Schießtraining, das er absolviert hatte, setzte ihn nun durchaus in die Lage, den Gebrauch einer Schusswaffe von einer profanen Fehlzündung oder dem Öffnen einer Champagnerflasche zu unterscheiden.

Der Schuss war aus der Richtung Ostflügel gekommen. Wenn er der Akustik dieses Jugendstiljuwels trauen konnte.

Er stand auf, nahm seine Tasche wieder an sich, ging zur Zimmertür und öffnete sie vorsichtig. Der Gang war dunkel und kein Geräusch zu hören. Und das, obwohl sich eine Anzahl von Menschen hier herumtrieb, die den Schuss definitiv auch gehört haben mussten. Vielleicht hielten wieder alle den Atem an und lauschten. Wie er.

Also gut. Gönnen wir uns eine kleine Pause.

9

Handeln war angesagt! Ohne nachzudenken, folgte er einem spontanen Impuls und ging nach rechts den Gang hinunter. Möglichst leise. Dabei kontrollierte er im Zick-Zack-Kurs die Türen links und rechts des Flurs, im Alkoholrausch nicht realisierend, dass er damit einem potenziellen Schützen ein Ziel bot, und stellte fest, dass fast alle Türen verschlossen waren. Die nächste auf der rechten Seite jedoch nicht. In der Hoffnung, sie möge nicht quietschen, drückte er sie langsamst auf und streckte den Kopf ins Zimmer. Seine Nase sagte ihm: Hier drinnen war der Schuss gefallen! Den beißenden Geruch des Nitrocellulose-Schießpulvers kannte er aus alten Zeiten vom Schießstand.

Er betrat das Zimmer und versuchte, sich zu orientieren. Er glaubte, schemenhaft einen Körper auf dem das Zimmer beherrschenden Himmelbett liegen zu sehen.

10

Mann, stell dich nicht so an. Mach ne Blitzlichtaufnahme von der Szene, dann kannst du dir die Details auf dem Monitor deiner Nikon anschauen.

Gedacht, getan. Das Blitzlicht blendete ihn. Einige Augenblicke lang sah er gar nichts mehr.

Äh. Moment mal bitte! Wie. Bescheuert. Kann. Mann. Eigentlich. Sein?

Warum nicht einfach die Taschenlampenfunktion deines Handys verwenden? Du rennst hier in der Dunkelheit herum, wie der Blindfisch Jack Nicholson in *Shining* im *Overlook-Hotel*, dabei bist du mit modernsten Mitteln ausgerüstet!

Er kramte sein Mobiltelefon hervor, brummte »Idiot« und illuminierte die Szene.

WTF! Umgangssprachlich: What the Fuck?

Lag da Gudrun vor ihm im Himmelbett? Blutüberströmt und mausetot? Schwarzwaldmädel-tot?

Die augenblicklich einsetzende Schockstarre ließ das Handy aus seiner Hand gleiten. Die Kontinuität der Zeit schien einen Aussetzer zu haben. Als das Gerät gefühlte Lichtjahre später auf dem Parkett aufprallte, wobei das Licht der Taschenlampenfunktion kurz flackerte und dann ausging, war ihm alles klar.

Dieses Arschloch von Lohnschreiber für die Südpresse-Holding hatte in reingelegt.

*

B-Seite

11

Er sammelte in Sekundenschnelle sein Handy ein, schnappte seine Tasche und machte sich auf den Weg. Obwohl er wusste, dass er keine Chance hatte. Die Bullen waren ja schon im Haus. Wahrscheinlich hatte der Herr Chefredakteur zur gegebenen Zeit die Polizei angerufen und anonym was von einem bevorstehenden Mord gefaselt. Selbst wenn die Bullen ihn heute Nacht nicht schnappten, hatte er nicht den Hauch einer Chance. Er hatte überall im Grandhotel seine DNA und seine Fingerabdrücke verteilt. Und die waren dem Amte aus seinen Punkerzeiten wohlbekannt.

Das würde ein schöner Indizienprozess werden. Keine Schmauchspuren an seinen Händen? Kein Problem: Handschuhe! Die Handschuhe werden nicht gefunden? Unwichtiges Detail. Die Waffe? Egal! Hauptsache, ein überzeugendes Motiv: verschmähte Liebe.

Wirklich gut eingefädelt!

Aber wie hatte dieser Zeitungsarsch Gudrun dazu gebracht, sich hier erschießen zu lassen? Hatte er ihr ein romantisches Lost-Place-Grusel-Wochenende versprochen? Oder hatte er sie woanders getötet, ihre Leiche hierhergeschleppt und post mortem erschossen? Nein. Das würde eine fachmännisch ausgeführte Autopsie aufdecken. Also doch eher die romantische Variante.

Aber warum sollte dieser elende Schreiberling Gudrun ermorden wollen?

Na ja. O.K. Sie konnte schon gut nerven.

12

Ihm war bewusst, dass sein Fluchtversuch sinnlos war. Das ganze Haus voll Bullen, vermutlich war das Hotel vollständig abgeriegelt. Vielleicht würden sie sogar eine Hundestaffel zum Einsatz bringen. Trotzdem konnte er dem Impuls wegzulaufen nicht widerstehen. Von wegen freier Wille.

Das Handylicht streikte, als er es wieder anmachen wollte. Das war vielleicht gar nicht so schlecht. Das Licht würde ihn zwar besser sehen lassen, aber auch zuverlässig dafür sorgen, dass er gesehen werden konnte.

Wohin? Links oder rechts?

Egal.

Er entschied sich für links und rannte los. Er musste irgendeine Treppe nach unten finden. In amerikanischen Kinofilmen rannte der Verfolgte immer die Treppen hoch, was völlig sinnlos war, weil es in jedem Gebäude irgendwann nicht mehr weiter nach oben ging. Das würde in diesem Jugendstilalbtraum auch nicht anders sein. Nix mit *Stairways to Heaven.*

Gedämpft hörte er, dass im Stockwerk unter ihm etwas passierte. Diskutierten die miteinander? Ernsthaft? Verwirrte Beamte? Nicht unwahrscheinlich, so wie er die Kompetenz der Kripo von früher kannte. Sein Freund Erpelberg war damals regelmäßig an seinen Untergebenen und Kollegen verzweifelt. Vielleicht hatte er ja doch eine Chance.

Er fand tatsächlich eine Treppe nach unten, die nicht abgeriegelt war. Er eilte durch diverse Gänge, durchquerte kleinere und größere Räume und kam schließlich in eine kleine Halle, die auf zwei Seiten große Fenster besaß. Dahinter glaubte er, eine Terrasse zu erahnen. Während von seinen Verfolgern nichts zu sehen und nur aus der Ferne etwas zu hören war. Wenn er eine Tür zur Terrasse fand, konnte er es schaffen zu entkommen.

Plötzlich blendete ihn das Licht einer Taschenlampe und eine tiefe Stimme sagte: »Da bist du ja endlich.«

13

Er schob die linke Hand vor seine Augen, um nicht weiter geblendet zu werden und sagte schlicht: »O.K. Ich ergebe mich.«

»Oh, entschuldige«, kam als Antwort und der Lichtstrahl wanderte zurück zum Gesicht des Taschenlampeneigentümers, der am Rand einer Bühne auf einem Klavierhocker saß und einen Ellenbogen auf dem Tastaturdeckel des zugehörigen cremeweiß lackierten Klaviers abstützte. Anschließend zeigte er mit seiner Lampe auf einen weiteren Hocker neben sich und sagte: »Wir werden wohl noch ein wenig Zeit haben, bis die anderen dich finden, mein verehrter Mörder. Schön, dich kennenzulernen.«

»O.K. Ich soll also der Mörder sein. Und wer sind Sie? Kripo?«

»Du bist echt gut! Ein Profi. Nie aus der Rolle fallen, was?«

Der Fremde winkte mit der Taschenlampe und forderte ihn auf, sich endlich zu setzen. »Sei nicht so ungemütlich. Ich habe leckeren Whiskey dabei, falls du so was magst. Ich fände ja Kirschwasser passender zum Ambiente, aber es handelt sich bei dem Fusel um den echten sagenumwobenen Doinich Daal.«

Er starrte den Fremden verwirrt an. Dieser ergänzte: »Na, Blackforest Single Malt Whiskey eben. Ich finde, der passt doch auch gut zu so einem Anlass.«

Er fühlte sich, als ob ihm der noble Jugendstilteppich unter den Füßen weggezogen würde. Um einer Ohnmacht zuvorzukommen, nahm er plumpsend auf dem Hocker Platz, den der Fremde ihm angeboten hatte. Verlor er gerade den Verstand? Wurde er irre? So ein absurder Mensch konnte doch nur seinem kranken, besoffenen Hirn entspringen. Der konnte nicht real sein. Jetzt fing der Kerl auch noch an zu kichern! »Die sind ja immer noch am Suchen«, sagte er schluckaufartig. »So eine begriffsstutzige Bande.« Dann griff er zur Flasche, die neben ihm auf dem Boden stand, trank daraus und meinte: »Na los. Nimm auch nen Schluck, mein lieber Mörder. Gläser gibt's leider keine.«

Er schaute erst misstrauisch auf die Flasche, die der Fremde ihm entgegenhielt, und anschließend in sein Gesicht, das ihn nun freundlich anlächelte. Konnte es sein, dass der der Mörder war? Aber das würde doch gar keinen Sinn ergeben! In dieser Geschichte ergab eigentlich überhaupt nichts einen Sinn! Er spürte, dass er dem Wahnsinn nahe war. Ein Schluck aus der Pulle würde in dieser Situation sicher nicht schaden. Schon gar nicht, wenn es sich um eine imaginierte handelte.

Er beschloss, den Fremden einfach gerade heraus zu fragen: »Wer bist du?«

Der kicherte wieder und sagte fröhlich: »Na, das müsstest du aber doch leicht erraten können.«

Er schüttelte den Kopf.

»Na, aber echt jetzt. Hallo, ich bin's! Dein Autor! Der, der dich geschrieben hat. Wer sonst könnte wissen, dass du hierher flüchten würdest?«

Er spürte, wie er das Gleichgewicht verlor und langsam vom Hocker kippte. Krampfhaft versuchte er, dabei nicht das Bewusstsein zu verlieren. Sein Hirn sang Obertöne zur Schwarzwaldmädel-Melodie.

14

Der Fremde, der behauptet hatte, der Autor zu sein, half seinem angeblichen Protagonisten wieder auf den Hocker und forderte ihn auf: »Nimm noch nen Schluck. Das wird dir guttun.«

Sein Hirn versuchte verzweifelt all die Geschehnisse, die er erlebt hatte, und das, was gerade immer noch auf ihn einstürzte, zu einem sinnvollen Ganzen zu konstruieren. Aber es war, wie in Nebel oder in die Nacht zu blicken. Wenn das Gehirn von den Augen nicht mit brauchbaren Informationen, sondern nur mit Rauschen versorgt wurde, begann es, in dieses Rauschen Muster hineinzuinterpretieren. Er fantasierte sich nun also diesen Musterknaben zusammen, der ihm Schnaps anbot. Vermutlich schnappte er gerade über.

Die andere Möglichkeit, dass er tatsächlich nur die Person in einer Erzählung war, erschien ihm so ungeheuer und ängstigte ihn so sehr, dass er sich weigerte, sie zu denken.

Und überhaupt: Er hatte selbst schon zur Genüge solche Geschichten gelesen. Bei Moers fand er das ja noch lustig, aber beispielsweise bei Gardeners *Sofies Welt* hatte ihn das absolut geärgert. Das war einer der klassischen Notbehelfe, wenn einem Autor nichts mehr einfiel. Dann hüpfte er in die Handlung und nervte seine Helden. Ein Armutszeugnis. Fast so schlimm wie diese blöden Romane, die von einem Autor handelten, der einen Roman schreiben wollte.

Herrgottnocheinmal. Nein. Ich bin kein Protagonist. Und wenn, dann soll der Depp jetzt schreiben, dass ich verrückt werde.

15

Was soll's. Wenn ich verrückt werde, kann ich mich mit diesem Musterknaben ja auch ein wenig unterhalten.

»Du willst also geschrieben haben, ich hätte Gudrun erschossen?«

»Gudrun? Ich dachte, ich hätte sie Sybille genannt. Ist ja aber auch egal, oder?«

»Aha. So egal sind dir also deine Protagonisten.«

»Na hör mal. Vom Schreiben wird keiner satt, wenn er nicht zur kleinen Riege der bekannteren Autoren gehört. Uns anderen bleibt da nur, jeden noch so blöden Auftrag anzunehmen und eben auch solche Geschichten zu schreiben. Wie gefällt dir eigentlich deine Rolle. Macht es Spaß?«

»Spaß? Soll ich dir ein paar auf's Maul hauen?«

»Spinnst du? Reg dich gefälligst ab! Das war vielleicht nicht meine beste Geschichte, aber so schlimm kann das bisschen Mördersein nun auch nicht sein. Hier, nimm noch nen Schluck für die Nerven.«

Der Autor machte eine kleine Pause und schaute auf seine Armbanduhr.

»Hast du dich wieder beruhigt? Friede? Ich will nicht, dass du mir meine Geschichte versaust! Außerdem wird's langsam Zeit für dich, zu dem Sofa da drüben zu gehen.«

»Ha! Sagt der Herr Autor. Und was macht der Herr Autor, wenn ich das nicht tue?«

»Das würde ich dir nicht raten, Bürschchen!«

»Schreibst du sonst schlimme Dinge, die mir widerfahren, in die Geschichte?«

»Himmel. Du bist ja betrunken. Und ich Depp fülle dich auch noch zusätzlich mit Black Forest ab. Jetzt halte dich an die Geschichte, sonst ...«

»Sonst was?«

»Sonst sorge ich dafür, dass du nicht nur keine Gage bekommst, sondern dazu noch auf Schadensersatz verklagt wirst!«

Das war der Beweis, dass sein Geist vollständig zerrüttet war. Einen Autor imaginieren, der seinen Protagonisten verklagen will. Mehr Blödsinn geht nun wirklich nicht.

*

Bonustrack
16

Er holte gerade tief Luft, um dem Typ, der sich Autor schimpfte, gehörig und final in großer Lautstärke die Meinung ins Gesicht zu brüllen, als eine neue Stimme, die vom Eingang des Raumes her kam, ihn fast zu Tode erschreckte.

»Gestatten, die Herren. Ich bin der Mörder.«

»Wie bitte?«, schrie der Autor. Dann zeigte er mit dem Taschenlampenstrahl auf ihn, von dem er doch gerade noch behauptet hatte, er sei der Mörder und fragte: »Und wer ist dann bitte der da?«

Nun kamen auch noch Stöckelschuh-Schritte angeklackert und eine weibliche Stimme sagte: »Nicht so laut bitte! Das Publikum hat zwar erst später als geplant die Leiche entdeckt, aber jetzt kommen sie zügig mit der Lösung des Falles voran. Ich würde vorschlagen, der Mörder begibt sich auf seine Position, um gefunden zu werden, und wir anderen gehen in den Ballsaal und gönnen uns schon mal ein Glas Sekt, bevor nachher, wenn das Gewinnerdetektivteam feststeht, der Run auf das Buffet losgeht.«

Sie klackerte wieder davon und murmelte dabei noch: »Bin ich froh, wenn wir nachher endlich wieder Licht machen dürfen und ich nicht mehr überall dagegen renne. Diese Crime-und-Cuisine-Veranstaltungen bringen mich noch um. Soll sich das Fremdenverkehrsamt doch jemand anders für den Scheiß suchen …«

*

Die geschichtlichen Hintergründe zum Lost Place Waldlust finden sich bei den Geschichten *Waldlust* und *Geh nicht hinaus bei Nacht.*

KERNZONE

BEATRIX ERHARD

Was für ein Aufruhr! Überall Menschen. Der ganze Hang war bedeckt mit bunten Tupfen. Menschen in Funktionsjacken, weißen Ganzkörperanzügen und Uniformen. Sogar Hunde hatten sie mitgebracht. Über unseren Köpfen kreiste ein Hubschrauber. Das volle Programm. Ich spürte Beklemmungen bei so vielen Menschen, die in den Wald einfielen. Die seine Ruhe störten. Auch wenn an diesem Hang schon lange Ruhe herrschte, Grabesruhe. Denn hier lebte kein Baum mehr. Mitten im Nationalpark Schwarzwald.

Jede einzelne der Tannen, die einst in dieser Hochlage stolz und dunkelgrün den Hang bedeckt hatten, war nur noch ein grauer kahler Stamm, der in den Himmel ragte. Der Wald war tot, aber die Menschen hier waren höchst lebendig. Bis auf einen. Verirrte Wanderer hatten am Vormittag einen Leichenfund im Totwaldgebiet gemeldet. Seitdem war hier die Hölle los. Warum konnten die Leute einfach nicht auf den ausgewiesenen Wanderwegen bleiben! Jetzt hatte ich die Scherereien, wie schon so oft.

»Können Sie mal kommen? Sie als zuständige Revierförsterin kennen sich doch mit Bäumen aus. Es wird immer rätselhafter. Wir brauchen Sie als Expertin.«

Ein älterer Mann mit vollem grauem Bart und wenigen Haaren sprach mich an, der Schweiß lief ihm über das Gesicht. Ein Städter, nicht gewohnt, sich im freien Gelände zu bewegen. Er war einer der Kommissare, wir waren uns schon vorgestellt worden. Alle Ermittler und was sie sonst noch aufbieten konnten, hatten sie aus Karlsruhe hergeschickt. Jeden einzelnen Mann und jede einzelne Frau, so kam es mir vor.

Also wollten sie doch etwas von mir, bisher hatte ich am Rand des Geschehens gestanden, war ein Guide gewesen, der die Fahrzeugkolonne unten an der Forststraße in Empfang genommen hatte. Ehe wir dann noch fast eine halbe Stunde den steilen Hang durch den Totwald aufgestiegen waren.

Der Mann kämpfte sich vor mir mühsam durchs Brombeergestrüpp und stolperte über rote Gneisbrocken bis zum Zentrum des Geschehens, zu der größten Baumruine des Totwaldgebietes, einer ehemals mächtigen Schwarzwaldtanne, einem wahren Giganten, dessen Stamm immer noch gut 40 Meter in die Höhe ragte. Jetzt hing der Gigant jedoch schief und ein Teil des Wurzelstocks war aus der Erde gerissen. Der Kommissar – oder was auch immer er war, ich hatte sowohl Name als auch Titel sofort wieder vergessen, es waren einfach zu viele Leute, das bin ich nicht gewohnt – blieb stehen und wandte sich zu mir um.

»Sie müssen sich auf etwas gefasst machen, es ist kein schöner Anblick. Ich, nein, wir alle haben so etwas noch nie gesehen«, sagte er zu mir. In den Augen ein fast schon scheuer Ausdruck. Konnte das sein? So ein langgedienter Polizist?

»Keine Sorge. Ich bin auch Jägerin. Ich kann das schon ab«, sagte ich knapp und ging beherzt an ihm vorbei, um den Wurzelstock herum. Ich stockte abrupt, denn vor mir gähnte ein tiefes Loch in der roten Erde.

Die Grube war von einem wilden Durcheinander aus Wurzelsträngen durchzogen. Tief unten in der Grube, da sah ich, weshalb ich gerufen worden war. Mir stockte der Atem. Es war ein Mann, das Gesicht war noch eindeutig zu erkennen. Die Augen waren weit aufgerissen vor namenlosem Entsetzen und starrten in den wolkenlosen Junihimmel. Aber sonst war an diesem Menschen nichts mehr, wie es sein sollte und von der Natur gedacht war. Der Kopf war auf den Rücken gedreht, die Beine standen in grotesken Winkeln ab. Das Schlimmste aber war, dass dieser Körper von den Wurzeln der Tanne durchbohrt war. Mitten durch die Brust verlief ein besonders dicker Strang, der dann aus dem Rücken wieder in die Erde hineinwuchs. Der gesamte Torso der Leiche war von Wurzeln unterschiedlicher Größe durchbohrt. Die Beine waren wie bei einer Mumie eng von dünnem Geflecht umschlossen.

Ich konnte meinen Blick nicht abwenden. Wie gebannt starrte ich auf die Szenerie. Ein Räuspern neben mir brachte mich wieder in die Realität zurück. Der Kommissar.

»Es ist ein Rätsel. Das Einzige, was wir bisher sicher wissen, ist die Identität des Toten. Es ist Harry Reichs, der Lokalpolitiker, der seit fünf Tagen verschwunden ist. Aber sonst … Wie hat der Täter das mit dem Baum und den Wurzeln hinbekommen? Es ist natürlich die Inszenierung eines gestörten Psychopathen, mit der wir es hier zu tun haben. Aber wie zum Teufel hat er das gemacht?« Er schaute mich auffordernd an.

Harry Reichs – wer kannte ihn nicht? Reichs machte sich für mehr Gewerbegebiete in der Region stark und war mit dem Thema ständig in den Medien präsent. Damit war es jetzt offensichtlich vorbei. Mehr fiel mir dazu im Moment auch nicht ein. Um nicht als völlig inkompetent dazustehen und um wenigstens irgendetwas beizutragen, sagte ich: »Der Baum ist mausetot, die Wurzeln können nicht organisch von allein durch die Leiche gewachsen sein. Und selbst wenn der Baum noch leben würde, auch dann würde es dazu Jahre brauchen. Aber dann wären von der Leiche nur noch Knochen übrig.«

Der Kommissar nickte.

»Wir haben es mit einem äußerst raffinierten Täter zu tun. Ich weiß nicht, wie er das ohne schweres Gerät und so weit oben am Berg geschafft hat. Aber wir werden es herausfinden«, sagte er mit großer Entschlossenheit. Dann legte er die Stirn in Falten, sein Blick streifte sorgenvoll über den Hang mit den toten Bäumen. »Wer weiß, was mit den anderen passiert ist.«

Ich folgte seinem Blick und verstand natürlich sofort, wovon er sprach. In den letzten sechs Monaten waren im Schwarzwald zehn Personen spurlos verschwunden. Harry Reichs war der Letzte von ihnen, der Prominenteste – und der Einzige, von dem man bisher jemals wieder etwas gefunden hatte. Die Angehörigen hatten in tränenreichen Auftritten in TV und Internet an den Entführer oder wen auch immer appelliert. Es hatte nichts genützt. Und dass es kein Entführer war, das wurde mit dem heutigen Leichenfund offensichtlich.

Nachdem klar war, dass ich nichts zur Aufhellung des Mysteriums beitragen konnte, zog ich mich wieder zurück und ließ die Polizei machen, was sie wohl machen musste. Je schneller diese Meute wieder aus meinem Wald verschwand und Ruhe einkehrte, desto besser. Meinen Job als Försterin hatte ich mir vor allem deshalb ausgesucht, weil ich mehr mit Bäumen und Tieren als mit Menschen zu tun haben wollte. Die Leute sollen in ihren Siedlungen bleiben und uns im Wald nicht stören. Sie bringen nur Probleme. Durch ihre Schuld stirbt der Wald.

Ich wohnte in einem abgelegenen Forsthaus, von den Einheimischen *Jägerbuckel* genannt. Die Kernzone des Nationalparks Schwarzwald oben auf den Höhen hatte ich stets im Blick. In der Kernzone war die Natur wieder völlig sich selbst überlassen worden. Aber auch hier gab es Totwaldgebiete. Ganze Hänge mit schwarzen Baumruinen, die nicht entfernt wurden und als Mahnung dienten, dass der Nationalpark kein Refugium war, sondern die Misere der modernen Zeit und die verheerende Rolle der Menschen widerspiegelte. So sah ich es zumindest. Der Kommissar hatte keine Sekunde daran gedacht, wo er sich da eigentlich befand. Nämlich in einem der größten Totwaldgebiete des Schwarzwaldes! Er hatte nur Augen für seine verdrehte Leiche. Dabei sind wir ohne den Wald nichts.

Trotzdem ließ mich die Sache nicht los. Ich dachte ständig darüber nach und beschloss ein paar Tage später, mir den Fundort noch einmal anzuschauen. Die Tage waren Mitte Juni sehr lang und nach Feierabend verließ ich das Forsthaus, schulterte mein Jagdgewehr und stieg auf, Richtung Totwaldgebiet. Wer weiß, vielleicht lief mir ein Stück Wild vor die Flinte. Oder es war aus anderen Gründen gut, eine Waffe dabeizuhaben.

Als ich aus dem Hochwald auf die Totwaldfläche trat, hörte ich schon aus weiter Entfernung Äste knacken und Steine rollen. Da war noch jemand! Die riesige, tote Tanne in der Mitte des Totwaldes war eine eindeutige Wegmarke. Im Gegensatz zu der anderen Person, die wie ein Berserker durchs Unterholz brach, bewegte ich mich geschmeidig und vor allem lautlos durchs Gelände, immer weiter auf die abgestorbene Tanne zu. Ich pirschte mich langsam an, das Gewehr im Anschlag. Als ich die Zweige auseinanderbog, sah ich neben dem großen Wurzelstock einen jungen Mann im Schneidersitz sitzen, mit Kapuzenpulli in den Regenbogenfarben, auf dem Schoß einen Laptop, in den er eifrig hineintippte. Meine Überraschung war groß. Was sollte das? Ich hatte einen Psychopathen erwartet, aber das sah mir eher nach einem Computerfreak aus. Ich beobachtete ihn eine Weile. Der Baum war noch mit rot-weißem Absperrband umwickelt, das aber teilweise abgerissen worden war.

Der junge Mann tippte beständig weiter und schien die Welt um sich herum völlig vergessen zu haben. Schließlich richtete ich mich auf und trat bewusst geräuschvoll aus dem Unterholz.

Der Mann stieß einen Schrei der Überraschung und des Schreckens aus und fiel nach hinten über. Der Laptop rutschte ihm vom Schoß auf den Boden und landete krachend auf einem Stein. Dieses hässliche Geräusch schien ihn wieder zur Besinnung zu bringen. Sein Gesichtsausdruck wechselte von Schreck zu Wut.

Es war Leo Hönle, Blogger und Umweltaktivist aus Baiersbronn. Leo ging es mit mir nicht anders, auch er erkannte mich sofort.

»Frauke, bist du wahnsinnig? Du hast mich zu Tode erschreckt! Dieser Ort ist schon unheimlich genug, auch ohne Försterinnen, die mit einer Knarre im Anschlag aus dem Busch springen!« Mit einem zweiten Blick auf mein

Gewehr fügte er hinzu: »Rehe haben übrigens gerade Schonzeit, aber das weißt du hoffentlich.«

»Ganz im Gegensatz zu Hackern wie dir«, parierte ich trocken. Leo verdrehte nur die Augen, sammelte seine Ausrüstung ein und stand auf. Er schien erleichtert zu sein, dass sein Laptop nicht weiter beschädigt war. Versöhnlich lächelte er mich an.

»Wir spielen doch im selben Team. Für die Natur. Für unseren Schwarzwald«, deklamierte er. Dann schaut er sich um. »Eine ganz üble Sache ist das hier.«

Mir war nicht ganz klar, ob er das Waldsterben oder den Leichenfund meinte, aber ich fragte nicht nach und nickte nur. Ich wollte wissen, wie er herausbekommen hatte, wo genau die Leiche gefunden worden war. Der Ort war geheim gehalten worden, ich hatte darauf bestanden. Heerscharen von Tatort-Touristen waren das Letzte, was ich in meinem Wald gebrauchen konnte. Wie ich Leo einschätzte, würde er mir gleich alles erzählen. Er konnte einfach nicht nicht reden und laberte in einem fort. Natürlich alles im Dienst der Sache.

Leo hatte sich völlig dem Naturschutz vor Ort verschrieben und verbrachte genauso viel Zeit – von der er nach seinem abgebrochenen Biologiestudium sehr viel zu haben schien – in den sozialen Medien, wie im Wald. Mit seinen Blogbeiträgen, die teilweise krude Theorien beinhalteten, hatte er schon einiges Aufsehen erregt und Ärger verursacht. Leo legte die Finger in die Wunden, schoss dabei aber regelmäßig über das Ziel hinaus. Ich jedenfalls konnte nicht alles ernst nehmen, was er in seinem Blog verzapfte. Aber es war höchst unterhaltsam.

Was Leo als Nächstes sagte, ließ mich aber vor Überraschung fast das Gewehr fallen. Zumindest lockerte ich kurz meinen Griff. Gut, dass ich meine hirschledernen Handschuhe anhatte.

»Ich beobachte und erforsche dieses Totwaldgebiet schon seit einigen Monaten. Hier gehen höchst seltsame Dinge vor sich«, erklärte er ungewohnt ernst.

»Das kannst du laut sagen!«, rief ich sarkastisch auflachend aus. Dann hakte ich misstrauisch nach. »Du bist öfters hier gewesen in letzter Zeit? Davon habe ich gar nichts mitbekommen.«

Diesmal war Leo an der Reihe sarkastisch zu sein. »Selbst du bekommst eben nicht alles mit. Es ist ja sowieso schon seltsam, wie du überall plötzlich auftauchst. Wie jetzt zum Beispiel«, antwortete er.

»Moment mal, lenke nicht ab. Ich bin hier in offizieller Funktion! Sag mir also sofort, was du hier zu suchen hast. Es ist der Tatort eines Verbrechens.«

Leo lachte wieder herzhaft und auch mir wurde sofort die Doppeldeutigkeit meiner Worte inmitten des vom Waldsterben betroffenen Gebietes bewusst. Statt zu antworten bedeutete er mir, ihm zu folgen und verschwand hinter dem riesigen Wurzelstock.

Ich fand ihn an der Grube stehend. Schweigend stellte ich mich neben ihn und schaute nach unten.

Man hatte Harry Reichs Leiche aus dem Wurzelwerk heraussägen müssen, um sie bergen zu können. Ich beneidete die Kollegen vom Forstdienst nicht, die das hatten tun müssen. Die Enden der abgesägten Wurzeln ragten noch in die Grube hinein und sie wirkte dadurch noch unheimlicher.

Leo machte sich plötzlich und wortlos daran hinabzuklettern. Als ich protestieren wollte, sagte er nur: »Ich muss dir da unten was zeigen.« Jetzt erst fiel mir auf, dass er die ganze Zeit schon eine Stirnlampe trug.

Geschickt nutzte Leo die Wurzelstumpen, um nach unten zu klettern, und zwar in einer affenartigen Geschwindigkeit. Der Junge war sportlich, das musste ich ihm lassen. Seufzend folgte ich ihm, allerdings viel langsamer. Schon nach den ersten zwei Metern wurde es um mehrere Grade kühler und ein intensiver, feuchter Erdgeruch umgab mich. Meine Güte, war diese Grube tief! Nach fast fünf Metern kam endlich Grund. Das Licht war dämmrig, über uns sah ich einen blauen Fleck Himmel. Die Grube war überraschend geräumig und als ich mich umsah, funzelte mir Leo mit seiner Stirnlampe ins Gesicht. Geblendet kniff ich die Augen zu und sah rein gar nichts mehr.

»Sorry!«, sagte Leo. »Hier ist das, was ich dir zeigen wollte.«

Er richtete den Lichtstrahl auf einen Wurzelstrang und zuerst wusste ich nicht, was er meinte. Blinzelnd ging ich näher ran und da sah ich es. Aus dem toten, verdorrten Holz wuchsen kleine Wurzeln. Zarte, weiße, hauchdünne Fäden. Leo ließ den Lichtkegel über die Wand der Grube gleiten. Überall das gleiche Bild. Ein Netz von weißem, zarten Wurzelgeflecht bedeckte die Erdwände.

»Das ist völlig unmöglich«, flüsterte ich heiser. »Dieser Baum ist tot. Und alle anderen Bäume drum herum auch. Das muss etwas anderes sein. Genau, die Wurzeln eines anderen Baumes, die bis hierher ragen.«

»Erstens befinden wir uns hier im Zentrum des Totwaldgebietes, im Umkreis von 300 Metern gibt es keinen lebenden Baum. Zweitens habe ich die Wurzeln gestern in meinem Labor untersucht. Es sind eindeutig die Wurzeln der Abies alba, auf Deutsch der Weißtanne«, erklärte mir Leo in triumphierendem Ton.

»Du hast die Wurzeln im Labor untersucht?«, echote ich. »Wann?«

Wissenschaftliche Untersuchungen interessierten mich sehr, ich hatte mir im Forsthaus selbst ein privates Labor eingerichtet.

Aber Leo hörte mir gar nicht zu.

»Ich frage dich als Försterin des Nationalparks Schwarzwald: Siehst du hier – mitten im Totwaldgebiet – die Wurzeln einer lebenden Tanne?«, fragte er in feierlichem Ton.

Wieso sprach Leo so laut? Mir dröhnten die Ohren.

»Nun ja«, antwortete ich zögernd. »Es ist unbestreitbar ein Wurzelgeflecht, das sich hier bildet. In einer Größe und einem Ausmaß, wie ich es noch nie gesehen habe. Das ist eigentlich vollkommen unmöglich. Man müsste natürlich weitere Untersuchungen von einem unabhängigen Labor durchführen lassen, um …«

»Danke, Frauke, das genügt. Liebe Freund…«, Leo machte einen Wimpernschlag lang eine Pause, »…Innen da draußen. Hiermit ist es offiziell bestätigt. Der Totwald im Tonbachtal lebt. Bis ganz bald, liebe alle, ich werde natürlich zeitnah weiter berichten.«

Was zum Teufel ging hier vor sich? Mit wem sprach Leo da? Wir waren doch völlig allein in diesem Loch.

»Sorry, Frauke. Aber ich musste die Gelegenheit nutzen, wenn ich schon so unverhofft eine Fachfrau wie dich hier treffe. Als du kamst, hatte ich gerade einen Livestream im Internet gestartet und die ganze Zeit durchlaufen lassen. Die Welt muss wissen, was sich hier abspielt. Das hier kann alles verändern, verstehst du?«

Leo nestelte an seiner Stirnlampe herum. Die offensichtlich nicht nur eine Stirnlampe war, sondern auch eine Kamera.

Ich sagte nichts, weil ich zu geschockt war. Ich wusste, dass ich jetzt in der Tinte saß. Und zwar ganz tief. Leo hatte mich nach Strich und Faden hereingelegt. Wortlos drehte ich mich um und kletterte so schnell ich konnte aus der Grube nach oben. Eine unwürdige Flucht. Aber ich musste nachdenken, einen klaren Kopf bekommen.

Die Hölle, die in den kommenden Tagen über mich hereinbrach, übertraf meine schlimmsten Befürchtungen noch bei Weitem. Leos Webvideo verbreitete sich in rasender Geschwindigkeit, schneller als jedes Virus. Aufruhr in den Medien. Aufruhr bei der Polizei. Am schlimmsten: Aufruhr bei meinen Vorgesetzten.

Hochoffiziell fanden sich Menschen aus allen oben genannten Gruppen an und in der Grube ein, um das neue Wurzelwerk zu begutachten.

Aber da gab es nichts zu begutachten.

Denn das neue Wurzelwerk war nicht mehr da.

Um die tote Tanne herum gruben sie mehrere Löcher und steckten Sonden hinein, nahmen Proben des toten Holzes. Es war nichts zu finden. Leos Wurzel-Wunder schien eine Fata Morgana gewesen zu sein.

»Fake News, alles Fake News! Und Sie stecken da mit drin!« Der Kommissar war stinksauer. Ich war offiziell aufs Präsidium vorgeladen worden.

»Haben Sie eine Vorstellung, wie sehr die Aktion dieses kleinen Wichtigtuers unsere Ermittlungen torpediert?« Er durchbohrte mich mit seinen Blicken. »Zum hundertsten Mal, sagen Sie uns endlich, wie Sie das gemacht haben und vor allem warum? Sie sind doch ein erwachsener Mensch.

Wieso setzen Sie Ihre Karriere aufs Spiel, ich verstehe es einfach nicht!«, herrschte er mich an.

»Zum hundertsten Mal: Ich weiß es nicht«, rief ich verzweifelt. »Ich weiß nicht, was mit Leo Hönle los ist und ich weiß nicht, wie er es gemacht hat. Ich habe mir schon überlegt, ob er mir heimlich eine Droge verabreicht hat. Aber auf dem Videomaterial sind die neu gebildeten Wurzeln doch deutlich zu sehen, oder?«

»Gerade wird untersucht, ob und wie er das Filmmaterial manipuliert hat. Das dauert aber leider noch, ist wohl sehr aufwändig«, gab der Kommissar zu.

»Leo ist ein hochbegabter Mensch, ich könnte mir denken, dass er in der Videobearbeitung große Fähigkeiten hat«, bestärkte ich den Kommissar und fügte dann traurig hinzu: »Leider ist Leo offensichtlich auch ein sehr fehlgeleiteter Mensch.«

Der Kommissar seufzte tief und neigte zustimmend den Kopf.

»Wieso fragen Sie ihn eigentlich nicht selbst? Wieso bin nur ich hier und es wird mir die Hölle heiß gemacht? Leo ist derjenige, den Sie fragen müssen!«, begehrte ich nun auf, ermutigt von seiner Reaktion. Offensichtlich wurde mir also doch geglaubt, was für eine Erleichterung.

»Das würde ich gerne. Aber Leo Hönle ist verschwunden. Nachdem Sie die Grube verlassen hatten, ist er einige Stunden später noch einmal auf Sendung gegangen, und zwar daheim in seinem Labor. Wie in einem billigen Horrorfilm bewegten sich kleine weiße Wurzeln in einer Petrischale. Es ist wirklich erstaunlich, in welch hoher Qualität sogar Laien heutzutage Specialeffects am Computer erzeugen können. Seitdem hat man von ihm nichts mehr gehört oder gesehen. Wir gehen davon aus, dass er abgetaucht ist, als ihm klar wurde, welchen Sturm er da entfacht hat. Es ist wirklich der Gipfel der Geschmacklosigkeit angesichts der Grausamkeit in diesem Mordfall. Die Angehörigen des Opfers sind stinksauer. Und das völlig zu Recht.«

Ich nickte zustimmend.

»Hat die Obduktion von Harry Reichs irgendetwas ergeben?«, traute ich mich zu fragen, wohl wissend, dass es mich überhaupt nichts anging. »Ich frage aus beruflichem Interesse in meiner offiziellen Funktion als Försterin«, schickte ich hastig hinterher.

Der Kommissar schaute mich prüfend an und ließ dann etwas heraus, wenn auch sehr schmallippig.

»Wir wissen noch nichts, es dauert ungewöhnlich lange mit der Obduktion. Aber es ist ja auch eine noch nie da gewesene Situation, da müssen die Kollegen sehr sorgfältig vorgehen«, sagte er ausweichend.

»Alles klar, dann müssen wir noch etwas warten. Es gibt bestimmt eine rationale, wissenschaftliche Erklärung für das alles. Was auch sonst! Wenn ich irgendetwas zu den Ermittlungen beitragen kann, tue ich das gerne. Sie können mich Tag und Nacht kontaktieren«, sagte ich noch und dann durfte ich zum Glück wieder gehen.

Meine Neugier war so groß wie nie zuvor. Was war da nur geschehen? Was würde bei der Obduktion herauskommen? Ich hatte Mühe, mich auf meine Pflichten zu konzentrieren. Wie konnte ich der Polizei helfen, damit ich weiterhin Informationen aus erster Hand erhielt?

Während ich noch darüber nachgrübelte, klingelte das Telefon. Der Kommissar war dran. Er wollte mit mir noch mal in den Totwald gehen und sich ein paar Sachen erklären lassen. Was genau, wollte er mir am Telefon nicht sagen. Er erwähnte aber in einem Nebensatz, dass die Ergebnisse der Obduktion inzwischen vorlägen.

Als ich mich zur vereinbarten Zeit am Treffpunkt an der Forststraße einfand, stand das Auto des Kommissars schon da, von ihm selbst war nichts zu sehen. Ich seufzte. Schon wieder ein Mann, der meinte, mir einen Schritt voraus sein zu müssen.

Ein Schrei lenkte mich ab. Ein Rotmilan zog über mir am Himmel seine Kreise und stieß immer wieder laute Schreie aus. Wie ich ihn beneidete. Hoch oben schwebte er über allem und hatte den Überblick. Während wir hier unten auf der Erde den Wald vor lauter Bäumen nicht sahen. Dann schaute ich den Hang hinauf, die Baumruinen ragten als stumme Zeugen einer verfehlten Naturschutz- und Klimapolitik in die Höhe.

Plötzlich sah ich es und mir stockte der Atem. Die große Schwarzwaldtanne, die alle anderen überragte. Der Tatort. Ich traute meinen Augen kaum. Aber es war unbestreitbar. Statt der schwarzen Baumruine stand dort jetzt eine grüne, wunderschöne, riesenhafte Tanne!

Auch der Kommissar musste das gesehen haben. Ich stürzte den Hang hinauf, diesmal achtete ich nicht auf eine geräuschlose Fortbewegung und brach durch das Unterholz.

Als ich an der großen Schwarzwaldtanne ankam, bot sich ein beeindruckendes Bild. Der Baum war von einer Schönheit, die ihresgleichen suchte. Vom Boden bis zur Spitze war er wieder mit Ästen bewachsen, an denen sich gesunde und sattgrüne Nadeln befanden. Dieses Prachtexemplar ragte an die 60 Meter senkrecht in die Höhe. Den Baum umgab ein dicker grüner Moosteppich. Von der Grube, in der die Leiche gelegen hatte, und in die ich mit Leo hinabgestiegen war, war nichts mehr zu sehen.

Ich betrat das Moos. Es war ein Gefühl, wie über einen weichen und flauschigen Teppich zu gehen, in den man bis zum Knöchel versank. Der Kommissar musste kurz vor mir angekommen sein, er stand staunend vor diesem Wunder. Ich kam keuchend neben ihm zum Stehen.

»Faszinierend. Absolut faszinierend. Gut, dass Sie hier sind«, murmelte er statt einer Begrüßung, den Blick weiter auf den Baum gerichtet.

Ohne eine Antwort abzuwarten, fuhr er fort: »Heute Nachmittag kam endlich der Obduktionsbericht. Die Ergebnisse sind derart verstörend, dass ich noch einmal eine Vorortbegehung machen wollte, mit jemandem der in und mit dem Wald lebt, bevor ich das alles in der größeren Runde diskutiere. Vielleicht haben Sie eine Idee oder können mir einiges erklären. Dieser Wald ist für mich ein Buch mit sieben Siegeln.«

»Nun, wenn ich Ihnen helfen kann, dann tue ich das natürlich gerne«, sagte ich vorsichtig. »Allerdings sollten wir uns vielleicht etwas weiter von diesem Baum entfernen, auf festen Grund«, fügte ich noch hinzu, denn mir fiel auf, dass wir mit den Füßen schon recht tief in den Moosteppich eingesunken waren.

Der Kommissar, der schon länger hier stand, war sogar schon bis über die Knöchel eingesunken. Er nickte zustimmend, wollte seinen Fuß herausziehen und einen Schritt zurück machen. Aber das gelang ihm nicht, denn beide Füße steckten fest. Stattdessen sank er noch tiefer in das Moos ein, bis zu den Knien. Mit dem Gleichgewicht kämpfend wedelte er wild mit den Armen. Er öffnete seinen Mund, um etwas zu sagen. Doch es kam kein Laut heraus. In Panik schlug er um sich. Plötzlich erstarrte er mitten in der Bewegung, sein Blick wurde leer. War er in Trance gefallen?

Ein Geräusch hinter mir ließ mich herumfahren. Am Rand des Moosteppichs stand eine Gestalt. Es war eindeutig ein Mann. Oder doch nicht? Seine Kleider hingen zerfetzt am Körper, waren mit Erde verschmiert und mit Tannennadeln bedeckt. Auge und Fleisch und damit alles Menschliche waren aus der rechten Gesichtshälfte verschwunden, nur die Schädelknochen waren noch da. Die linke Gesichtshälfte dagegen bestand komplett aus – Holz! Sie war mit der dunkelgrauen Borke einer Weißtanne bedeckt, das erkannten meine geschulten Augen sofort.

Die Person stand einfach nur da. Wir starrten uns gegenseitig an. Dann trat die Gestalt auf den Moosteppich. Genau auf mich zu! Sie bewegte sich steif, wie ferngesteuert und sank dabei kein bisschen in das Moos ein. Und da erkannte ich endlich, wer das war. Denn unter dem Schmutz und den Tannennadeln schimmerte an einer Stelle bunter Stoff hervor. In den Farben des Regenbogens. Vor mir stand Leo Hönle. Oder vielmehr das, was aus ihm geworden war.

Da wusste ich, dass Weglaufen sinnlos war. Ich wollte es auch gar nicht mehr. Leo – oder was auch immer es war – streckte seinen Arm aus und mit seinem Zeigefinger, der sich in einen höchst beweglichen Tannenzweig verwandelt hatte, berührte er mich an der Schulter. Ganz vorsichtig und zart. Ich schloss die Augen.

Ruhe. Endlich Ruhe.

Ich habe mich an meinen Lieblingsort zurückgezogen. Eine Waldlichtung, auf der ein großer Stein mit einer Aushöhlung liegt, in der ich bequem sitzen kann. Hier komme ich zur Ruhe. Zum Nachdenken. Zum Planen.

Unter mir erstreckt sich das Tonbachtal und in seinem lieblichen Talgrund Wiesen, Obstgärten und schmucke Häuser. Das ist die Welt der anderen, der Ruhestörer. Aber wenn ich auf die Höhen schaue, dann sehe ich den Wald. Meinen Schwarzwald. Meine Welt.

Dort haben die Ruhestörer nichts zu suchen, dafür sorge ich. Schon sehr, sehr lange. Aber jetzt habe ich einen Weg gefunden, die Menschen nicht nur aus meinem Wald fernzuhalten. Ich habe einen Weg gefunden, all die Jahrhunderte des unsäglichen Einflusses der Menschen auf den Wald rückgängig zu machen.

Der Kommissar fing dann doch wieder an zu sprechen, ich brauchte ihn nur mit meinem bloßen Finger anzutippen. Er erzählte mir ausführlich von den Ergebnissen der Obduktion von Harry Reichs. Ich war erstaunt, was sie dabei alles herausgefunden hatten. Hoch lebe die Wissenschaft! Die DNA von Harry Reichs hatte sich mit der DNA von Abies alba, der Schwarzwaldtanne, verbunden. Menschliche und pflanzliche DNA, die sich verbindet! Ein beispielloser Vorgang! Als Auslöser wurde ein bisher unbekanntes Virus identifiziert, das pflanzlichen Ursprungs ist und vermutlich von einer Flechte stammt, die an der Borke der Schwarzwaldtanne wächst. Wann und wie genau dieses Virus auf den Menschen übertragen wurde, sei nicht bekannt. Noch nicht. Man arbeite fieberhaft daran, unter größter Geheimhaltungsstufe.

Nun, lieber Herr Kommissar, da kann ich der Polizei

gerne behilflich sein. Ich bin *Patient Zero,* wie man heutzutage so schön sagt. Ich habe einen Weg gefunden, Menschen und Bäume zu verbinden. Nun wird alles gut werden.

Ich zog die hirschledernen Handschuhe aus und betrachtete meine holzigen, grünlichen Fingerspitzen. Sehr lange hatte ich mich auf das vorbereitet, was vor einigen Monaten in Gang gesetzt wurde. Unumkehrbar in Gang gesetzt wurde. Meine Mission ist und war schon immer, die Menschen aus dem Wald fernzuhalten, denn sie richten nur Schaden an.

Nun wird alles gut werden, denn Menschen und Bäume werden eins. Die Alpha-Tanne ist durch das Virus wieder zum Leben erwacht. Sie und ich, wir haben uns verbunden und sorgen nun dafür, dass sich noch mehr Menschen mit dem Wald verbinden und uns zu Diensten sind. Die ersten elf haben wir schon verwandelt. Auch der Kommissar wird bald dabei sein und unserer Sache dienen. Noch befindet er sich im Zustand der Metamorphose. Nachdem er im Moos versunken ist, wird er tief unten im Wurzelwerk der Alpha-Tanne genährt und in eine neue Lebensform verwandelt, die dem Wald nie mehr Schaden zufügen wird – und außerdem in einen getreuen Soldaten für unsere Sache.

Nur ganz kurz war unser Plan bedroht. Natürlich wieder durch diese sprunghaften Menschen, die einfach dem Wald nicht fernbleiben können. So wurde Harry Reichs entdeckt, bevor er die Metamorphose abschließen konnte. Wir haben ihn verloren. Aber wenigstens richtet er keinen umweltpolitischen Schaden mehr an.

Dafür ist Leo Hönle jetzt einer von uns. Das ist ganz bestimmt in seinem Sinne, denn ab sofort ist er ein noch bedingungsloserer Krieger für den Naturschutz. Er hatte zu viel herausgefunden, das hätte uns gefährlich werden können. Es ist schon jetzt genug Schaden angerichtet worden, weil die Menschen, wie immer, versuchen werden, sich dem natürlichen Gang der Dinge entgegenzustemmen. Damit ist jetzt Schluss. Das Virus ist nun in der Welt und wird sich ausbreiten, das kann niemand mehr verhindern.

Ich musste die ersten Kandidaten noch direkt zur Alpha-Tanne locken. Doch bald wird das nicht mehr notwendig sein, denn wir werden immer mehr, das Virus wird mutieren und die Berührung durch einen der unseren wird ausreichend sein für die Verwandlung der anderen.

Ein Geräusch schreckt mich aus meinen Gedanken auf. Ich richte mich auf und schaue mich um. Aus dem Wald treten zwölf Gestalten mit steifem und unrundem Gang auf die Freifläche rund um den Petermännle-Stein hinaus, auf dem ich sitze. Auch der Kommissar ist schon mit dabei, wie ich befriedigt feststelle. Mit leerem Blick und Tannenzweigen statt Haaren schaut er mich an. Ein Arm ist aus Holz, der andere noch aus Fleisch und Blut. Mit beiden Händen hält er fest eine große Axt umklammert. Er wird sie bestimmt nicht zum Bäumefällen einsetzen!

Meine Armee steht hinter mir versammelt. Und ich, Frauke Petermann aus dem Tonbachtal, werde sie anführen. Gemeinsam schauen wir zu, wie die Sonne hinter den waldbedeckten Höhen des Schwarzwaldes versinkt. Die neue Zeit ist angebrochen.

DIE LEGENDE VOM PETERMÄNNLE-STEIN IM TONBACHTAL

Das Petermännle war ein eigensinniger und grober Kerl, der im Tonbachtal wohnte, aus dem Obertal stammte. Er kannte den Wald genau, wusste alles über Pflanzen und Tiere. Das Jagen war sein Hobby. Am liebsten ging er auf der Winterseite im Tonbachtal auf die Jagd. Er wohnte im Gehöft Jägerbuckel. Oben auf dem Berg, auf einer Lichtung, liegt *sein* Stein bis zum heutigen Tag: der Petermännle-Stein. Von dort aus konnte er das Tonbachtal und Baiersbronn überblicken.

Das Petermännle wollte die Menschen von seinem Wald fernhalten und dachte sich dafür immer neue Pläne aus. Denn die Menschen gingen im Wald Beeren sammeln und Sauerklee pflücken. Die Harzer erledigten dort ihre Arbeit. Das alles störte das Petermännle gewaltig. Er schüttete die Sammelkörbe mit den Beeren aus, verprügelte die Buben. Er machte den Harzern die ganze wochenlange Arbeit zunichte, indem er in die Bäume Rillen bis auf den Boden schlitzte, sodass das ganze Harz ins Moos lief.

Auch heute noch wird so manchem mulmig, wenn er am Petermännle-Stein vorbeigeht. Ängstliche Kinder wollen das Petermännle besänftigen und werfen ihm einige Heidelbeeren auf den Stein und sprechen leise folgende Worte:

Petermännle, laß mi gauh,
Laß mir meine Beerle stauh,
Laß mir's stauh und nimm mir's nit
Do hosch e paar, sei z'friede mit.

Quelle: Infotafel am Petermännle-Stein im Tonbachtal

DIE LETZTEN WÜNSCHE

SARAH TISCHER

Das Wetter kommt gelegen, obwohl es nicht zu Ellas Stimmung passt. In ihrem Innern ist es schon lange dunkel und bewölkt.

Sonnenstrahlen fallen auf ihre Körper und erzeugen Schatten. Der von Günther ist um einiges länger als ihrer. Der Himmel zeigt sich an diesem Frühlingstag in einem schüchternen Blau.

»Der Flieder blüht jeden Tag üppiger«, sagt Ella. Ihr Mann deutet auf den Strauch, der sich in den Weg hineinbeugt. Die weißen Blüten hängen wie Kegel an den Zweigen.

»Komm, Günther, wir müssen los.« Die braune Ledertasche über ihrem Unterarm wird schwer. Auch Ella fühlt sich bleischwer, mindestens zweihundert Kilogramm.

Weder ihr Mann noch sein Zeigefinger rühren sich.

»Soll ich dir eine Blüte abpflücken? Die können wir mit ins Auto nehmen, dann kannst du während der Fahrt daran riechen.«

Sie reißt an einem Ast. Weiße Blütenblättchen rieseln wie Schneeflocken auf die Pflastersteine. Der Ast knickt, sie blickt sich um, es scheint niemand in der Nähe zu sein, sie reißt stärker.

»Hier, Günther, und jetzt gehen wir zum Auto. Wir machen heute einen Ausflug.« Sie drückt ihm die Blüte in die rechte Hand, packt ihn an seiner linken und marschiert los.

Ella legt die Tasche auf die Rückbank des Autos, öffnet die Beifahrertür und deutet ihrem Mann den Weg zum Sitz. Sie schnallt ihn an, bückt sich, hebt die Fliederblüte auf und legt sie auf seinen Schoß, bevor sie in den Wagen steigt.

Sie liebt es, durch die von hohen Tannen und Fichten umsäumten Straßen zu kurven. Bei heruntergekurbelten Fenstern fühlt es sich an, als sei sie mitten im Wald. Der gleichmäßige Atem von rechts verrät ihr, dass ihr Mann döst. In diesem Zustand ist er ihr am liebsten, auch weil sie genug von den Atemgeräuschen hat. Dieses leise latente Pfeifen. Mal lauter, mal leiser, aber ständig da. Wie ein Folterinstrument.

Ein sanfter Wind weht, die Luft ist lau, doch ihre Kehle ist zugeschnürt. Schon lange fehlt ihr die Luft zum Atmen, heute fühlt sie sich, als würde sie fast ertrinken. Bald hast du wieder mehr Luft, sagt sie in Gedanken.

Sie biegt von der Hauptstraße ab, parkt hinter dem Gebäude. Das Auto kommt abrupt zum Stehen, sodass ihr Mann erwacht.

»Wir sind da, Günther! Schau, das ist unser Hotel.« Sie zeigt auf das rechteckige Schindelhaus. »Hübsch, nicht?«

Keine Antwort.

»Vielleicht ein bisschen in die Jahre gekommen, aber das passt ja zu uns.«

Ella steigt aus, stolpert im unebenen Gras am Wegesrand, fängt sich gerade noch an der Autotür. Sie hebt das bunte Seidentuch auf, das zu Boden gefallen ist. Ein

Geschenk von Günther. Vor Jahren. Ein wichtiger Teil ihres Outfits. Sie war nie wohlhabend, hat sich nie als etwas Besonderes gefühlt, hat jedoch stets auf ihre Garderobe geachtet. Nie hat sie sich gehenlassen. Besonders seit Günthers Krankheit nicht. Je mehr ihm alles egal wurde, je hemmungsloser er wurde, umso mehr hat sie sich um ihr Aussehen gekümmert, als wollte sie seine Anstandslosigkeit durch ihr Auftreten kompensieren.

Sie öffnet ihm die Autotür, greift die Ledertasche.

»Ich glaube, auf der Hinterseite kommen wir nicht rein. Wir müssen den Vordereingang benutzen.«

Sie nimmt wieder seine Hand, kommt sich vor, als ziehe sie einen unwilligen Esel hinter sich her. Es schmerzt, dass all ihre Worte wie Seifenblasen in der Luft zerplatzen, bevor sie bei ihm ankommen. Sie redet und erklärt pausenlos, es ist ein Automatismus geworden. Meist gutmütig und geduldig. Seit Monaten erhält sie nicht die leiseste Antwort. Keine Reaktion. Keine.

»Schau, die rote Tür da muss der Hoteleingang sein.«

Sie steigen die geschwungenen Treppenstufen hinauf. Mit der Schulter drückt sie sich gegen die Tür, die sich öffnet. Die Tür stöhnt wie sie, wenn sie von der Couch aufsteht.

Günther folgt ihr ins Innere – unbeeindruckt. Es riecht nach Verfall. Sie schließt die Tür, blickt um sich, nach oben, nach unten. Kleine Pilze bedecken den Boden, leicht transparent und graubraun, farblich passend zu den Tapeten.

Der Ort strahlt eine friedliche Stille aus. Die Natur übernimmt, was der Mensch geschaffen hat. Was er baute, wo er lebte und arbeitete oder Urlaub machte. Nun nähert sich dieses Gebäude allmählich wieder der Natur an. Verfall ist der natürlichste Prozess, den es gibt, denkt Ella.

Veränderung klingt charmanter, aber eigentlich verfällt alles. Der menschliche Geist und der Körper entwickeln sich schneller als sie verfallen. Man kann dem Verfall überall zusehen. Schlimmer als der Verfall von Gebäuden ist der Verfall des menschlichen Körpers und Geistes …

»Da ist der Speisesaal, dort können wir heute Abend noch was essen.«

Günther tappt durch den türlosen Bogen in den nebenliegenden Raum.

»Nein, Günther, nicht in die Laken legen. Das ist die Wäschekammer. Da hat jemand seine Arbeit nicht beendet. Wir sehen uns erst einmal unser Zimmer an, dort gibt es bestimmt ein richtiges Bett.«

Sie greift wieder die Hand ihres Mannes und zieht ihn in Richtung Treppe. Die teppichverkleideten Stufen scheinen ihre Tritte nicht zu stören. Tapetenbahnen schälen sich von den Wänden, entblößen den Putz.

»Das sieht kunstvoll aus, wie Girlanden, findest du nicht auch, Günther? Wie ein Gebäude, das von Christo erst verpackt und dann enthüllt wurde. Nur passiert das hier ganz natürlich.«

Ihrer beider Atem geht schneller, als sie im Stockwerk darüber ankommen.

Ella betritt den ersten Raum auf der rechten Flurseite, dessen Tür offen steht. »Na, dann wollen wir doch mal ins Zimmer schauen.«

Durch das schmale, hohe Fenster fällt ein Lichtstrahl. Die herabgefallenen Putzstücke rascheln wie Herbstlaub unter ihren Füßen.

»Schau, es gibt sogar einen kleinen Tisch und einen Stuhl. Die rücken wir mal vor den Sessel, dann haben wir beide einen Sitzplatz.«

Mit der routinierten Bewegung einer Hausfrau wischt sie die Tapetenfetzen vom Sessel, streicht mit dem Ärmel über Tisch- und Stuhloberfläche. Aus der Ledertasche zückt sie ein Häkeldeckchen, streicht es auf dem Tisch glatt. Es folgen ein geblümter Teller und eine Packung Butterkekse. Behutsam öffnet sie die Packung, schichtet exakt sechs Kekse auf den Teller, drei für jeden, legt die Packung zurück in die Tasche. Wie aus einer Wundertüte zieht sie eine Thermoskanne und zwei Plastikbecher heraus. Sie gießt Tee in die Becher. Dann greift sie erneut in die Tasche, nestelt darin, bis sie das Windlicht gefunden hat – ein mit orangefarbenem Kreppband umwickeltes Trinkglas. Die Streichhölzer hat sie im Seitenfach deponiert. Sie nimmt das Teelicht, zündet es an und verfrachtet es in das Glas. Es geht aus. Noch mal. Diesmal kämpft es, bleibt jedoch an.

»Setz dich, Günther.« Sie bewegt ihn Richtung Stuhl, er lässt sie gewähren, als wäre er eine Marionette, an deren Fäden sie zieht. »Du hast ja noch den Flieder in der Hand. Den legen wir zur Deko auf den Tisch.«

Sie lehnt sich im Sessel zurück, schließt die Augen, atmet den Geruch des Verfalls ein, durchzogen von einer Fliedernote. Sie fühlt sich wohl in dieser Umgebung. Stille, bis auf Günthers pfeifenden Folteratem. Ihr Mann blickt ins Leere. Die Flamme des Teelichts tanzt im Glas, wirft orangene Schatten auf die Häkeldecke. Sie umfasst den Henkel des Plastikbechers und schlürft einen Schluck Tee. Die aufkommende Nachmittagsmüdigkeit überrascht sie, sie war doch eben noch so aufgeregt. Sie kämpft nicht dagegen an, sondern sinkt in den Sessel.

Ein Quietschen weckt sie. Hat sie geschlafen? Der Raum wirkt dunkler, kleiner.

Ihr Mann hat den Stuhl weggerückt, ist aufgestanden, bewegt sich Richtung Bett.

»Willst du schlafen, Günther?«

Er setzt sich auf die Matratze, legt sich auf die Seite, bleibt liegen, die Knie und Arme angewinkelt.

Du riesiges Baby, denkt sie. Kommt es ihr nur so vor, oder kann sie in seinem Blick eine Spur von Seligkeit erkennen? Seine Augen fallen zu, bevor sie sich in seinen Blick vertiefen kann.

Vor dem Fenster bewegt sich etwas. Ein schwarzgefiederter Vogel lässt sich auf einem Ast nieder, krächzt einmal, fliegt weiter.

Günther sieht so friedlich aus. Als gehöre er hierhin, als wollte er hierbleiben.

Ella deckt ihren Mann mit der grün gefleckten Tagesdecke zu, streift sie glatt. Sie bläst das Teelicht aus, sieht zu, bis die seilförmige Rauchwolke sich aufgelöst hat, packt Tischgedeck, Thermoskanne und Teelicht in die Ledertasche.

Sie will nur noch weg, stürmt aus dem Zimmer, stolpert die Treppe hinunter, rennt zur Ausgangstür. Langsam öffnet sie diese, schiebt den Kopf hinaus, blickt sich um. Kein Auto fährt vorbei, niemand zu sehen. Sie marschiert zielstrebig um das Haus herum zum Wagen.

Jegliches Zeitgefühl ist verschwunden. Ihre Füße beginnen stark zu zittern, sodass sie in die nächste Waldeinfahrt einbiegt. Ihre Hand greift in die Wundertüte auf dem Beifahrersitz, zieht ein Pipettenfläschchen mit gelbem Etikett heraus. »Eins, zwei, drei, vier«, zählt sie laut mit, während die Rescue Tropfen aus der Pipette in der unruhigen Hand auf ihre Zunge gleiten. Sie presst ihren Körper in den Fahrersitz. Augen schließen und tief durchatmen. Es dauert, bis das Zittern nachlässt.

Was hat sie getan? Ihn einfach dort gelassen. Im Hotelbett. Aber er wollte doch bleiben. Günther ist zum Bett gegangen und hat sich hineingelegt. Er hat aktiv gehandelt – wie lange war das nicht mehr vorgekommen? Was hätte sie anderes tun sollen? Gegen seinen Willen handeln? Nein. Es war sein letzter Wunsch.

Sie hört die Stimme von Annegret: »Du hast ihn ausgesetzt wie einen Hund an einem Parkplatz.« Wenn jemand keine Ahnung von der Situation hat, dann sie. »Papa sieht doch noch ganz gut aus«, hat sie bei ihrem letzten Besuch gesagt und ihrem Vater die Hand getätschelt. Es muss vor über zwei Jahren gewesen sein. Wie frech. Und verlogen. Das wussten sie beide. Annegret hat sofort bemerkt, dass ihr Vater zwar da war, jedoch in einer anderen Welt lebte. Seither ist sie nie mehr gekommen, ist mit ihrem Mann in Madrid geblieben. Nicht ein einziges Mal hat sie angerufen, um sich nach ihrem Vater zu erkundigen. Nicht verwunderlich: Nachdem Annegret realisiert hatte, dass sie ihren Vater um keinen Gefallen mehr bitten konnte, nichts mehr von ihm erwarten konnte, blieb sie weg.

Sie hatte keine Ahnung, was Ella in den letzten Jahren durchgemacht hatte. Keine.

Ihre Stieftochter war stets ihre Stieftochter geblieben. Am Anfang hatte Annegret sie bekriegt. Aus ihren Augen schossen spitze Pfeile. Ella spürt sie noch heute. Für Annegret war sie an allem schuld. Ella war machtlos. Mit der Zeit wandelte sich Annegrets Kampfgeist in Ignoranz. Den spitzen Pfeilen ging die Puste aus. Eine unsichtbare Mauer blieb zwischen ihnen.

Auch Matthias hatte sich lange nicht mehr die Mühe gemacht, aus dem fernen Norddeutschland Richtung Süden zu reisen. Nicht einmal zu den Geburtstagen seiner Eltern ist er gekommen, seit er eine eigene Familie gegründet hat. Nach der Scheidung war er »zu beschäftigt mit dem Leben«. Seine Kinder waren bei seiner Ex-Frau, er sah sie sporadisch. Und enthielt sie ihrer Oma vor. Zwar rief Matthias sie ab und zu an, doch interessierte er sich nicht für sie. »Du machst das großartig, Mama. Es ist einfach rührend, wie ihr füreinander da seid und die Ehe nicht nur in guten Zeiten lebt.« Sie ließ sich von ihrem Sohn um den Finger wickeln. Dabei war sie am Ende ihrer Kräfte. Schon lange. Auch er hatte keine Ahnung, was Ella in den letzten Jahren durchgemacht hatte.

Mit Günther an der Seite war sie augenscheinlich nicht allein. Das reichte allen anderen. Sie brauchten sich nicht zu kümmern. Sie fragten nicht.

Wie mit einem Hypothekenkredit umgehen, der einen erschlägt, weil der Wert der Immobilie sinkt und die Zinsen steigen? Irgendwann geht es nicht mehr. Eigentlich ging es die letzten Jahre schon nicht mehr.

Günther führte kein Leben mehr. Sie auch nicht.

Sie hat sich gekümmert, ihrem Mann dabei zugesehen, wie er ein anderer wurde. Er sah ihr dabei zu, wie sie kaputtging, ohne dass es ihn bekümmerte.

Sie dachte lange, es gäbe zwei Arten von Menschen: die, die sich in Anbetracht des Todes an das Leben klammern wie an einen Strohhalm. Und die, die dem Tod ins Auge sehen. Standhaft und mit Würde.

Sie hat genug Menschen erlebt, die trotz ihres Glaubens und sonntäglicher Kirchgänge zu Strohhalmklammerern geworden sind. Ihr Vorsatz ist es, standhaft zu bleiben.

Seit Günthers Krankheit kennt sie eine dritte Art von Menschen: die, die zwischen Tod und Leben wandeln. Geistig zu weit weg sind, um sich mit dem Sterben auseinandersetzen zu müssen.

Es ist nicht lange her, dass Günther zum letzten Mal gelacht hat. Es hat etwas verändert. Zerstört. Er hatte das Bad mit dem Schlafzimmer verwechselt, stand vor dem weißen Wäschekorb und pinkelte hinein. In die frisch gewaschene Wäsche. Auf dem Parkettboden bildete sich eine Pfütze. Sie kam sich vor wie in einem schlechten Film. Vielleicht wäre die Szene in einem Film sogar lustig gewesen, zumindest am Anfang. Sie wies ihren Mann zurecht, schob ihn beiseite und fluchte. Wie immer leise. Als sie mit dem Putzlappen zurückkam, hatte Günther sich auf den Bettrand gesetzt, wippte mit dem Oberkörper hin und her. Sie bückte sich, rutschte aus. Die Knie brannten und der Schmerz breitete sich im ganzen Körper aus. Auf allen vieren blieb sie liegen wie ein Tier, unfähig, sich zu bewegen. Irgendwann drehte sie sich um und sah in Günthers leere Augen. Er begann wieder zu wippen wie eine Pendeluhr. Sie bewegte sich vorsichtig, das Brennen in ihren Knien pfiff sie sofort zurück.

»Günther, schau, ich habe mir wehgetan, bitte hilf mir doch auf.«

Günthers Mundwinkel verzogen sich nach oben, als ob er lächelte, er wippte ausladender. Ihr Sichtfeld verschwamm, sie saß da und heulte.

Plötzlich war da dieser Hass. Sie lag verletzt am Boden. Und ihr halb angezogener Ehemann saß auf dem Bett und lachte sie aus, statt ihr zu helfen.

Wie fremdgesteuert erhob sie sich, zog sich um und rief die Nachbarin an, die sie zum Arzt fuhr. Sie erzählte, dass sie beim Putzen des Badezimmers ausgerutscht sei. Der Arzt verband ihre Knie. Er fragte, ob sie sich nicht überlegen wolle, eine Haushaltshilfe zu engagieren. Sie sei nicht mehr die Jüngste.

Eine Haushaltshilfe. Ein Platz in einem Pflegeheim. Diese Dinge hören sich an wie Antworten auf die Frage, was Ella mit einem Lottogewinn machen würde. Günther und sie besitzen kein Haus. Mit ihrer Rente leben sie unter der offiziellen Armutsgrenze, das hat sie letzte Woche in der Zeitung gelesen. Lachhaft. Sie und arm? Nein, sie haben gearbeitet und immer genug zum Leben gehabt. Sie gehören nicht zu den Armen. Und schon gar nicht zu den Bettlern. Annegret hat genug Geld durch ihren Mann. Ella würde sie nie um Geld bitten. Matthias hatte ihr etwas von Pflegestufen und Hilfe erzählt. Er hatte versprochen, dass er sich vor seinem nächsten Besuch informieren würde. Er kam nie.

Die Erinnerungen an bessere Zeiten sind weit weg, irgendwo in einem anderen Leben. Günther war so schön gewesen. Groß gewachsen und kräftig. Dazu diese tiefblauen Augen. Vergissmeinnichtblaue Augen hatte sie einmal gesagt. Er hatte sie sein ganzes Leben durch diese Augen angesehen. Jede seiner Körperzellen strahlte diese unbändige Lebensfreude aus. Er zog die Menschen an sich wie ein Pfau, der sein Gefieder ausfächert, und er genoss es. Sie war unauffällig, anpassungsfähig wie ein Chamäleon, war stolz an der Seite ihres Mannes.

Sie waren eine normale, bodenständige, funktionierende Familie gewesen.

In ihrem Schrebergartengrundstück am Stadtrand hatten sie den Großteil ihrer Freizeit verbracht. Mit den Kindern, mit den Freunden aus der Nachbarschaft.

Sie sieht ihre Familie vor sich, Günther mit Spaten und Strohhut, Annegret mit einem Buch auf dem Liegestuhl. Und wie der kleine Matthias mit dem roten Eimerchen und der Schaufel in der Erde buddelt.

Nach Jahrzehnten musste das Gartengrundstück für eine neue Wohnungssiedlung weichen. Es war kurz bevor Günthers Krankheit offensichtlich wurde, eigentlich kein schlechter Zeitpunkt. Der Kontakt zu den Gartennachbarn brach ab, doch das wäre ohnehin passiert, da macht sie sich nichts vor. Wer will schon Zeit mit einem Dementen und seiner alten Frau verbringen? Er in seiner Welt, sie überfordert und beschämt.

»Schöne Erinnerungen sind wie kleine Amulette, die irgendwann ein Armband ergeben.« Ein Zitat aus einem Buch, das sie sich gemerkt hat. Sie trug ein solches Armband viele Jahre. Ja, Günther war schön gewesen, und sie hatten es über viele Jahre schön gehabt. Jetzt reichen die Erinnerungen nicht mehr aus. Das Armband ist längst gerissen, der Vergangenheitsbonus aufgebraucht.

Ella kurvt über die dämmrigen Waldstraßen. Ohne Pause fährt sie, bis sie den Wagen auf einer weiß markierten Fläche am Straßenrand parkt. Gefasst steigt sie aus dem Auto, atmet die Nachtluft ein. Der Mond steht voll am Himmel, die Sterne haben sich wie Zuschauer um ihn versammelt. Niemand ist zu sehen. Schnell schnappt sie die Tasche und eilt zum Hauseingang.

Ella schläft, bis die Vögel und die Helligkeit sie um halb sechs wecken. Ihr Plan steht wie in den Boden betoniert. Sie stärkt sich mit einer Tasse Kaffee und zwei Marmeladentoasts, duscht, räumt die Reste des gestrigen Picknicks aus der Ledertasche, packt Kleidung, ihren Kulturbeutel und eine Packung Tabletten ein.

Im Wohnzimmer kniet sie sich auf den Boden, öffnet mit dem Schraubenzieher die Steckdosenblende. Sie zieht die Orchidee auf dem Fernsehtisch aus dem Blumentopf, der einzige Stiel mit Blüte knickt ab. Die Finger greifen zum Topfboden und finden den Schlüssel. Ella pustet die Erdreste ab, steckt den kleinen silbernen Schlüssel in die Metallöffnung hinter der abmontierten Blende. Günther hat den Steckdosentresor eingebaut, als er in Rente ging. Sie haben jeden Monat 50 Euro eingezahlt. Acht Jahre gemeinsam, dann hat Günther den Steckdosentresor vergessen. Sie hat weiterhin jeden Monat die 50 Euro hineingelegt.

Sie wollten zusammen nach Italien fahren. Es war ihr Geheimnis, von dem nicht einmal Annegret etwas wusste. Die missgünstige Annegret.

Ella lächelt und zieht die Geldscheine aus dem Tresorloch. Es sind viele, sie rascheln angenehm. Den Großteil deponiert sie zwischen der Kleidung in der Tasche, den Rest legt sie in ihre Geldbörse.

Ella ist bereit für die Reise. Ein letztes Mal leben. Sie öffnet die Wohnungstür, schließt sie von außen ab. Beim Hinausgehen atmet sie den Fliederduft ein, heute riecht er noch intensiver. Der süße Duft der Freiheit.

Sie nickt den Nachbarn zu, die ihr mit einer Brötchentüte entgegenspazieren, bevor sie ins Auto steigt. Ella dreht den Zündschlüssel, der Motor brummt, und sie fährt los.

Sie war sich sicher, dass sie ankommen würde. In einer Pension irgendwo westlich von Genua hat sie sich ein winziges Zimmer gemietet. Dort wird sie so lange bleiben, wie das Reisegeld reicht. Ella fühlt sich fremd und gleichzeitig so wohl. Sorglos wie ein Kind, eingebettet in die neue Freiheit.

Der schattenspendende Sonnenschirm ist bereits morgens um zehn Uhr dringend nötig. Auf dem Plastiktisch vor ihr steht eine Tasse mit den Schaumresten des Cappuccinos. Sie blättert durch eine deutsche Zeitung. Ihr Herz schlägt schneller, als sie die Überschrift liest:

Leiche in ehemaligem
Schwarzwaldhotel gefunden.

Freudenstadt-Kniebis – Nach Polizeiangaben ist am Mittwochabend im ehemaligen Hotel Alexanderschanze eine dehydrierte Leiche gefunden worden. Ein Hobby-Fotograf entdeckte den Toten. Die Leiche konnte bisher nicht identifiziert werden. Noch ist nicht bekannt, wie der Mann in das Hotel gelangte und wie lange er dort schon lag.
Spuren von Gewalt oder Hinweise auf eine Straftat gibt es bislang keine, teilte eine Polizeisprecherin mit. Eine Obduktion soll weitere Erkenntnisse liefern. Die Polizei konzentriere sich nun darauf, die Identität des Mannes zu ermitteln. In der Region sei kein Vermisstenfall bekannt, der zur Leiche passe. Es handelt sich um einen etwa 75 Jahre alten Mann. Er ist 1,85 Meter groß und trug ein weißes Hemd und beige Hosen. Hinweise nimmt jede Polizeidienststelle entgegen.

Günther ist rasch gefunden worden. Er ist im Hotel eingeschlafen. Mehr will sie nicht wissen. Sie steht auf, stopft die Zeitung in den nächsten Mülleimer. Günther hat sie vergessen, nun darf sie auch ihn vergessen.

Einmal noch leben. Eis und Pizza essen, im Meer baden und sich am Strand von der Sonne trocknen lassen. Ihre letzten Wünsche. Sie wird sie sich erfüllen.

ZUR GESCHICHTE DES EHEMALIGEN HOTEL ALEXANDERSCHANZE AM KNIEBIS

Das ehemalige Hotel Alexanderschanze liegt auf der gleichnamigen Passhöhe im Stadtteil Kniebis bei Freudenstadt im Nordschwarzwald.

Bereits im 19. Jahrhundert wurde an der Passhöhe eine Unterkunft und ein Gasthaus für Fuhrleute und Wanderer errichtet. Das Gebäude brannte zu Beginn des 20. Jahrhunderts ab. An der gleichen Stelle baute man jedoch 1911 das Kurhaus Alexanderschanze. Dieses Gebäude steht bis heute. Das Schwarzwälder Höhenhotel war über Jahrzehnte eine beliebte Anlaufstelle für die Schwarzwälder Kurgäste. Während des zweiten Weltkriegs nutzte man es als Übergangswohnheim für die ausgebombte Bevölkerung. Nach dem Krieg wurde das Haus nochmals modernisiert. Es war bis zum Jahr 1991 in Betrieb, zuletzt als einfaches Wanderheim. Seither steht es leer, wie auch einige andere ehemals populäre Hotels an der Schwarzwaldhochstaße. 2015 erwarb das Land Baden-Württemberg das Gebäude. Derzeit (2022) ist es eine beliebte Adresse für Lost-Place-Fotografen.

CHARLOTTENHÖHE

SUSANNE TÄGDER

Er ist da lang, wird die Zeugin sagen und zum Wanderweg zeigen. Die Zeugin heißt in seiner Vorstellung Frau Schröder und wohnt direkt am Wald. Ein Streifenwagen wird zu ihr kommen, nein eigentlich nicht zu ihr, sondern zu seinem Auto, das seit gestern verlassen auf dem Waldparkplatz steht.

Er ist also da lang. Allein? Rucksack? Tasche?

Ja, allein. Einen Rucksack könnte er schon aufgehabt haben.

Könnte?

Also, wenn sie sich festlegen müsse, dann eher ja. Aufgefallen sei ihr der Mann eigentlich nur, weil er plötzlich um sich geschlagen habe. Wahrscheinlich wurde er von einer Stechfliege attackiert. Es war das Wetter für Stechfliegen.

Wann war das genau?

Gegen halb vier war das.

Und Sie haben ihn nicht wieder zurückkommen sehen?

Nein. Aber ich stand ja auch nicht den ganzen Tag auf dem Balkon. Schließlich hab ich noch was anderes zu tun. Später am Abend, als ich dann noch mal zum Rauchen rausging, fiel mir auf, dass sein Auto noch da stand. Das kam mir komisch vor.

Können Sie den Mann beschreiben?

Also, was der anhatte, kann ich Ihnen nicht so genau sagen. Aber eine Kamera hatte er über der Schulter. Ziemlich teures Ding. Und eine Schirmmütze hatte er auf, die war rot.

Der Polizeiobermeister, der die Zeugin vernimmt, tauscht einen kurzen Blick mit seinem Kollegen. Ein angedeutetes Nicken. Der Polizist wird einen kernigen Namen haben, so wie Dorn oder Thiel. Irgendwann wird ihm dann klar sein, dass der Vermisste vom Waldparkplatz aus losmarschiert ist Richtung Schömberg, am Calmbächle entlang, und dass er mit ziemlicher Sicherheit nicht mehr zurückgekehrt ist.

Und dann werden sie auf das Wetter zu sprechen kommen.

Die Zeugin wird sagen, dass da schon ein paar sehr dunkle Wolken am Himmel standen. Deshalb habe sie ja den Mann überhaupt beachtet, als er in den Wald reinging. Jetzt will der noch wandern, habe sie nämlich gedacht. Das ist ja leichtsinnig. Wo es doch in spätestens einer halben Stunde gewittern dürfte.

Die Gewitter sind um diese Jahreszeit heftig, wird sie sagen, obwohl sie das niemand gefragt hat.

Aber sie sagt es trotzdem, weil es stimmt.

Er wird dann wohl irgendwann in Schwierigkeiten geraten sein. War ja abzusehen.

Der Vermisste wurde zuletzt gegen 15:30 Uhr lebend gesichtet, wird Polizeiobermeister Kernig in seinen Notizblock schreiben.

Ab welchem Zeitpunkt ist man eigentlich ein Vermisstenfall?

Vielleicht hat ihn die Zeugin auch gar nicht gesehen. Wenn er sich richtig erinnert, stand die Sonne in ihrem Gesicht, als er vorbeikam. Sie hat die Hand als Schirm über die Augen gehoben. Wie viel sie da erkennen konnte, das ist fraglich. Und noch dazu führt sie die Sache mit dem Wanderweg Richtung Schömberg auf eine ganz falsche Fährte. Er liegt nicht auf dieser Strecke. Er ist vor Schömberg abgebogen, weil er unbedingt ein leer stehendes Haus fotografieren musste. Und jetzt liegt er im maroden Kern eines ehemaligen Lungensanatoriums, in dem er nichts zu suchen hat, nachdem er vom dritten Stock mitsamt einer morschen Holztreppe und ihrer Verankerung runtergekracht ist. Wie dämlich kann man sein.

Durchgebrochen. Nicht nur die Holztreppe, nein, es handelt sich um sein Bein. Sein rechtes Bein. Es ist unter Trümmern begraben. Er hat sofort gemerkt, dass es schlimm ist. Wenn er sich bewegt, wird er vor Schmerz ohnmächtig.

Er hat das oberste Gebot des Metiers verletzt. Er hat einen einsturzgefährdeten Ort ohne Begleiter betreten. Das Gebot: Geh niemals allein. Wenn man doch allein geht, dann sagt man einer Kontaktperson Bescheid. Zumindest das hat er gemacht. Es gibt jemanden, der weiß, wo er ist. Charlie, seine Frau. Seine fast schon Ex-Frau. Er hat vorgestern vom Hotel aus mit Charlie gesprochen und ihr erzählt, dass er Richtung Schömberg wandern und das alte Lungensanatorium fotografieren will. Das ist Fakt. Er hütet dieses Wissen wie ein Flämmchen Hoffnung, das ihn am Leben hält.

Doch nicht etwa die Charlottenhöhe, hat Charlie gesagt.

Doch die. Wenn du bis morgen Abend nichts von mir hörst, hat er gesagt, dann haben sie mich gleich dabehalten.

Dann hat er gelacht. Charlie hat nicht mitgelacht. Früher schon, da haben sie ständig über irgendwas Witze gemacht. Aber Charlie ist der Humor komplett abhandengekommen.

Egal. Hauptsache sie weiß, wo er ist. Und weil er sich gestern Abend nicht zurückgemeldet hat, wird sie die Polizei verständigen.

Das Problem: Charlie ist in letzter Zeit oft abgelenkt. Sie widmet sich ganz ihrer Kunst, das konnte sie nämlich nicht in der Enge ihrer Ehe. Enge! Jetzt hat sie ein riesiges Atelier in der Wiehre und malt großflächige Aquarelle von vulkanischen Inseln. Alle paar Wochen fliegt sie auf die Kanaren und sucht Inspiration. Er persönlich geht lieber in den Wald, wie sie es immer gemacht haben. So kriegt er den Kopf frei. Sie sind den Schluchtensteig gewandert, die Wolfsschlucht und einmal, ja einmal, da waren sie sogar zusammen hier auf der Charlottenhöhe und haben auf einem der Balkone ein gottverdammtes Picknick gemacht.

Er schreit das Wort Picknick heraus, mehrmals, bis ihm schwarz vor Augen wird. Sein ganzer Brustkorb schmerzt. Außerdem hat er wahnsinnigen Durst. Die Wasserflasche ist im Rucksack und der Rucksack steht auf dem Treppenabsatz oben. Unerreichbar, genau wie sein Telefon, genau wie alles. Seine Augen füllen sich mit Tränen. Die Wand vor ihm hat Stockflecken und ein großes Graffiti: RUN.

Er denkt wieder an die Zeugin. Zum Glück ist da ja noch die Zeugin. Sie hat doch gesehen, wie er in den Wald rein ist, Richtung Schömberg, und nicht mehr rauskam.

Wie lange kann es dauern, verdammt, bis jemand endlich zwei und zwei zusammengezählt hat?

Einmal hat er von einem Kletterer gelesen, der in einem Canyon in Utah wandern war und stecken geblieben ist. Eigentlich ist nur seine Hand stecken geblieben, aber das war ja gleichbedeutend mit dem ganzen Menschen. Wo deine Hand ist, bist du. Er versucht, seine Gedanken von dieser Geschichte wegzulenken. Es raschelt neben ihm. Fast dankbar für die Ablenkung dreht er seinen Kopf zur Seite. Eine Maus. Eine winzige, kugelförmige Maus. Sitzt da und schaut ihn an, als wäre er Aas. Vielleicht ist er schon Aas und weiß es nur noch nicht. Man sagt, dass Todgeweihte einen bestimmten Geruch absondern.

Wie gut können Mäuse eigentlich riechen?

In Utah jedenfalls, da steckte die Hand des Kletterers fest. Ein Felsbrocken war darauf gerollt, so groß und so schwer, dass er sich nicht einen Millimeter weit bewegen ließ. Hand eingequetscht, Knochen zertrümmert.

Er selbst sitzt vom Becken an fest. Wenn man die Sache nüchtern betrachtet, war der Mann in Utah also besser dran gewesen.

Geht weg von da, will er seinen Gedanken befehlen. Haut ab. Er merkt, dass er die Worte gebrüllt hat. Die Maus zuckt auf und huscht weg. Er ist wieder allein. Hat er gerade Kirchenglocken gehört? Mein Gott, wie ist das möglich? Er schreit sich hier heiser und draußen gehen die Leute in die Kirche.

Zurück zu Kommissar Kernig. Der hat jetzt also die Aussage der Zeugin. Er weiß, dass der Vermisste eine Kamera dabeihatte. Die junge Frau von der Hotelrezeption wird das auch erwähnt haben. Wenn sie denn heute arbeitet. Vorgestern jedenfalls hat sie ihn beim Einchecken in ein Gespräch verwickelt. Ob er beruflich hier sei? Er habe ein Vorstellungsgespräch, erzählte er. Labortechnik.

Das sei sein Fachgebiet. Und wenn er danach noch Zeit habe, werde er vielleicht noch eine schöne Tour machen. Mit der Kamera. Er zeigte auf den Fotorucksack. Sein Hobby. Dann hat sie ihm eine Wanderung empfohlen. Schon eher anspruchsvoll, hat sie gesagt. Und dass er auf das Wetter achten solle, denn es seien Gewitter vorhergesagt. Die Charlottenhöhe hat sie nicht erwähnt, warum auch. Sie lag nicht auf der Strecke.

Er ist sich sicher, dass die Rezeption spätestens heute die Polizei verständigt hat. Heute Morgen hätte er nämlich auschecken müssen. Sie werden merken, dass sein Bett unberührt ist. Dass seine Sachen noch da sind. Und von ihm keine Spur. Spätestens jetzt lautet die Analyse von Obermeister Kernig: Unfall.

Sie werden ja wohl einen Suchtrupp losschicken, wenn einer nach zwanzig Stunden noch nicht aus dem Wald zurückgekommen ist. Oder?

Er geht noch mal alles durch. Die Ankunft vorgestern im Hotel. Blöderweise hat er dort nur seine Handynummer hinterlassen, nicht die Nummer von Charlie. Aber seine Adresse haben sie ja. Wahrscheinlich wird also inzwischen jemand bei ihm zu Hause in Freiburg geklingelt haben. Wie läuft so was ab? Die Meldung geht beim Diensthabenden ein, der informiert den Streifendienst. Überprüfung einer Vermisstenmeldung, wird die Streife über Funk angewiesen. Fahrt doch mal bitte vorbei. Adresse soundso. Natürlich macht keiner auf. Die Streifenpolizisten stehen vor verschlossener Tür. Eine Frau und ein Mann, so stellt er sich das vor. Die Frau sagt dann, dass sie jetzt mal bei den Nachbarn klingelt.

Burow. So heißt sein Nachbar auf dem gleichen Stockwerk. Den sieht man so gut wie nie. Lebt total zurückgezogen. Das war schon immer so, nicht erst seit Corona. Für manche Leute hat sich durch Corona alles geändert. Aber für Burow nichts. Für ihn war Corona die nachträgliche Legitimation eines Lebensstils, den er sowieso schon gepflegt hat. Er will ehrlich gesagt lieber gar nicht wissen, was Burow den ganzen Tag so in seiner Wohnung anstellt. Man hört nie was, außer gelegentlich den Staubsauger und morgens so einen Summton mit Knirschgeräusch. Er tippt auf Kaffeemühle. Vom Klang her könnte das auch was anderes sein. Vielleicht eine Knochenmahlmaschine. Man weiß ja nie. Mit Burow will er nichts zu tun haben.

Jedenfalls wird Burow nichts wissen und nichts beitragen können, wenn die Polizistin bei ihm klingelt. Also gehen sie runter zur Stegmann. Die Stegmann ist in Sachen Hintergrundinfo eine Fundgrube. Sie wird alles auspacken, was sie je über ihn in Erfahrung gebracht hat. Die Streitereien von oben. Dass sie jetzt geschieden sind, der Mann und die Frau von oben, oder jedenfalls so gut wie. Die Frau ist ausgezogen. Wahrscheinlich hat die einen Neuen, denn sonst wäre doch der Mann ausgezogen, wie das eigentlich üblich ist, oder? Manchmal sieht sie die Frau noch, ja, die schaut gelegentlich noch vorbei und holt Sachen ab.

Und so kommen sie dann auf die Adresse von Charlie. Charlie, die mit vollem Namen ausgerechnet Charlotte heißt.

Charlie. Er kann nur hoffen, dass sie nicht verreist ist. Noch sind sie verheiratet, noch ist Charlie technisch gesehen seine nächste Angehörige. Aber sie führt jetzt dieses Jetset-Leben zwischen La Gomera und Freiburg, immer hin und her. Dass sie vorgestern in Freiburg war, heißt nicht, dass sie heute immer noch da ist. Ihr neuer Lover hat ein Haus auf La Gomera. Eine Finca, gerade groß genug für zwei, sagt Charlie. Sie fliegen von Basel per EasyJet nach Teneriffa und dann geht's weiter mit dem Schiff. Wenn er an La Gomera denkt, dann sieht er grellweiß getünchte Häuser auf Hügelkämmen vor blauem Himmel. Ob es wirklich so aussieht, weiß er nicht. Früher wollte er gerne mal hin. Jetzt nicht mehr. Er schluckt mühsam. Der neue Lover heißt Volker. Der Name löst nichts aus. Aber dieser Volker ist Therapeut, er will eine Ayurveda-Klinik auf La Gomera eröffnen. Ein spirituelles Zentrum. Charlie hat ihm erzählt, dass sie Volker dabei unter die Arme greift. Finanziell, hat sie gesagt. Hast du sie noch alle?, hat er geantwortet.

Wie ironisch ist das jetzt eigentlich, dass er in einer Klinik verunglückt ist?

Zurück zu Charlie. Wann haben sie noch telefoniert? Er hat Mühe, die letzten Tage auseinanderzuhalten. Alles klebt bei ihm, die Zunge am Gaumen, die Gedanken im Kopf. Das war doch vorgestern, ja genau. Er war gerade im Hotel eingetroffen, da hat sie ihn angerufen. Hat er sie angerufen? Jedenfalls hat er Charlie gesagt, wo er ist. Er hat ihr gesagt, er sei zum Fotografieren hier.

Hat er die Charlottenhöhe erwähnt? Inzwischen erinnert er sich nicht mehr. Egal. Charlie ist nicht dumm. Sie kennt seine Motive. Schließlich haben sie früher Touren zusammen gemacht. Wenn er zum Fotografieren unterwegs ist und nicht wieder auftaucht, dann weiß Charlie schon Bescheid.

Wenn die Polizei bei ihr anruft, dann wird sie sagen: Der geht in verfallene Häuser. Lost Places. Da sollte man suchen. Bestimmt ist er irgendwo gestürzt.

Von da sind es nur noch zwei Gedankenschritte zur Charlottenhöhe. Alles gut. Bestimmt sind sie längst hierher unterwegs.

Der Schimmel ist schon krass. Er kann die Sporen im Hals fühlen. Seine Brust zieht sich zusammen vor lauter Pilzsporen. Wie lange kann man eigentlich in dieser Luft überleben? Zwanzig Stunden, ha! Das hat er jetzt schon mal bewiesen. Scheiße.

Warum dauert das alles so lange? Früher lagen hier Tuberkulosekranke, er stellt sich ausgemergelte Gestalten in Decken gewickelt vor, blutleer und schwach, genauso wie er sich jetzt fühlt. Er blutet langsam aus. Der Schimmel hat es nicht eilig mit ihm, niemand hat es eilig mit ihm, nicht mal der Tod.

Vom Treppenabsatz oben, wo unerreichbar sein Rucksack steht, kommt ein Geräusch. Vielleicht vibriert sein Telefon? Vielleicht hat ihm jemand eine Nachricht geschickt. Das muss Charlie sein, ja genau. Endlich! Sie will ihm sagen, dass die Polizei bei ihr angerufen hat und dass ein Suchtrupp unterwegs ist. Gott sei Dank.

Aber warum textet Charlie? Warum ruft sie ihn nicht an? Kann man Telefone nicht auch orten? Er will diesen Gedanken festhalten, aber er weiß es besser. Er hat keinen Empfang hier, verdammt noch mal. Er schreit jetzt Charlies Namen heraus, er schreit: Du egoistische Schlampe! Jetzt tu endlich was! Ich krepiere!

Jetzt war er doch tatsächlich kurz weg. Hat geheult, gejault, gebrüllt. So laut gebrüllt, dass er ohnmächtig wurde.

Dieser Kletterer in Utah, über den haben sie dann später sogar einen Film gedreht. Der hat es nämlich geschafft. Nicht, weil ihn jemand gerettet hätte. Gar nicht. Der würde heute noch als Skelett auf seine Retter warten, wenn er sich nicht selbst geholfen hätte. Geholfen ist dabei vielleicht nicht gerade das passende Wort. Der hat sich nämlich die eigene Hand amputiert, so war das.

Dort wollte er gedanklich nicht hin. Wirklich nicht. Aber seine Gedanken gehorchen ihm nicht mehr. Stattdessen fügen sie noch hinzu: mit einem Taschenmesser.

Kann es so schwer sein, sich aus seiner Lage selbst zu befreien? Er hat sich das Bein gebrochen. Massiv, so viel steht fest. Der gesamte Treppenabsatz liegt auf seinem Bein, seinem Becken. Trotzdem. Warum schafft er es nicht, die Trümmer so weit anzuheben, dass er sich wegrollen kann? Er stützt sich auf einen Ellenbogen, stemmt sich hoch, dann schiebt er mit der rechten Hand das Stück Treppe von sich, er schiebt, bis der Schmerz im rechten Bein so groß ist, dass ihm fast schwarz vor Augen wird. Wie oft hat er das letzte Nacht schon versucht? Zwanzig Mal? Dreißig? Tatsächlich schafft er es jedes Mal, das Treppenstück mitsamt Kalksteinresten und Verputz einige Zentimeter anzuheben, aber dann ist Schluss. Es sitzt fest wie ein Keil. Seine Armmuskeln zittern vor Anstrengung. Er schreit und lässt los.

Tränen laufen ihm über die Schläfen. Was hat er sich nur dabei gedacht, niemandem zu sagen, wo er hingeht. Gerade eben, als er aus der Ohnmacht zu sich gekommen ist, da war sein Kopf noch mal ganz klar. Und ihm ist auch wieder eingefallen, dass er Charlie tatsächlich gesagt hat, wohin er gehen will. Charlie kennt das Objekt. Sie weiß Bescheid. Warum kommt niemand?

Als er gestern die Klinik durch einen Seiteneingang betreten hat, wollte er eigentlich gleich wieder umkehren. Alles lag voller verdreckter Matratzen. Überall Graffiti, die meisten obszön, dazwischen die Worte *Do you love me?* in Rot. Draußen krachender Donner, als wollte ihm jemand zu verstehen geben, dass er hier nicht willkommen sei. Trotzdem ging er noch eine weitere Treppe hoch. Ging tief in das Haus, an Patientenzimmern vorbei, an Bettgestellen, einem Rollstuhl, bis endlich die Spuren der Zerstörung nachließen. Irgendwann fand er das, was er suchte. Staub. Verletzlichkeit. Er stellte den Rucksack ab und nahm die Kamera vors Auge. Er knipste zuerst nur in diese oder jene Ecke, dann aber spürte er, wie der Raum zu ihm sprach, und geriet in eine Art Rausch. Mit der Kamera vor dem Gesicht stieg er eine gekrümmte Treppe hinauf. Die Treppe hatte kein Geländer mehr und schien zu schweben. Er ging hinauf, weil oben ein Sprossenfenster aufstand und im böigen Gewitterwind hin und her gepeitscht wurde. Das Fenster zog ihn magisch an. Bevor er es erreichte, brach er mit dem Fuß durch das Holz einer Treppenstufe. Shit. Von da dauerte es keine Minute, bis das Gebälk unter ihm nachgab und ihn auf eine Schlittenfahrt in die Tiefe schickte.

Er lacht auf. Die Rippen tun ihm weh beim Lachen. Als sein Fuß plötzlich einbrach, hat er einfach nur Shit gesagt. Hat ernsthaft geglaubt, das sei ein kleines Missgeschick.

Seine Gedanken verlassen die Treppe und den Kletterer aus Utah. Jetzt sieht er eine runde Vulkaninsel mit schwarzen Sandstränden. Er sieht eine Finca mit frei laufenden Hühnern an einem Berghang. Charlie ist da. Volker auch. Und ein gebräunter Mann mit Mappe, es ist der Immobilienmakler, der ihnen die Vorzüge des Anwesens erläutert, den Umbau, den Klinikflügel. Es ist ein schönes Bild, sehr schön, bis sich Stockflecken darauf absetzen. Die Finca ist aufgrund ihrer Lage ein gehobenes Objekt, nicht ganz billig. Charlie hat sich bereits in das Haus verliebt, als ihr Handy vibriert. Im nächsten Moment wird sie aus all ihren Träumen gerissen, denn als sie antwortet, ist da die Polizei und sagt ihr, dass ihr Mann verschwunden ist.

Charlie muss sich sammeln. Verschwunden?

Auf einer Wanderung in der Nähe von Schömberg, sagt die Polizistin. Hat Ihr Mann Ihnen gesagt, wohin er wollte?

Charlie überlegt. Sie schaut in das sattgrüne Tal unter sich und überlegt. Dann sagt sie: Nein.

Wie leicht ihr das fällt.

Haben Sie irgendeine Vermutung, wohin Ihr Mann unterwegs gewesen sein könnte?

Charlies Gedanken rasen. Sie hat jetzt zwei Möglichkeiten. Die erste ist die Wahrheit. Sie muss der Schömberger Polizei einfach sagen, dass ihr Mann ein leidenschaftlicher Fotograf ist und unter dem Pseudonym Conrad Photography Aufnahmen von Lost Places auf Instagram veröffentlicht. Dass er zweitausend Follower hat. Wie lange er schon vermisst sei? Seit Samstagnachmittag? Dann wird sie die alte Lungenklinik erwähnen.

Wird sie? Es gibt ja noch die andere Möglichkeit. Sie findet, dass Charlottenhöhe, clinica de altura, auf Spanisch eigentlich ein schöner Name für die neue Ayurveda-Klinik wäre.

Wie war das doch gleich? Schweigen ist Gold.

Seit Samstagnachmittag, das sind über zwanzig Stunden, wie alarmierend, sagt sie ins Telefon.

Noch sind sie verheiratet. Wenn ihm etwas zustößt, erbt Charlie alles. Als er jetzt in diese Richtung denkt, hat er das Gefühl, als stürze nochmals die Decke über ihm ein.

Er denkt La Gomera. Er denkt Volker. Er denkt Geld. Er wird hier verrecken.

Er wacht nicht mehr auf.

Oder doch? Sein Mund besteht nur aus Zunge, als er das nächste Mal etwas fühlt. Er schaukelt. Von sehr weit weg hört er Stimmen. Pulstöne.

Herr Conrad?

Hallo?

Ah, da isser ja wieder. Bitte sehr. Aber nur fünf Minuten.

Herr Conrad. Mein Name ist Ganthner. Ich bin vom Polizeirevier Schömberg. Können Sie mich verstehen?

Sie hatten verdammtes Glück, Herr Conrad. Das war letzte Minute. Bedanken können Sie sich bei Ihrem Nachbarn. Ein Herr, Moment … Burow. Stellt sich raus, dass der ein großer Fan von Ihnen ist. Also von Ihren Fotos. Was haben Sie sich eigentlich dabei gedacht, in das alte Haus einzubrechen? Noch dazu alleine und ohne irgendeiner Menschenseele Bescheid zu sagen? Mann. Was Sie für ein Schwein gehabt haben. Mehr Glück als Verstand.

ZUR GESCHICHTE DES SANATORIUMS CHARLOTTENHÖHE, SCHÖMBERG

Die Charlottenhöhe, heute einer der bekanntesten Lost Places der Region, liegt im Nordschwarzwald zwischen Calmbach und Schömberg. Alte Schwarz-Weiß-Aufnahmen zeigen eine gepflegte Klinik im Wald, die wie ein Grand Hotel aussieht, fünf Stockwerke hoch, mit spitzen Dächern und freiem Blick ins Tal.

Die Geschichte der Charlottenhöhe begann im Jahr 1907, als hier eine Heilstätte für Tuberkulosekranke ihre Pforten öffnete. Man benannte sie nach der württembergischen Königin Charlotte. Der Ort war für Tuberkulosepatienten ideal: Im Wald auf 620 Metern Höhe gelegen, nach Süden ausgerichtet und windgeschützt. Bis 1973 wurden 28.000 Patienten behandelt. Doch dann war Schluss, denn der medizinische Fortschritt hatte langwierige Tuberkulose-Behandlungen obsolet gemacht. Die Ära der Lungensanatorien im Stil des Zauberbergs war endgültig vorbei.

Heute ist das Gelände sich selbst überlassen und Ziel von Geisterpartys und Lost Place Wanderungen – zum Leidwesen der Anwohner. Die Charlottenhöhe ist marode Zeugin einer untergegangenen Zeit geworden. Sogar einen alten Imagefilm über die Tbc-Heilstätte findet man noch im Internet. Die Tonspur des Films kratzt wie eine alte Schallplatte. Obwohl Einsturzgefahr besteht und das Betreten streng untersagt ist, verschaffen sich nach wie vor Abenteuerlustige, Geisterjäger und Fotografen Zutritt auf der Suche nach einem verlorenen Zauberberg-Gefühl.

Ob sie es heute noch finden, ist fraglich. Das Gebäude ist ein Lost Place im doppelten Sinne, denn auch die wechselnden Eigentümer scheinen jeweils kurz nach dem Kaufabschluss wieder wie vom Erdboden zu verschwinden.

WALDLUST

BERND LEIX

Personen und Handlung sind frei erfunden. Ähnlichkeiten mit lebenden oder toten Personen wären rein zufällig und sind nicht beabsichtigt.

*

»Und wie kommen wir rein?«, wollte Carmen wissen, als sie das imposante fünfstöckige ehemalige Grandhotel betrachteten. »Funktioniert das so, wie du gedacht hast?« Ihre kleinen braunen Äuglein blitzten. Der Gedanke, den Gregor zu Hause vor ein paar Tagen eher beiläufig geäußert hatte, gefiel ihr.

»Klar«, meinte ihr Freund. »Lass es uns versuchen. Es ist zwar eine Spinnerei, aber …«

»Genau! Geniale Spinnerei. Bringt endlich etwas Leben in unseren trüben Alltag und Knete in die Kasse.«

»Du könntest immer noch beim Discounter arbeiten …«

»… wenn ich mich nicht hätte erwischen lassen. Ja, ja, jetzt kommt wieder diese Leier. Im Gegensatz zu dir hab ich wenigstens ein paar Jahre lang regelmäßig Kohle verdient.«

Gregor sah ihr streng ins Gesicht. »Bin immer durchgekommen. Ich kann nun mal keinen Chef ertragen. Freie Geister dulden keine Knechtschaft.«

Die mollige, schwarz gefärbte Vierzigjährige lachte und drückte sich an ihn. »Ja, du Geist, du freier. Hast schon recht, Chefs sind scheiße. Wenn ich nur an den Filialleiter zurückdenke, kriege ich immer noch das große Kotzen.«

»Schluss mit großem Kotzen, jetzt kommt ein großer Wurf. Unsere Fantasie ist unser Kapital. Wir müssen nur einmal groß rauskommen, dann sind wir berühmt und haben ausgesorgt.«

»Wenn wir nichts kaputt machen, ist das ja auch kein Problem, oder?«

»Na ja, Hausfriedensbruch könnte man uns schon anhängen«, überlegte Gregor.

»Ha«, lachte Carmen, »aber nur, wenn sie uns erwischen.«

»Wer? Die vom Verein? Nachts ist doch keiner von denen da.«

»Kameras?«

»Sind mir bei unseren bisherigen Besuchen nicht aufgefallen.«

Seine reichlich gepiercte Freundin überlegte: »Und wenn wir uns ganz regulär hier einmieten? Eine Übernachtung ist doch gar nicht so teuer. Das habe ich von der Führung her noch im Kopf.«

»Hast du Muffe? Hosen voll?«

»Na ja …«

»Einfach einschließen lassen! Das funktioniert garantiert. Dann sparen wir uns die Euros und können trotzdem unser Unwesen treiben.«

»Und wenn die bei der Führung aufpassen, dass keiner auf Abwege geht?«

»Ablenken, verstehst du?« Gregor streckte sich der Länge nach auf der Bank in Sichtweite des goldverzierten Hauptportals aus. Er schaute zu den weißen Wolken am klarblauen Schwarzwaldhimmel. »Ist doch kein Problem. Ich lenke ab und du verdrückst dich.«

Carmen stieß ihren Freund an: »Mach mal Platz, die Bank gehört nicht dir allein.«

Gregor hob die Beine an, damit Carmen ebenfalls sitzen konnte. Dabei rutschte seine Hose hoch und gab umfangreiche Wadentattoos frei. Carmen nahm Platz, drückte aber seine Unterschenkel weg. »Die sind mir zu schwer, setz dich ordentlich hin!«

Gregor gehorchte widerwillig. »Seit wann bist du denn *ordentlich*?«

»So ordentlich wie das Innenleben dieses alten Grandhotels auf jeden Fall!«

»Ist doch nur ein wenig baufällig. Brüchig halt, wie eine alte Diva. Wenn da der Putz von der Wand fällt, gehört das dazu.«

»Und der Spuk in den oberen Stockwerken? Da, wo die Adele ermordet wurde und jetzt umgeht?«

»Ist alles widerlegt«, antwortete Gregor.

»Ja, das behauptet dieser Typ vom Denkmalverein. Die wollen eben aus der Waldlust eher eine Event- und Kulturlocation machen und vom Ruf des Spukhotels wegkommen.«

»Kennen wohl diese ganzen Videos nicht, die wir im Netz gefunden haben.«

»Genau! So viele Beobachtungen. Und zwar von Profis für das Übersinnliche.«

»Du glaubst also echt an diese Phänomene?«

Sie sprang auf. »Ich hab's schon beim ersten Mal gespürt, als wir beim Konzert von Blue Stuff drin waren und nach oben geschlichen sind. Deshalb müssen wir jetzt eine ganz Nacht dort verbringen! Unbedingt!«, stieß sie aus und streckte den Arm in Richtung des Hotels.

Sie ließ ihre mit langen schwarzen Nägeln unpassend verzierten Finger spielen. »Komm, Adele, komm. Heute Nacht besuchen wir dich.« Prustend lachte sie und hielt ihrem Freund den silbernen Totenkopfring am linken Mittelfinger vors Gesicht. »Und wir werden etwas finden. Ich fühl's genau.«

Gregor runzelte die Stirn. »Also, dass das klar ist: Ich hab zwar die Idee gehabt, wie wir es anstellen können, aber ich tu's nur für dich. Übersinnlich! Paranormal! Nein, ich kann mir nicht vorstellen, dass es so was gibt.«

»Denk doch nur an die Scharen von Geisterjägern, die schon in der Waldlust waren.«

»Ghosthunter, ja, die berichten von allem Möglichen. Schatten, Erscheinungen, Kälte, Schritte. Haben offenbar eine Unmenge von Geräten aufgestellt und trotzdem nichts Beweisbares aufgezeichnet.«

»Aber sie haben was erlebt.« Carmen stemmte die Hände in die Hüften. »Und das werden wir auch! Alle werden es lesen. Du musst das Ganze nur richtig präsentieren. Das kannst du doch.«

»Ja, kann ich«, antwortete ihr Freund selbstbewusst. »Was ich bisher ins Netz gestellt habe, bekam immer schön viele Klicks. Schließlich lebe ich davon, zumindest teilweise.«

»Also, dann packen wir's an. Statt Heimwerker- und Autoschraubervideos machen wir auf Geisterjagd. Wird der Knaller, garantiert.« Sie hob ihre dicke Umhängetasche hoch. »Die Kameras hab ich hier drin.«

»Wann soll's losgehen?«

»Um sechs, also ist noch genügend Zeit. Am besten, wir kommen getrennt zur Führung und tun so, als würden wir uns nicht kennen. Zwischendrin verschwinde ich einfach und lass dich rein, wenn's dunkel ist. Irgendwo im Untergeschoss lässt sich sicherlich ein Fenster öffnen. Vom Garten her ist das bestimmt völlig easy.«

Tatsächlich entwickelte sich der Plan ganz gut, zumindest am Anfang. Carmen und Gregor mischten sich einzeln unter die knapp dreißig Interessierten, die an der öffentlichen Donnerstagsführung teilnehmen wollten. Sie hatten sich zwar nicht angemeldet, konnten aber trotzdem dabei sein.

Eine zierliche Frau mit runder Brille und knallroten Sneakers stellte sich vor: »Ich bin Ingrid vom Verein der Denkmalfreunde Waldlust.« Sie begrüßte die Gruppe vor dem Hauptportal: »Willkommen am Schlosshotel Waldlust. 1900 als Sommervilla mit zwölf Zimmern erbaut und schon zwei Jahre später vom damals berühmten Jugendstil-Stararchitekten Wilhelm Vittali zum hocheleganten Luxushotel erweitert. Viele prächtige Gebäude in Baden-Baden und Karlsruhe stammen von ihm. Einst war das Hotel Waldlust das erste Haus am Platze, die Top-Adresse in Freudenstadt.«

»Und heute ist es dem Verfall preisgegeben«, raunte ein Besucher in Carmens Nähe. »Jammerschade.«

Später in der Lobby, zwischen Rezeption und Damensalon, bei den Spieltischen mit ihren ausklappbaren Zigarrenhaltern, erwies sich die Führerin als profunde Kennerin des Hochadels und Jetsets: »Natürlich war der württembergische König Wilhelm hier, auch Gustav V., der König von Schweden, genauso wie Königinmutter Emma der Niederlande, Mark Twain, Rockefeller und Hollywood-Filmstars aus der Stummfilmzeit, allen voran Charlie Chaplin. Sommerfrische in der reinen Waldluft des Schwarzwaldes war damals für ein internationales Publikum sehr anziehend.« Sie sah in die Gruppe: »Wer weiß, wie die Gäste früher genannt wurden?«

»Luftschnapper«, kam spontan die Antwort.

»Sehr gut«, lobte die Denkmalführerin. »Da kennt sich jemand bestens aus.«

»Die Luft ist heute noch genauso gut, nur das Hotel ist ziemlich heruntergekommen.«

»Sie bringen es auf den Punkt. Leider fehlt es dem Eigentümer an den nötigen Mitteln zur Erhaltung. Aber wir, die Denkmalfreunde Waldlust, tun was wir können, um den Zustand wenigstens so zu erhalten, wie er momentan ist.« Ingrid zwinkerte: »Der Eintritt heute ist ja frei, aber Ihre Spenden fließen direkt in die Gebäudeunterhaltung.«

Sie wandte sich zum Gehen. »Und jetzt folgen Sie mir bitte.«

Die Gruppe durchquerte den Teesalon, bestaunte die American Bar: »Setzen Sie sich ruhig kurz hin und fühlen sich wie Rockefeller« – und gelangte schließlich in den Ballsaal. »Platz für bis zu 180 Gäste.« Ingrid zeigte auf die kleine Bühne mit Musikmuschel. »Natürlich mit den verschiedensten Live-Kapellen, davor das runde Tanzparkett. In den Zwanzigerjahren beim Charleston ging es hier garantiert ab.«

»Morbider Charme«, kommentierte einer der Gäste

den an einigen Stellen abgefallenen Putz und die brüchig hängende Decke im Raum hinter dem Festsaal. »Da weiß man ja nicht, wann wieder was runterkracht.«

Über das Gästetreppenhaus unmittelbar neben dem elektrischen Aufzug – »zu der Zeit ein absolutes Novum, besonders im Schwarzwald« – ging es nach oben. »Nein, kein Holz und auch kein Beton. Eine reine Metallkonstruktion. Vor 120 Jahren ebenfalls technische Spitze. Diese Treppe ist in Niettechnik gebaut, so wie der Eiffelturm oder die Titanic.«

Ein Raunen ging durch die Reihen der Gäste. »Titanic? Fehlt nur noch der Eisberg! Passt ja zu einem Hotel kurz vor dem Untergang.«

Ingrid ließ sich nicht beirren. Weiter oben führte sie die Gruppe in ein vornehmes Badezimmer. »Einzigartig! Viele Zimmer und Suiten haben ein eigenes Bad. Fließend warmes Wasser gab es damals nur in Häusern wie dem Adlon in Berlin. Dampfheizung und Elektrizität im kompletten Haus, alles zu dieser Zeit topmodern.« Sie lächelte.

»Hier können Sie übernachten«, erklärte sie ein paar Türen weiter. »Unsere *Ernst-Luz-Suite*, benannt nach dem Hotelgründer. Ein ganz spezielles Erlebnis.« Sie machte eine kurze Pause. »Wenn Sie sich trauen.«

»Die Adi soll hier umgehen«, warf eine blonde Frau mit keckem Bürstenhaarschnitt ein. »Ermordet in Zimmer 434 und jetzt findet sie keine Ruhe.«

»Alles Legende. Nichts dran. Sie meinen die Hotelchefin Adele? Die ist im Krankenhaus gestorben, völlig friedlich.«

»Na ja, darüber liest man aber ganz Unterschiedliches«, widersprach die Blonde. »Haus der unerlösten Seelen.«

Plötzlich war die ganz Gruppe mucksmäuschenstill.

Die Führerin räusperte sich: »Geisterjäger waren schon oft hier zu Gast, aber ob man deren Berichten glauben kann? Ich weiß es wirklich nicht. Unsere Übernachtungsgäste haben jedenfalls noch keinen Beweis erbracht. Doch bitte, lassen Sie sich nicht abschrecken. Furchtlose vor. Sie können gerne einchecken, hier im Grandhotel, im Schlosshotel Waldlust, erste Adresse in der Hauptstadt des Schwarzwalds.«

Das war das Stichwort für Carmen. Beim Weitergehen ließ sie sich unauffällig zurückfallen, verdrückte sich in ein offen stehendes Zimmer und wartete, bis die anderen außer Sichtweite waren. Dann stieg sie schnell über die Eisentreppe weitere Stockwerke nach oben und fand auf dem Dachboden ein Versteck hinter allerlei dort gelagertem Gerümpel: Möbel, Matratzen und alte Hotelrechnungen.

»Das war jetzt echt easy. Bin ganz oben und warte aufs Dunkelwerden«, schrieb sie schnell eine WhatsApp-Nachricht an Gregor, der es vermieden hatte, ihr nachzusehen.

Später im Untergeschoss näherte sich die Führung in der früheren Zwitscherstube dem Ende. »Schauen Sie, die Intarsien mit den Vogelmotiven auf den kleinen runden Tischchen. Das war in den Fünfzigern und Sechzigern der angesagteste Tanzclub in der ganzen Region, Treff der einsamen Herzen. Manche nannten die Zwitscherstube auch ein Eheanbahnungsinstitut. Viele unserer älteren Gäste erinnern sich gerne, dass sie hier ihre Partner kennengelernt haben.«

Unauffällig betrachtete Gregor die Verglasung zum Garten und rüttelte verstohlen an einer mit drei Querriegeln gesicherten Tür. Mist, da ist zu, ärgerte er sich.

Sein Versuch war allerdings nicht unbemerkt geblieben. Ingrid schwenkte einen Schlüsselbund in ihrer Hand und lächelte schelmisch. »Raus kommen Sie nur mit mir. Wir haben alles gut gesichert. Sie glauben ja gar nicht, wie oft schon Leute versucht haben, in die Waldlust einzudringen. Mittlerweile haben sie keine Chance mehr.«

Gregor hob abwehrend die Hand: »Ich wollte nur sehen, ob ich in den Garten raus kann.«

»Wer übernachtet, bekommt natürlich einen Schlüssel.«

»Ist man dann vollkommen allein?«, wollte die Blonde mit dem Stehhaar wissen. »Die ganze Nacht?«

Die ehrenamtliche Hotelführerin nickte. »Mutterseelenallein, womit wir wieder bei den Unerlösten wären. Nein, wir haben keinen Nachtportier, nur eine Handynummer für den Notfall. Sie bekommen selbstverständlich eine Einweisung, aber Strom und Licht gibt es in den oberen Stockwerken fast nicht. Taschenlampe sehr zu empfehlen.«

Gregor schob sich durch die Menge langsam nach hinten. Bloß nicht auffallen. Er sah auf die Uhr. Halb acht. Noch mehr als drei Stunden bis zum Dunkelwerden. Sein Magen knurrte. Im Auto waren noch Kekse.

Als sich Ingrid für die Aufmerksamkeit bedankte und das Hauptportal wieder aufschloss, legte er schnell ein Zwei-Euro-Stück in die Spendenbox und war einer der Ersten, die ins Freie traten. »Deutlich wärmer als drin«, hörte er aus der Gruppe. »Dieser alte Kasten strahlt echt eine gruselige Kälte aus.«

Die Blonde sprach ihn direkt an: »War doch wirklich zu spüren. Ich bekam mehrfach Gänsehaut.«

Gregor nickte unsicher: »Ob was dran ist, an den ganzen Spuk-Legenden?«

Die Frau schüttelte sich: »Also für mich wäre das nichts, hier zu übernachten. Ich würde vor Angst kein Auge zu tun.«

»Wenn dann auf einmal Modergeruch durchs Zimmer zieht und sich ein schwarzer Schatten dem Bett nähert …«, gab Gregor lachend zurück. »Ach was, alles Humbug!«

Allerdings war er sich selbst gar nicht mehr so sicher.

Einmal rum ums Grandhotel, das nahm er sich vor, aber erst, wenn alle weg waren. Nur kein Aufsehen erregen. Gut, dass sein Wagen weiter entfernt, vorne an der Straße stand.

Gegen 21 Uhr spazierte er wieder in Richtung des riesigen schmutzig-weißen 140-Zimmer-Hotels mit ehemals 60 Privatbädern und 100 Liegebalkonen. Seine Spiegelreflexkamera trug er auffällig vor der Brust. Fotos in der blauen Stunde, vergangene Pracht im Dämmerschein, ja das würde er sagen, falls ihn jemand anspräche. Eine Gassigeherin mit Dackel und zwei Jogger kamen vorbei, beachteten ihn aber nicht weiter.

Die Rückseite des weitläufigen Hotelkomplexes war durch einen Bauzaun abgesperrt, doch Gregor wusste schließlich, wo er es versuchen konnte. Carmen musste nur, wie geplant, von innen aufmachen. Später, zurück im Auto, rief er sie an und besprach die Einzelheiten.

Kurz nach elf kehrte er zurück. Nun war er völlig schwarz gekleidet und trug seine flexiblen Felskletterschuhe. Dazu eine Basecap und dünne Handschuhe, ebenfalls komplett schwarz. Die Stirnlampe ließ er vorerst ausgeschaltet. Er nutzte die Schatten der Büsche aus und huschte vorsichtig über den Rasen. Schnell war er am Ziel.

Unterhalb des Balkons umfasste er das Fallrohr der

Regenrinne, tastete nach dem an die Mauer geketteten Bauzaun und rüttelte prüfend daran. Na ja, super stabil wirkte das alles nicht gerade, aber für einen durchtrainierten, muskulösen und vor allem nicht zu schweren Kerl dürfte das kein Problem sein. Damals, vor Carmens Zeit, hatte er den Verlockungen des Fassadenkletterns kaum widerstehen können und so manch fremder Wohnung einen nächtlichen Besuch abgestattet. Sommernächte – optimal! Je heißer, desto offener die Fenster und Türen. Vor allem an älteren Häusern gab es immer Mauerkanten und Rankgerüste, die das Hochsteigen einfach machten. Gregor sah es sportlich und brachte immer ein paar wertvolle Kleinigkeiten mit von seinen Raubzügen. Erwischt wurde er nie, aber als er mit Carmen zusammenkam, wurde ihm das Risiko, im Knast zu landen, dann doch zu groß. Sie erfuhr nie von dieser Vergangenheit.

Entschlossen fasste er zu, zog sich mit schnellen, schwungvollen Bewegungen am Regenrohr nach oben, fand Halt im Metallgitter des Zaunelements und überwand die Balkonbrüstung. Okay, das war der erste Part. Jetzt mal sehen, ob Carmen die wuchtige Glastür schon geöffnet hatte. Tatsächlich! Sie erwartete ihn bereits und drückte sich freudig an ihn. »Hey, das war …«

»… easy«, ergänzte er ihr Lieblingswort und lachte. »Alles ganz easy! Und? Hattest du schon übersinnliche Erscheinungen, solange du allein in diesem Gruselkasten warst?«

Carmen zitterte leicht. »Also, wenn du so fragst … Ganz wohl hab ich mich nicht gefühlt. Vor allem auf dem Dachboden zwischen all dem alten Zeug, das da aufgestapelt ist. Da knistert und knackt es immer wieder und du weißt nicht, woher die Geräusche kommen.«

»Vom Wind vielleicht?«, überlegte Gregor. »Da reicht ja ein leichter Zug durch irgendwelche Ritzen.«

Die füllige Carmen schlang schnell ihre Arme um ihren durchtrainierten Freund. »Einmal hab ich einen Mordsschreck bekommen. Ein kleiner Vogel ist panisch vor mir aufgeflattert. Mann, mir ist fast das Herz stehen geblieben.«

»Du wirst ihn aus dem Nest gescheucht haben. Wahrscheinlich hat der Vogel einen größeren Schreck bekommen als du! Stell dir vor, jemand steht plötzlich neben deinem Bett«, lachte er und dachte an seine frühere Einbrecherzeit, wo er solche Situationen immer geschickt umgangen hatte. »Jetzt lass uns mal nach der Adi sehen.«

Er schloss geräuschlos den schweren Hebel der Fenstertür, nahm Carmen an der Hand und zog sie hinter sich her durch den Ballsaal. Erstaunlich, wie viel Helligkeit doch von draußen hereindrang. Wenn sich die Augen daran gewöhnt hatten, brauchte man kein künstliches Licht.

»Erschrick nicht«, raunte Carmen. »Im Gang hinter der weißen Schwingtür geht das Licht an. Da haben sie einen Bewegungsmelder eingebaut.«

»Ich erinnere mich«, meinte Gregor und blieb stehen. »Wir könnten aber auch über das Personaltreppenhaus nach oben. Das müsste diese Tür dort sein.« Entschlossen zerrte er Carmen über das Tanzparkett und fand den Weg zum Aufgang.

»Nicht so schnell«, maulte sie. »Ich seh jetzt nichts mehr. Muss meine Lampe einschalten.«

»Wird kein Problem sein. Von hier dringt kein Schein nach draußen.«

Zügig überwanden sie die Stufen und standen bald vor dem berühmten Zimmer 434. Dort knipsten sie ihre Lampen wieder aus.

»Ich trau mich nicht«, flüsterte Carmen. »Machst du auf?«

Gregor nickte und legte seine behandschuhten Finger auf die Klinke. »Halt die Kamera in Bereitschaft.«

»Hätte ich fast vergessen«, kam es leise zurück. Sie griff in ihre Umhängetasche und reichte ihm den Camcorder.

Gregor beherrschte das Gerät blind. Er nahm es in die rechte Hand und schaltete die Aufnahme ein. Mit links drückte er den Türgriff in Zeitlupe nach unten. Leise knarrend bewegte sich die Tür in den Scharnieren. Vorsichtig lugten die beiden in den Raum. »Wo soll diese Erscheinung zu sehen sein?«, hauchte Carmen leicht zitternd in Gregors Ohr.

»An einer der Wände«, gab er zurück. »Viel Auswahl haben wir ja nicht. Sieh doch mal dort, neben dem grünen Betthimmel. Ich glaube … ja, da! Siehst du es auch?«

Seine Freundin nickte stumm.

»Carmen? Du sagst ja gar nichts?«

»Mir wird plötzlich so kalt.« Ein Schauer zog über ihren Rücken. »Spürst du das nicht? Schau, meine Finger zittern sogar.«

»Jetzt mach dir mal nicht ins Hemd«, flüsterte Gregor und richtete das Aufnahmegerät aus. »Dort drüben, ist das nicht ein Gesicht? Sieht aus wie das Foto im Netz.«

Im selben Moment sank Carmen leise stöhnend zu Boden. Im Fallen klammerte sie sich an seine Beine. »Die Adi! Und sie bewegt sich!«

Ihr Freund behielt die Nerven. »Ich seh nichts. Komm wieder hoch.« Er wand sich aus ihrer Umklammerung. »Werd jetzt bloß nicht schwach. Vielleicht war das ein Lichtschimmer von draußen.«

»Nein, sie hat mich angesehen und dann ist sie …« Carmen stieß einen spitzen Schrei aus. »Da, wieder!«

»Mir fällt nichts auf.« Er trat einen Schritt vor. »Ich geh mal näher ran.«

»Nein! Bleib hier.«

»Komm halt mit.« Gregor pirschte die Erscheinung an der Wand ganz langsam an, setzte in Zeitlupe einen Fuß vor den anderen, seine Kamera zeichnete ständig auf. Je näher er aber kam, umso mehr verwischten sich die Konturen vor ihm. Er blieb stehen. »Mist, jetzt ist es verschwunden. Muss irgendeine Reflexion …« Er drehte sich um, riss die Augen auf und das letzte Wort blieb ihm im Hals stecken.

Carmen war weg. Verschwunden.

Schnell trat Gregor auf den Flur, konnte aber in der Dunkelheit nichts erkennen.

Urplötzlich jedoch hallte ein Schrei durch den Gang. Das Blut stockte in seinen Adern. »Carmen!«, schrie er panisch. »Carmen!«

Er hastete weiter in Richtung Treppe.

Erneut ein »Aaaah!« Von vorne?

Dann ein dumpfes Poltern. Mehrfach.

»Aaah!« Das hörte sich nach einem Aufschlag an. Die Stufen hinuntergestürzt? Das Genick gebrochen?

»Caaarmen, mein Gott, was ist mit dir?«

»Aaah!« Diesmal von hinten. Gregor fuhr herum, sah gerade noch eine Zimmeröffnung hell aufscheinen, dann wieder Dunkelheit.

Auf einmal ein Schnaufen, ein Japsen! Kam das vom Treppenhaus?

Er stand wie festgenagelt, spürte Kälte, die sich wie ein eiserner Panzer um seinen Brustkorb legte. Gregor riss die Augen auf.

Reflexartig schnupperte er, sog die Luft ein. Modergeruch! Eindeutig! Fäulnis.

Grabesstille. Unheimliche Stille. Eiskalt wurde ihm. Auf die Idee, die Lampe einzuschalten, kam er nicht.

Jetzt wieder ein Geräusch in seinem Rücken. Etwas Helles ragte aus einem der hinteren Zimmer, undeutlich, ohne Kontur. Wie ein Schleier. Die Erscheinung zog sich ganz langsam zurück.

Gregor zitterte am ganzen Leib. »Caaaarmen«, schrie er in seiner Verzweiflung.

»Uuuuh!« Ein jämmerliches Stöhnen vom Aufzug her. »Uuuuh!«

»Hörst du mich? Bist du verletzt?«

Erneut ein dumpfes Poltern. Dann ein kurzes Lichtflackern im Treppenhaus. Das musste ihre Stirnlampe sein. Er rannte in die Richtung des Geräuschs.

Scheppern hinter ihm. Zitternd blieb er stehen, drehte sich vorsichtig um. Nichts!

Jetzt ein leises Klirren aus einem offen stehenden Zimmer. Die Haare standen ihm zu Berge. Dann setzte das Rufen ein: »Greeegooor, Greeegoooor.« Ganz tief und dumpf, niemals war das Carmens Stimme.

Er war unfähig, sich zu rühren, presste sich mit dem Rücken an die Wand des Flurs und drehte seinen Kopf abwechselnd nach links und rechts.

Wieder Stille, vollkommene Stille, unheimliche Stille.

Wie festgenagelt stand Gregor im langen Gang dieses furchtbaren Hotels. Auf einmal Schritte. Langsame, schwere Schritte über seinem Kopf. Aus dem nächsten Stock. Schritt, Schritt, Tock, Schritt, Schritt, Tock. Zehn Mal, zwanzig Mal, immer hin und her. Schritt, Schritt, Tock. Schritt, Schritt, Tock. Ging da jemand mit einem Stock? Die Ermordete? Die Hotelbesitzerin?

Gregor schlotterte am ganzen Leib. Dann war wieder

Stille. Grausame Stille. Mehrere Minuten lang. Nichts geschah, doch er konnte sich nicht bewegen. Seine Sohlen schienen am Fußboden zu kleben.

Plötzlich eine Bewegung von links. Erneut der helle Schleier, doch diesmal verschwand er nicht. Licht flammte in einem der Zimmer auf.

»Gregor, wo bist du denn?« Carmens Stimme. Aus Richtung der hellen Erscheinung. Dann ragte ihr Oberkörper aus der Türöffnung. »Komm, mir ist kalt, ganz kalt.«

»Carmen!« Sein Schrei gellte durch den Flur. Verstört rannte er in ihre Richtung, wollte sie in seine Arme schließen, doch er erstarrte.

Sie war nicht allein. Zwei Gestalten drückten sich im Dämmerlicht weiter hinten in diesem Hotelzimmer an die Wand.

»Nein, ich bin nicht Adele«, sagte eine Frauenstimme leise. »Ingrid, wenn Sie sich erinnern.«

»Was … hat das …?«

»… zu bedeuten?« Eine kräftige Männerstimme. »Karl, nennen Sie mich einfach Karl. Wir müssen hier *um-gehen*. Umgehen, Tag und Nacht.«

Er lachte. »Ja, auf Bestellung auch nachts.« Er hielt eine fast durchsichtige Gardine, auf einen langen, dünnen Stock gespießt, in der Hand. »Man braucht nur ganz wenig Licht, um den Schleier der Adele über den Gang schweben zu lassen.«

Gregor fand keine Worte.

Plötzlich dumpfe Schritte auf dem Gang. Schritt, Schritt, Tock. Schritt, Schritt, Tock. Eine Gestalt in Generalsuniform trat in das schwach beleuchtete Zimmer. In ihrer Hand einen Gehstock mit Silberknauf.

»Gestatten: von Aach. Stehen Sie bequem!«, schnarrte der Kerl im Befehlston mit kehligem Akzent. Sein Kopf war mit einer weißen Binde umwickelt. »Übrig geblieben aus der Lazarettzeit.«

Ein vielstimmiges Lachen tönte durch das Hotelzimmer.

Einzig Gregor konnte nicht mitlachen. »Dann … war das alles …?«

Carmen schlang ihre Arme um ihn. »Alles für dich, mein Schatz.«

Er schüttelte den Kopf. »Das kann ich nicht …«

»Wir Denkmalfreunde machen gerne mal einen Spaß mit.«

»Aber – ich habe doch gehört, wie du die Treppe runtergestürzt bist.«

»Oooch«, tat der General ganz unschuldig und schlug seine Hacken knallend zusammen. »Kartoffelsack mit allerlei Gerümpel drin. Poltert ganz nett! Kommt immer gut an.«

ZUR GESCHICHTE DER WALDLUST

Früher:
Freudenstadts »Fürsten- und Nobilitätenhotel« Waldlust, hochelegant, in ausgesucht ruhiger, schöner, aussichtsreicher, geschützter Lage, dicht am Palmenwald, 1900 gebaut, 1902 bedeutend vergrößert und 1921/22 in die Königsklasse der Grandhotels aufgestiegen – mit prächtigem Festsaal und exklusiven Suiten, elektrischem Aufzug, Dampfheizung und elektrischem Licht in allen Räumen, 140 Zimmern, 100 Liegebalkonen und 60 Bädern mit fließend warmem Wasser.

*

Waldlust heute:
Nach mehreren Besitzer- und Pächterwechseln im Jahr 2005 endgültig geschlossen, mit gewaltigem Renovierungsstau, entfaltet sie nun einen morbiden Charme mit herunterhängenden Tapeten, abfallendem Putz, undichten Dächern und geplatzten Leitungen.

Seit mehreren Jahren kümmern sich der Denkmalverein Freudenstadt und die Denkmalfreunde Waldlust ehrenamtlich um das geschichtsträchtige Bauwerk. Die Helfer versuchen, den Zerfall aufzuhalten und das Gebäude genauso zu erhalten, wie es ist.

Ein Großteil der Räume ist immer noch fast unberührt

und weitestgehend im Originalzustand. Man kann hier eintauchen in die unvergleichliche Atmosphäre der Blütezeit des Hauses vor mehr als 100 Jahren, als noch Adelige und Filmstars aus- und eingingen – ein Lost Place mit Charakter, also definitiv kein Abbruchhaus.

Sensible und bewahrende Restauration erhält das Gebäude mit seiner vielfältigen Geschichte und macht es für Fotografen, Filmteams, Künstler und interessierte Besucher zugänglich.

GEH NICHT HINAUS BEI NACHT

JOAN WENG

Ob Adele auch die weiße Frau gesehen hat, genau sechzehn Stunden bevor sie starb, bevor sie ermordet wurde?

Und ob sie dann, vielleicht, an mich gedacht hat? An unseren gemeinsamen Sommer, damals vor der Schreckensherrschaft und vor dem Krieg, bald zwanzig Jahre nun schon?

Ich streiche die Zeitung glatt, die üblichen Schlagzeilen – Adenauer, Stalin, Korea – und innen, versteckt zwischen Persil-Reklame und Rabattcoupons, der geliebte und doch nie laut gesprochene Name: Adele.

Auch die Zeitung nennt ihn nicht, spricht nur von der »Inhaberin des international berühmten Grand Hotel Waldlust«, ermordet, erschossen von flüchtigem Täter.

Es steht dort nicht, aber ich weiß, es geschah in ihrem Schlafzimmer, in jenem mir so wohlvertrauten, gelbseidenen Himmelbett. Sie besaß einen Morgenrock in der gleichen pudrigen Farbe, er stand ihr gut zu ihrem dunklen Haar. Und die Kugel traf sicher auch den Spiegel, jenen Zauberspiegel, in den man nicht hineinblicken durfte und den Adele stets nachts verhängte – denn wenn sie es nicht tat, geschah ein Unglück. Wie nun und wie damals, in jenen letzten drückend heißen Tagen unseres gemeinsamen Sommers.

Es war nach dem Börsenkrach und vor der braunen Hölle. Ich war jung und doch eigentlich zu alt, um in einem Hotel wie dem Waldlust für eine Saison den Lobbyboy zu spielen.

Ich war fertig promovierter Chemiker, ein Spezialist für Kunstdünger und Mutterkorn, und trotzdem war ich froh über diese Anstellung. In jenen Tagen konnte man nicht wählerisch sein, wenn es darum ging, eine Lohntüte zu ergattern. Und ich verdankte die meine nur der Tatsache, dass ich an einem Berliner Frühlingsabend mit einer anämischen Blondine geschlafen hatte, deren Freundin ein Hotel im Schwarzwald betrieb. Eben diese Freundin suchte für die kommende Saison noch einen Lobbyboy, der all das können musste, was ich so gut konnte.

Ich weiß noch, wie ich am Abteilfenster stand und zusah, wie sich die Landschaft immer mehr verengte und die Lok sich weiß dampfend in Serpentinen an blauschwarzen Tannen vorbeiwand. Wie ich dann in Freudenstadt aus dem Zug stieg, meine komplette Habe in einem geliehenen Pappkoffer, der trotzdem nicht schwer wog.

Es war mild und roch nach Flieder, die Menschen auf den Straßen grüßten einander, und das einzige Automobil, das ich auf meinem Weg zum Hotel sah, war eine schwarze, im Sonnenlicht spiegelnd glänzende Miettaxe. Sie gehörte dem Waldlust, aber das erfuhr ich erst später.

Das Hotel selbst lag etwas erhöht, umgeben von mächtigen Tannen und sorgsam gepflegtem Rasen, einer jener Jahrhundertwendepaläste, halb kaiserliche Großmannssucht, halb Zuckerwattetraum. Bei meiner Ankunft herrschte in der Eingangshalle wildes Treiben, eine kichernde Riege von Dienstmädchen schäumte den Teppichboden, andere wuschen die dickfleischigen Blätter der Palmen, und wieder andere polierten das Messing des Treppengeländers, während eine ganze Horde von Gesellen Farbeimer durch die Halle trug. Alle hatten es eilig, denn bis zum Eintreffen der ersten Sommerfrischler waren es nur noch wenige Tage.

Ich meldete mich beim Concierge, einem Wiener mit schmalem Schnurrbart und dem Gesicht eines gealterten Valentino. Die Art, wie er mich aus seinen eisblauen Augen musterte, ließ mich ahnen, dass er über meine besonderen Qualifikationen Bescheid wusste, doch er veranlasste umgehend, dass mich einer seiner Boys ins Büro der Inhaberin führte.

Im Gegensatz zu den übrigen, im Jugendstil prunkenden Zimmern waren Adeles Arbeitsräume von neusachlicher Schlichtheit. Nackte, weiß getünchte Wände, zwei sehr moderne Stahldrahtstühle, ein Tisch mit vier Telefonen und der trauerumflorten Fotografie eines älteren Herrn – Ernst Luz, der Gründer des Hotels und darüber hinaus Adeles Gatte, wie ich später erfuhr. Sie war seine zweite Frau gewesen. Die erste sollte ich noch fürchten lernen.

Ich erinnere mich, dass mich bei Adeles Eintreten überraschte, wie hübsch sie war, brünett und schmal, mit lebhaften dunklen Augen. Und ich erinnere mich auch an meine Enttäuschung, als sie mir rasch die Aufgaben eines Lobbyboys in der Waldlust umriss, mich dann fortjagte mit der Order, bis zum Eintreffen der ersten Gäste dem Gärtner behilflich zu sein.

Der Gärtner, das war Paul.

Ich sehe ihn ganz deutlich vor mir, die schon im Frühling fast weiß gebleichten Locken, die sonnenverbrannten Wangen, die Sommersprossen auf Armen und Händen. Und ich höre das Lachen, vor allem das Lachen – wie er den Mund dabei aufriss, gerade so, als wollte er die ganze Welt verschlucken, verschlingen, in einem einzigen köstlichen Happs. So war Paul, der arme unglückliche Paul.

Wir wurden noch am ersten Tag Freunde, er zeigte mir, wie ich die Rosen zu schneiden hätte, und während wir die Klingen des Rasenmähers schärften, erzählte er mir alles über das Hotel und seine eleganten Gäste – oder zumindest fast alles, denn das Wichtigste ließ er unerwähnt. Aber so erfuhr ich, dass der König von Schweden ein ganz reizender, allerdings etwas umständlicher Herr war, der Sultan von Asaban nur seinen eigenen, mitgebrachten Champagner trank, der berühmte Journalist Joseph Roth bereits zum Frühstück einen doppelten Cognac bestellte und Carl von Bäumer, damals bekannt als der schönste Mann der UFA, seine Gattin jeden Abend um neun für mindestens eine Stunde allein ließ, um mit seinem Liebhaber in Berlin zu telefonieren.

Nur als ich nach Adele und Ernst Luz, dem verstorbenen Gründer des Hotels fragte, wurde Paul schweigsam. Er sprach von vielen Gerüchten und bösartigen Halbwahrheiten, denen ich aber keinen Glauben schenken solle, und dann, dann sagte er noch jenen Satz, halb im Spaß, halb lachend sagte er: »Geh besser nicht hinaus bei Nacht, man weiß nie, wen man trifft.« Und als ich fragte, warum, da lachte er wieder, senkte verschwörerisch die Stimme, flüsterte etwas von Geistern und unerlösten Seelen, klopfte mir kameradschaftlich auf die Schulter und ging.

Ein Scherz, nichts weiter.

Das mir zugeteilte Dachzimmer war schön, für meine Verhältnisse fast luxuriös – ein Bett nur für mich, ein Schrank, eine Waschschale und ein Fenster, von dem aus ich den Waldrand sehen konnte. Die Wände waren frisch geweißt, es roch nach Farbe, Waschpulver und ein ganz klein wenig nach feuchten Tannen. Ich weiß noch, wie ich an jenem ersten Abend auf der Fensterbank saß, rauchte und zusah, wie der Nebel zwischen den Bäumen hervorkroch.

Ich konnte die Vögel hören, ganz nah schlug ein Kuckuck. Das war der Moment, an dem es klopfte. Ein herrischer, harter Ton, und ohne meine Reaktion abzuwarten, wurde die Tür geöffnet.

Es war Adele.

In einem weißen, mit grauen Kranichen bestickten Kimono stand sie da, eine Flasche Hennessy in der Hand. Adele lächelte nicht, und sie sagte auch nichts. Stumm setzte sie sich auf mein Bett, stumm trank sie einen Schluck Cognac, stumm reichte sie mir die Flasche, stumm verlangte sie sie zurück, reichte sie mir erneut, verlangte sie zurück. Die Dunkelheit brach herein, tauchte das Zimmer bald in schattiges Grau, nur der Morgenrock und das Leintuch leuchteten bläulich hell. Plötzlich fuhr Adele mir mit der flachen Hand über die bartstopplige Wange, drehte sich um und ging.

Wir hatten kein einziges Wort gewechselt, und hätte sie nicht die halb geleerte Flasche zurückgelassen, ich hätte an einen Traum geglaubt. Einen Traum, der sich an den folgenden Abenden bis zum Eintreffen der Sommerfrischler wiederholen sollte, wobei Adele mich bei Tag ebenso wenig beachtete, wie sie des Nachts mit mir redete.

Indessen hörte ich so einiges von dem, was Paul als »Gerüchte und bösartige Halbwahrheiten« bezeichnet hatte. So wusste niemand, woher Adele stammte, wer ihre Eltern waren, oder was sie getan hatte, bevor sie im ersten Friedensherbst in das Hotel gekommen war. Der alte Ernst Luz hatte sie als Krankenschwester für seine Frau eingestellt. Seit ihr einziger Sohn bei Verdun geblieben war, litt sie an Nervenfieber und schmerzhaften, blutig nässenden Ekzemen.

Adele kam und war jung und hübsch und fröhlich. Sie und ihre Patientin unternahmen ausgedehnte Spaziergänge im Schnee, Schlittenfahrten unter den verschneiten Tannen hindurch, mischten sich wie Schulmädchen kichernd unter die Gäste beim Nachmittagstee, und tatsächlich, eine Weile sah es so aus, als fände die dem Tod Geweihte ins Leben zurück.

Doch dann, von einem Tag auf den anderen, war die Krankheit mit nie geahnter Heftigkeit wieder da. Am ganzen Leib platzte die Haut nun auf, aus jeder Pore des geschundenen Körpers schien eitriges Sekret zu quellen, selbst im Mund, sogar das Zahnfleisch löste sich in blutigen Streifen. Jeder Bissen wurde zur Qual, schon die kleinste Berührung verursachte der Kranken kaum auszuhaltende Schmerzen – da verschwand sie in eine Dämmerwelt der geflüsterten Worte, der zugezogenen Vorhänge. Wenn es ganz schlimm war, konnte man in den Gängen des Dienstbotentrakts ihr verzweifeltes Schluchzen hören, und manchmal, an milden Abenden, sah man sie, ihren Gatten und Adele, wie sie langsam, ganz langsam ein paar Schritte am Waldrand entlanggingen. Adele im rotgetupften, bei jedem Schritt wippenden Sommerkleid, die Kranke in weißen, den abgezehrten Körper umflatternden Überwürfen aus Seide.

Die Soßenköchin erzählte mir, dass sie einmal vom Fenster aus Zeugin geworden sei, wie die alte Frau Luz sich wutschreiend losriss, zwei, drei taumelnde Schritte zum Wald stürmte, nur um dort wimmernd zusammenzubrechen. Ihr Mann musste die Leblose heimtragen. Es hieß, es könne noch Jahre so gehen, aber dann war sie plötzlich tot, sanft entschlafen, zwei Wochen vor Beginn der Wintersaison, und fast sofort verschwand auch Adele.

Jedoch, kaum war das Trauerjahr verstrichen, da kehrte sie zurück, strahlend, triumphierend, die neue Gattin, die neue Herrin über das Grand Hotel. Obwohl verwundert, war man im Personal doch froh, dankbar fast, denn die vergangenen zwölf Monate waren hart gewesen – nicht nur wegen der galoppierenden Inflation. Nein, der alte Herr Luz, der bisher sein Schicksal stoisch ertragen und die Geschicke des Hotels stets klarsichtig und ruhig durch Krieg und Krisen gelenkt hatte, seit dem trotz allem unerwarteten Ende seiner ersten Gattin war er zum Trinker geworden. Man hoffte auf den mäßigenden Einfluss Adeles oder zumindest auf ihr Organisationstalent.

Von Letzterem sollte ich mich bald selbst überzeugen können, die Sommersaison startete mit großem Pomp und Trubel. Einen Blumenball hatte Adele sich für das Auftaktwochenende ausgedacht, und zwei Tage lang schleppten Paul, ich und eine Reihe wechselnder Handwerker mit Wasser und Fliedersträußen gefüllte Eimer in die Wirtschaftsräume, von wo aus sie unter dem strengen Auge des Concierges kunstvoll verteilt wurden. Die Hausmädchen wanden meterlange Bänder aus Stiefmütterchen und

Gänseblumen für die Treppengeländer, der schachbrettgeflieste Boden des Tanzsaals wurde mit Blütenblättern von gelben Rosen zentimeterhoch bedeckt, und der Maître de Confiserie entwarf eine mit kandierten Veilchen verzierte Champagnertorte. Für die musikalische Untermalung reisten *Johnny Gable und Palastorchester* eigens aus Berlin an, und ich weiß noch, dass Johnny Gable darauf bestand, dass seine morgendlichen Haferflocken mit Ziegenmilch aufgekocht wurden, alles andere schade seiner legendär heiseren Schlafzimmerstimme.

Und dann begann die Saison, die zum Hotel gehörende Taxe stand nicht mehr still, ohne Pause wurden Gäste und Gepäck vom Bahnhof geholt, aus Stuttgart kam Theaterprominenz, aus München kamen ordengeschmückte Herren in Parteiuniform, das Fliegerass Ernst Udet erschien mit wasserstoffblonder Begleitung, und der Baron von Wittmannsthal bezog gleich einen ganzen Stock, seiner zahlreichen Kinder und Kindermädchen wegen.

Seltsamerweise erinnere ich mich an den Blumenball selbst kaum. Ich weiß nur noch sicher, dass Adele den Eröffnungswalzer mit einem dicken Herrn in Majorsuniform tanzte und dass sie ein fliederfarbenes Rohseidenkleid trug, hochgeschlossen und am Rücken komplett durchgeknöpft, in ihren dunklen Haaren funkelnde Diamanten oder zumindest täuschend echt gemachten Strass.

Und ich weiß, dass ich für den irischen Barkeeper kistenweise Orangen, Limetten und Zitronen presste, während Paul ihm mit blau gefrorenen Fingern Eis klein schlug. Ernst Udet schwor, er habe noch nirgendwo einen besseren Ginfizz bekommen, weshalb er sich auch furchtbar betrank und zusammen mit dem Barkeeper auf die Engländer fluchte. Seine blondierte Begleitung aber verschwand in den frühen Morgenstunden mit Johnny Gable – sehr zum Leidwesen einiger anderer weiblicher Gäste, die auch gehofft hatten, in den Genuss seiner weit über die Hauptstadt hinaus legendären Künste zu kommen.

Nach dem Eröffnungsball wurde es ruhiger, der Alltag kehrte ein, alltägliches Chaos und alltägliche Katastrophen: Mal fiel das Warmwasser aus, mal erkrankten gleichzeitig vier Zimmermädchen an Masern, einmal zerstörte ein Sturm in der Bretagne die Austernbänke, und der Chefkoch, ein pockennarbiger Frontsoldat, brach über diese Nachricht in Tränen aus.

Gäste kamen, Gäste gingen, der Baron von Wittmannsthal blieb gleich für ein paar Wochen. Seine Frau und die Kinder unternahmen lange Spaziergänge im Wald, er selbst verbrachte seine Vormittage in Begleitung seines Sekretärs in der vanillefarbenen Kühle des Frühstückszimmers. Dort diktierte er Brief um Brief und schickte mich drei bis vier Mal am Tag in die Stadt zum Postamt, wo ich auch seine abonnierten Zeitungen abholte, die man ihm aus Paris, London und Zürich nachsandte. Er aß nie zu Mittag, ließ sich aber manchmal auf zwei ein einzelnes pochiertes Ei in den Buntglassalon bringen, wo er sich gerne etwas ausruhte, bevor sein Sekretär ihm die Nachmittagspost und den amerikanischen Börsenreport brachte. An die frische Luft sah ich ihn kein einziges Mal gehen, meines Wissens betrat er nicht einmal den Balkon.

Paul verliebte sich ein wenig in die märchenhaft zarte Baronin, zumal sie ihm einmal ein Kompliment für seine Rosen gemacht hatte, und als die Familie Wittmansthal schließlich zu Christi Himmelfahrt packen ließ, um den Sommer auf ihren ostpreußischen Gütern zu verbringen, verschwand das breite Lachen für ein paar Tage aus Pauls Zügen.

Ich selbst hatte seit Beginn der Saison keinen nächtlichen Besuch mehr bekommen. Wenn ich Adele sah, dann sprach sie mit dem Concierge, plante mit dem Maître de Cuisine das Menü für das Mittsommerfest oder schimpfte mit dem betreten dreinblickenden Handwerker wegen der Dampfheizung. Umso mehr wunderte ich mich, als ich am Pfingstmontag ein Briefchen auf meinem Kopfkissen vorfand. Es war auf dem dicken, cremefarbenen Hotelpapier geschrieben und bestand aus nur sieben Worten: *Heute Abend, 22 Uhr am Waldrand. A.*

In Erinnerung an unsere vorangegangenen sonderbaren Zusammenkünfte war ich auf einiges gefasst, doch Adele überraschte mich abermals, als sie mich trotz meines pünktlichen Erscheinens schon erwartete. Wegen der abendlichen Kühle fest in ihren Pelz gewickelt, saß sie am Fuß einer Tanne und rauchte. Halb war ich davon ausgegangen, sie wäre nackt unter dem Nerz, doch als sie aufstand, sah ich im nächtlichen Dämmerlicht, dass sie ihr fliederfarbenes Abendkleid trug.

Aber etwas anderes verblüffte mich noch mehr: Sie lächelte. Und lächelnd griff sie nach meiner Hand, zog mich wortlos tiefer in den Wald hinein. Ihre Finger waren kühl und trocken, ihre Schritte trotz der uns umfangenden Dunkelheit rasch und sicher – dennoch entzündete sie, kaum dass wir tiefer zwischen den Bäumen waren, eine Laterne, führte mich in deren flackerndem Schein weiter und weiter, bis wir zu einer kleinen Lichtung kamen, wo sie Halt machte.

»Hier sind wir in Sicherheit«, sagte sie, und ich nahm an, sie meinte, vor den Blicken der Gäste und des übrigen Personals. Ich kam jedoch nicht dazu, länger darüber nachzudenken, denn schon küsste sie mich, sanft und seltsam schüchtern. Ich knöpfte ihr Kleid auf, strich ihr mit der Hand über den Rücken, erschrak, zuckte zurück.

Alles war übersät von wulstigen Narben, von schlecht verheilten Striemen.

Wir sahen einander an. In Adeles Augen standen Tränen, und einen kurzen Moment glaubte ich, sie würde wortlos davonstürzen, doch sie schüttelte nur den Kopf und sagte leise: »Ernst war ein guter Mann, aber es war zu viel für ihn. Die Schuld. Er hat es anders nicht ausgehalten.«

Sie machte sich los, sank auf die Erde, zündete sich eine Zigarette an, und nach einem tiefen Zug zuckte sie achtlos mit den Schultern. Ich wusste nichts zu erwidern. Die uns umfangende Nacht war vollkommen, der Geruch nach Tabak und feuchter Erde fast betäubend, von den geöffneten Fenstern des Hotels trieb der Wind leise Musik zu uns, Shostakovichs zweiter Walzer, da reichte ich Adele meine Hand: »Darf ich bitten?«

So fing es an.

Mit den steigenden Temperaturen sank das Niveau der Gäste, auch wenn sie immer noch so viel reicher waren, als ich es mir je hätte vorstellen können – und doch merkte man einen kleinen, nicht zu leugnenden Unterschied. Allem voran wurden die Trinkgelder höher. Der Baron von Wittmannsthal beispielsweise hatte oft vergessen, überhaupt eines zu geben, und wenn es ihm schließlich eingefallen war, hatte er seinen Sekretär durch einen halb hilflosen, halb herrischen Blick angewiesen, diese peinliche Situation rasch aus der Welt zu schaffen. Seine Familie hatte immer über Häuser, Fabriken, Güter verfügt, er kam gar nicht auf die Idee, jemanden von seinem Vermögen überzeugen zu müssen. Da waren die neuen Sommerfrischler anders, für sie war der Besitz von Geld, von viel Geld noch ungewohnt. Ihre Schrankkoffer, ihre Hutschachteln und ihre Ledertaschen quollen über von frisch erworbenen, überteuerten Dingen, und mit großer Geste steckten sie dem Personal Scheine zu.

Sie waren laut und anspruchsvoll, mäkelig und doch leicht zu beeindrucken. Sie bestellten die Weine nach dem Preis, tranken zu viel davon und verschliefen oft halbe Tage auf einer der rot-weiß gestreiften Liegen der Sonnenterrasse. Den Stubenmädchen gegenüber waren sie zudringlich, und als ich in einer Nacht um Mittsommer herum von leisem Schluchzen geweckt wurde, da dachte ich an den Kummer nach einem solchen Übergriff. Ich stand aber nicht auf, überzeugte mich nicht, versuchte nicht zu trösten. Ich war zu müde, zu erschöpft von einem Tag voller fremder Wünsche und Ansprüche, und obwohl mich heute deshalb Reue quält, ich hätte die Morde am Ende doch nicht verhindern können – zumindest will ich das glauben.

Es war ungefähr um diese Zeit, dass Herr und Frau Sokolowski im Waldlust eintrafen. Sie waren noch nie bei uns zu Gast gewesen und reisten mit einer geradezu aberwitzigen Menge an Gepäck an – die Taxe musste vier Mal fahren, und ein fünftes Mal blieb dem Chauffeur nur deshalb erspart, weil der Milchmann sich erbot, die letzten Hutschachteln mit der morgendlichen Lieferung zu bringen. Herr Sokolowski war Schützenkönig und besaß eine Traktorfabrik im Fränkischen, und er legte großen Wert darauf, dass jeder, vom Concierge bis zum Gärtner, über diese beiden unerhörten Tatsachen Bescheid wusste. Am ersten Abend ließ er sein Rumpsteak dreimal zurückgehen, nur um dann schließlich Coq au Vin zu bestellen, und Frau Sokolowski trieb mit ihren Vorstellungen von der Süße der Füllung eines Windbeutels den Chef de Patisserie an den Rand eines Nervenzusammenbruchs. Die Meinung des Personals stand also schon am ersten Abend fest – wobei Paul und ich uns dieser nicht anschlossen, wenn auch aus unterschiedlichen Gründen. Auf den ersten Blick hatte Paul sich in Frau Sokolowskis pralle Reize verliebt, während ich eher Zuneigung für Herrn Sokolowskis pralle Brieftasche empfand.

Seine üppigen Trinkgelder waren es nämlich, die es mir erlaubten, Adele anlässlich ihres dreißigsten Geburtstages nach Stuttgart einzuladen. Wir reisten in getrennten Abteilen, und wie zufällig trafen wir uns in der Confiserie-Abteilung im Warenhaus Breuninger. Ich kaufte Adele ein Tütchen kandierte Kirschen und später eine Tarte au Chocolat im Königsbau am Schlossplatz. Sie trug ein bei jeder Bewegung elektrisch knisterndes Crêpekleid, von dem sie mir erzählte, sie habe es extra für unseren Ausflug erstanden, was sie selbst als albern bezeichnete, mich aber insgeheim sehr freute. Sie horchte mich aus über Berlin, über meine Promotion, alles wollte sie wissen über meine verstorbenen Eltern, über meinen in den letzten Kriegstagen gefallenen älteren Bruder, und immer wieder forschte sie nach über mein Verhältnis zu jener anämischen Blondine, deren engagierter Vermittlung ich meine Stelle verdankte. Ob ich sie wirklich nicht mehr sah, ihr auch nicht heimlich schrieb?

Und als ich all das wiederholt und wortreich beteuert hatte, da lachte sie, glücklich wie ein Backfisch nach dem ersten Kuss, griff über das Marmortischchen nach meinen Händen und hielt sie fest. Über ihre Vergangenheit sprachen wir wenig, was gab es da auch zu sagen? Ich hatte die Spuren ihrer Ehe auf ihrem Rücken, auf ihren Schenkeln gesehen, wobei sie niemals ein schlechtes Wort über ihren Gatten verlor, ihn immer wieder als guten Menschen bezeichnete. Ich sah das anders, schwieg aber, und zumindest hatte er sich schnell zu Tode gesoffen.

Abends gingen wir schwofen, Foxtrott, Charleston und all die anderen verrückten Tänze jener Tage, rote, grüne und gelbe Lichtflecke huschten über Adeles Wangen, wir tranken abwechselnd Ginfizz und Blue Monday, und als wir später auf dem schmalen Bett unserer Pension lagen, verschwamm ihr Gesicht beständig vor meinen Augen. Es hatte geregnet, schwülwarme Luft kam zum weit geöffneten Fenster herein, auf der Straße stritten zwei Huren und irgendwo weinte ein Säugling, unglücklich über die Hitze und die Abwesenheit der Mutter. Ich war schon am Einnicken, glücklich und angenehm betrunken, da sagte Adele: »Wenn du im Hotel bist, musst du achtgeben, dass du Frau Luz nicht begegnest, sie schleicht nachts die Flure entlang, sie will einen fangen und zu sich holen. Wenn du sie siehst, hast du noch sechzehn Stunden zu leben. Sie will ihren Tod rächen.«

Ich richtete mich auf, nicht sicher, richtig gehört zu haben, doch Adele lächelte mir gleichermaßen träge wie beschwipst zu, fuhr mir über die Wange, flüsterte schleppend: »Keine Sorge, ich habe den Spiegel verhängt. Sie kann nicht heraus.« Und dann schlief sie endgültig ein.

Heute denke ich, ich hätte nachhaken müssen. Vielleicht würde Paul noch leben, wenn ich ernsthaft mit ihr gesprochen hätte.

Aber ich nahm es für betrunkenes Gerede, und ich kam auch gar nicht dazu, denn Adele reiste am nächsten

Morgen mit dem Frühzug wieder zurück – in der Saison konnte sie sich keine längere Abwesenheit erlauben.

Ich selbst blieb noch einen Tag, besichtige das Lapidarium, aß Eis auf der Königstraße, besuchte gegen Nachmittag das Grab eines Studienfreundes.

Er hatte sich aufgehängt, niemand wusste, warum, es gab so viele Gründe, und der Waldfriedhof war friedlich und kühl. Der Abschied fiel mir schwer.

Im Waldlust indessen tobte das Leben. Paul begann ein Verhältnis mit der drallen Soßenköchin, die auch mit dem irischen Barkeeper schlief, was aber der Concierge nicht wusste, weshalb er seine Eifersucht an Paul allein ausließ. Zwei Liftboys rissen aus, und es ging das Gerücht, sie arbeiteten nun in Orleans als Stricher. Der Baron von Wittmannthal machte auf der Durchreise zwei Tage Halt, er sah erschöpft und müde aus, nichts als Kummer und Sorgen, die Ernte, die Börse, und sein Lieblingspferd lahmte.

Herr Sokolowski ohrfeigte einen Major a. D., weil dieser seiner Gattin begehrliche Blicke zugeworfen hatte, die Zimmermädchen wiederum beklagten sich, er sei selbst ein Sittenstrolch und kneife sie gewohnheitsmäßig in die Kehrseite.

Es war ein Sommer voller heftiger Gewitter, mehr als einmal fiel der Strom aus, alle litten unter der Hitze. In meiner Dachkammer schmolzen die Kerzen, und Adele erlaubte mir nun manchmal, in ihrem ventilierten Zimmer auf sie zu warten.

Auf dem vanillegelben Himmelbett liegend las ich die Buchclubausgabe von Remarques *Im Westen nichts Neues* und viel von Edgar Wallace, das Paul mir weiterreichte. Der Deckenventilator schnurrte monoton, verbreitete herrliche Kühle, aber ich konnte doch nicht einschlafen.

Mir gegenüber hing der Spiegel.

Ich wagte nicht hineinzublicken, aus einer kindischen Angst heraus, ein fremdes Gesicht könnte mir entgegensehen – meist war er bei meiner Ankunft aber bereits verhängt, nur ein oder zwei Mal erledigte Adele es in meinem Beisein. Sie tat es ohne verständnisheischendes Lächeln und ohne jede Erklärung. Überhaupt hielt sie nichts von Erklärungen, von Schwüren oder gemeinsamen Plänen – aber ein Mann Mitte zwanzig kann nicht einfach nur lieben. Er will beschützen, er will versorgen, und er braucht eine gemeinsame Zukunft, an der er bauen kann.

Unter den Gästen wurde jetzt viel von einer politischen Wende und einer nahenden wirtschaftlichen Erholung geredet, und eines Abends sprach mich Herr von Zimmern im Rauchsalon an, ob es denn stimme, dass ich promovierter Chemiker und ein Spezialist für Mutterkorn sei.

Ich nickte knapp und fuhr hastig mit dem Einsammeln der Aschenbecher fort – es war mir etwas peinlich, an meine ebenso vielversprechende wie grandios gescheiterte akademische Karriere erinnert zu werden. Auch wusste ich nichts über Herrn von Zimmern, außer dass er ein hagerer, blonder Mann war, der englische Zeitungen las und gerne ausgedehnte Spaziergänge mit seinen beiden Settern unternahm. Einmal sah ich ihn mit zwei Brünetten, Schwestern offensichtlich, in einem Biergarten sitzen, weshalb Paul und ich einen anderen Ort für unseren freien Abend wählten.

Wir wollten ungestört reden, und wir wollten ungestört trinken, denn meinen Freund plagte Kummer, all den Freuden mit der Soßenköchin zum Trotz.

Noch war es hochsommerlich warm, doch das Licht hatte bereits jene seltsame Färbung, die ein baldiges Nahen des Herbstes ankündigte. Ohne Pause spielte die Kapelle, *Veronika, der Lenz ist da*, Walzer und das Flottenlied. Gereicht wurden Bratwurst und Sauerkraut, Pflaumenkuchen vom Blech und Grütze nach Art des Hauses. Das Bedienfräulein kannte meinen Freund näher und es brachte zu jeder Halben einen Doppelkorn und nach dem dritten Doppelkorn unaufgefordert Schmalzbrot mit Salz – sie wollte nach ihrem Schichtende auch noch etwas von Paul haben. Er aber hatte kein Auge für ihre Großzügigkeit, Frau Sokolowski ging ihm nicht aus dem Sinn. Sie leide unter ihrem Gatten, fürchte ihn sogar und wage dennoch oder gerade deshalb nicht, ihn zu verlassen.

Ich nickte und trank. Was gab es auch zu sagen?

Niemals würde Frau Sokolowski ihren fabrikbesitzenden Schützenkönig für einen Gärtner verlassen, ganz egal, was sie in Pauls Umarmung beteuern mochte.

Vielleicht hätte ich heftiger mit ihm sein, ihm die ganze Geschichte ausreden sollen. Vielleicht hätte ich so drei Menschen das Leben gerettet, aber ich war betrunken und hoffnungslos, und dann hatte auch das Bedienfräulein Feierabend und wollte noch mit uns zum Schwofen, mir stellte es eine reizende Freundin in Aussicht, doch ich ging nicht mit.

Es war unser letzter gemeinsamer Abend, drei Tage später sollte Adele vergessen, den Spiegel zu bedecken.

Dabei begann alles mit einem großen Glück: Herr von Zimmern passte mich ab. Er und Dr. Goldenblatt saßen Zeitung lesend vor dem großen Fenster zum roten Ahornbaum, da winkte er mich her, und eh ich mich versah, hatten mich die beiden derart in ein Gespräch über Kunstdünger verwickelt, dass ich für einen Moment meine geringe Stellung vergaß. Frei sprach ich über meine Forschungsarbeit und meinen neuen Ansatz bei der Bekämpfung des bei Getreidebauern so gefürchteten Mutter-Gottes-Brandes. Wie ein Kind freute ich mich, besonders in Dr. Goldenblatt wohl einen Kenner der Materie getroffen zu haben, und als er schließlich erwähnte, erst vor wenigen Tagen mit Professor Dr. Genzer, meinem hochgeschätzten Doktorvater gespeist zu haben, war mein Glück vollkommen. Zwar stand ich noch immer in losem Briefkontakt mit ihm, aber offen gestanden blieb ich ihm oft Antwort schuldig, zu sehr schämte ich mich, seine in mich gesetzten Erwartungen enttäuscht zu haben. Und als ich gerade die Geschichte erzählte, wie Doktor Genzer wegen der »jüdischen Wurzeln« eines Getreideschädlings mit dem stramm nationalen Dekan aneinandergeraten war, da unterbrach mich Herr von Zimmern und sagte: »Junger Mann, worauf warten Sie eigentlich? Wir brauchen Sie in Berlin!«

Erst da begriff ich, erst bei diesen Worten ergab alles Sinn – vor mir in roten Samtsesseln saßen Goldenblatt und Zimmern, die Geschäftsleitung von *G & Z Kunstdünger Berlin*.

Ich erbleichte, kam ins Stammeln, und die beiden lachten in amüsierter Nachsicht, Herr von Zimmern reichte mir die Hand, und damit war die Sache abgemacht. Nach dem nahen Saisonende würde ich in die Hauptstadt zurückkehren, vom Zugticket bis zur Unterbringung sollte ich alles einfach vertrauensvoll in die Hände von Dr. Goldenblatts Schwester legen, sie würde sich um alles kümmern.

Doch eine Aufgabe blieb mir überlassen: Mit Adele musste ich selbst sprechen.

Sie war sehr beschäftigt in jenen Tagen, das Sternenfest zum Abschluss des Sommers stand vor der Tür. Johnny Gable und sein Palastorchester waren schon eingetroffen, Ernst Udet war mit rot gefärbter Begleitung, die Sokolowskis mit noch mehr Gepäck angereist, und der Filmstar Carl von Bäumer hatte sich angekündigt, allerdings wusste niemand, ob er mit Ehefrau oder Liebhaber oder gar mit beiden auftauchen würde.

Ein Heer von Handwerkern war damit beschäftigt, im Vorhof ein weißes Beduinenzelt aufzubauen. Aus dem Umland angeforderte Näherinnen unterstützen die hiesigen darin, Tausende von im Licht funkelnden Strasssteinen auf den zarten Stoff zu nähen, im Inneren lagen bunte Seidenkissen scheinbar wahllos um niedrige Tischchen aus Rosenholz, in spiegelnd polierten Wasserschalen schwammen Blütenköpfe, und riesige Kandelaber warteten nur darauf, entzündet zu werden.

Was mag aus all diesen Dingen geworden sein? Das blutverschmierte Zelt hat sicher die Polizei einbehalten, aber der Rest? Was hat Adele damit nur gemacht? Hat sie die Sachen vielleicht verbrennen lassen?

Nein, eher hat sie sie verkauft, denn sentimental war Adele nie, und als ich ihr in dieser Nacht vom Angebot von G & Z Berlin erzählte, da presste sie ihren Kopf nur einen kurzen Moment an meine Brust, dann stand sie auf, legte sich ihren roten Kimono um, trat an mein Fenster, jenes, in dem ich bei unserer zweiten Begegnung gesessen hatte. »Dann gehst du also«, stellte sie fest, und einen Moment zitterten ihre Schultern, als weinte sie, aber es war wohl nur die vom Wald hertreibende Kühle, die sie erschauern ließ.

Ihre Worte klangen gefasst und ich war es, der mit brechender Stimme bat: »Komm doch mit. Wir finden einen Weg, wenn wir nur …«

Adele aber schüttelte langsam den Kopf, strich mir wie damals über die Wange, kein Lächeln, keine Träne. »Es ist dunkel, und ich habe den Spiegel nicht verhängt. Ich muss gehen«, sagte sie, doch als sie mich ansah, blieb sie – nicht aus Leidenschaft, nicht aus wildem Verlangen, allein aus Mitleid mit mir, dem dummen Bub.

Der nächste Tag, welcher der Tag des Sternenfests sein und nur der Tag der Morde werden sollte, herrschte eine schwül diesige Hitze. Adele wies den Barkeeper an, die Cocktails dünn und eisig zu mischen, aber als ich Herrn Sokolowski die Nachmittagspost zu seiner Sonnenliege brachte, war sein Kopf trotzdem schon rot und sein Blick glasig. Er fragte mich, ob ich seine Frau gesehen hätte, was ich wahrheitsgemäß verneinte, und da spie er aus: »Sie hat heute Nacht eine weiße Frau gesehen, auf dem Flur. Jetzt glaubt sie, sterben zu müssen. Überspannte kleine Schlampe.«

Und mit diesen Worten kippte er den Ginfizz wie Wasser und erhob sich schwankend, wohl um seine Frau zu finden.

Trotz der Hitze fror ich, und ich weiß noch, wie ich panisch nach Adele suchte, sie war so klug und beherrscht, sie würde wissen, was zu tun, was zu sagen war. Und war es nicht überhaupt sie gewesen, die Frau Sokolowski gesehen hatte – Adele auf ihrem nächtlichen Weg zu mir? Ja, so musste es gewesen sein. Aber Adele hatte einen roten Kimono getragen, unmöglich, sie für eine weiße Frau zu halten. Doch es gab keine andere Erklärung, es konnte gar keine geben.

Und dann fand ich Adele, endlich, endlich! Ich sah sie in der Empfangshalle, heiter im Gespräch mit diesem

Filmstar, und als ich noch auf sie zu rannte, da hörte ich schon den ersten Schuss, den Schrei, dann den zweiten, den dritten, den vierten, den fünften und dann die Stille.

Die vollkommene Stille nach der Tat.

Er hat Paul, er hat seine Frau, und er hat sich selbst erschossen, Herr Sokolowski, der Schützenkönig. Im Beduinenzelt ist es passiert, er hatte sie dort aufgespürt – kein gutes Versteck, sehr gewagt von den beiden, aber wenn sie sich sowieso für dem Tod geweiht hielt? Warum dann noch Vorsicht?

Das Fest wurde natürlich abgesagt, die Saison endete vor der Zeit, und auch für mich war nach Pauls Beerdigung alles erledigt. Ich reiste ab, niemand brachte mich zum Bahnhof und es duftete nun nicht länger nach Frühling, sondern nur nach Kohlequalm und Regen.

In Berlin aber empfing mich Fräulein Goldenblatt am Gleis, blondlockig und lachend. Das Schicksal hatte es gut mit mir gemeint, trotz allem.

Ein, zwei Mal schrieb ich Adele noch, aber es kam nie ein Brief zurück. Manchmal denke ich, dass sie vielleicht in der Zeitung von meiner Hochzeit gelesen hat, von der Enteignung von *G & Z Kunstdünger* und der Hinrichtung des Herrn von Zimmern. Vielleicht durch Zufall, so wie ich jetzt über ihre Ermordung gelesen habe.

Jetzt ist sie also tot, ermordet wie Paul, wie die Sokolowskis. Und vielleicht auch wie die alte Frau Luz.

Nie werde ich erfahren, ob es wirklich Adele war, die Frau Sokolowksi gesehen hat, sechzehn Stunden bevor sie starb. Aber wenn nicht, wen hat sie dann gesehen?

ZUR LEGENDE DER ADELE B. IM HOTEL WALDLUST

Das 1902 von Ernst Luz gegründete Grand Hotel sollte mehrere Jahrzehnte lang Anziehungspunkt von Geld- und Hochadel sein. Besonders in den Zwanzigerjahren erlebte es unter der Verwaltung einer gewissen Adele eine Blütezeit: Der König von Schweden zählte ebenso zu den Gästen wie die Filmstars Douglas Fairbanks und Mary Pickford. Nach Adeles Ermordung in den frühen Fünfzigerjahren verfiel das Hotel zusehends, immer wieder kam es zu Spukerscheinungen, die schließlich zum Leerstand des Gebäudes führten.

So zumindest die Legende, denn der Denkmalverein Freudenstadt will weder von einem Mord in dem Prachtbau noch von Geistersichtungen etwas wissen. Nicht einmal eine Verwalterin/Inhaberin namens Adele lässt sich nachweisen – trotzdem ist das Waldlust heute einer der beliebtesten *Lost Places* des Schwarzwaldes, bei Fotografen und Filmteams gleichermaßen gefragt.

LOST PLACES IN FREIBURG

Nicht nur der Nordschwarzwald kann mit verlorenen Orten locken, nein, auch die Stadt Freiburg hat in dieser Hinsicht einiges zu bieten! Allerdings verstecken sich die Lost Places hier besonders gern unter der Erde. Dort harren alte, verborgene Tiefkeller auf eine Neuentdeckung, im ehemaligen Schlossbergbunker und im Bächlestollen treiben allerhand finstere Gesellen ihr Unwesen und sogar am friedlichen Münsterplatz lauert das Verderben dicht unter der Oberfläche.

Nach der Lektüre der folgenden Geschichten werden Sie Freiburg mit ganz anderen Augen betrachten und immer auf der Suche nach geheimen Zugängen sein!

TIEF UNTEN

ELLA THEISS

Das Merlin-Hotel am Leopoldring hat fünf Sterne. Wahrhaftig, es sind fünf. Eine lindgrün verspiegelte Fassade reflektiert den Wolkenhimmel über Freiburg, eine Freitreppe aus Marmor führt zu einer gläsernen Drehtür, über der die zu einem Bogen angeordneten Sterne goldfarben erstrahlen. So ein Hotel hast du in deinem ganzen zweiundsechzigjährigen Leben noch nicht betreten, was, Aneta? Nicht mal als Putzfrau.

Im Foyer dieses noblen Gebäudes triffst du heute Vormittag einen Herrn Dr. Fischer aus Stuttgart, um mit ihm eine Art Kontrakt zu schließen. Um zehntausend Euro geht der Deal. Warum wirfst du einen Blick auf dein Handy, Aneta? Du bist zu früh, weil man in Deutschland, wie du glaubst, keinesfalls zu spät sein darf. Diesmal bist du zwanzig Minuten zu früh. Ob du trotzdem reingehen sollst? Klar sollst du. Es beginnt zu nieseln, und du trägst die neuen Pumps.

Nase hoch, dezentes Kopfnicken zum Türsteher hin, und du bist drinnen. Guck dich nicht lange um, Aneta. Das Inventar aus Marmor und sandgestrahltem Chrom könnte dich einschüchtern. Geh zielstrebig durch die

Lobby auf den Empfangstresen zu, wo der Mann mit dem dunkelblauen Sakko auf eine Tastatur eintippt und den dazugehörigen Bildschirm fixiert. Lehn dich an den Tresen, leg deinen Ellbogen darauf. »Wozniak, mein Name. Ich habe einen Termin mit Herrn Dr. Fischer. Wo kann ich warten?«

Leider rollst du das R, wie die meisten Slawen es tun, weil du das deutsche Rachen-R nicht beherrschst. Na und? Schau, den Mann am Tresen stört es nicht. In feinen Hotels ist man weltoffen. Oder man tut als ob. Mit einladender Handbewegung weist er auf eine mit hellem Leder bezogene Sitzgruppe zwischen Yucca-Palmen und zückt sein Telefon. Und kaum dass du Platz genommen hast, tritt ein drahtig gebauter Mann, Ende vierzig, mit Aktentasche aus dem Aufzug. Er legt Wert darauf, sogar in Zivil nach Arzt auszusehen: cremeheller Anzug und Budapester in der gleichen Farbe. Er hebt, während er auf dich zueilt, die Hand, als hätte er sich verspätet und müsste um Entschuldigung bitten. Es ist zehn vor elf. Das hat geklappt, was? Ich bin der kleine Rest Frechheit, den du dir aus deiner Kindheit bewahrt hast, Aneta. Und Frechheit siegt, sagen die Deutschen.

Er geleitet dich zu der lauschigen, mit reichlich Spiegelglas ausgestatteten Hotelbar. Dort sucht er einen Nischenplatz aus, spendiert dir einen Drink für acht Euro und sieht dir forschend in die Augen. Wie du dich fühlst bei deinem Entschluss, will er wissen. Und ob du Bedenken hast.

Du wiegst den Kopf. Dass Operationen nie ohne Risiko sind, fällt dir ein. Dass man sich nicht »unnötig unters Messer legen« soll. So stand es kürzlich im Krankenkassenblättchen. Unnötig? Du hast die zehntausend Euro bitter nötig, brauchst sie, um das Elternhaus am Stadtrand von Gorzów zu sanieren, wo du mit deiner Schwester Vera einen sorgenfreien Lebensabend verbringen willst. Doch der Doktor erwartet keine Antwort, spricht weiter, erzählt von gesunder Lebensführung, abwechslungsreicher Kost, erklärt, dass wer nicht rauche und Alkohol in Maßen trinke, mit nur einer Niere steinalt werden könne. »Ja, über hundert Jahre können Sie alt werden, liebe Frau Wozniak.«

»Hundert Jahre?« Du lachst herzlich.

Der Doktor hingegen senkt seine Stimme, erzählt mit bedrückter Miene von einer jungen Frau, die wegen eines erblichen Leidens die Niere dringend brauche, weil sie sonst sterben müsse. Eine hochtalentierte Pianistin sei sie, erst dreiundzwanzig Jahre alt, studiere an der Musikhochschule. Ihre Eltern, Geringverdiener, seien bereit, all ihre Ersparnisse zu opfern …

Du bist gerührt, fragst, ob die junge Frau, wenn sie denn genesen sei, einmal ein Klavierstück für dich auf CD aufnehmen könne. Die *Träumerei* von Schumann zum Beispiel, die liebst du ganz besonders.

Dr. Fischers Miene entgleist für einen Moment. »Das … äh … lässt sich sicher machen«, sagt er und kommt zur Sache. Er zieht ein zweiseitiges Schriftstück aus seinem Köfferchen. »Unser Vertrag.«

Du stutzt. Vertrag? Alles ist voller Amtsdeutsch und Paragrafenzeichen, du verstehst kaum ein Wort.

Er lächelt nachsichtig, fasst zusammen: »Dreitausend Euro bekommen Sie jetzt, Frau Wozniak.«

»Sofort?«

»Sobald Sie unterschreiben. In bar. Vertrauen gegen Vertrauen.«

Du nickst knapp, lässt dir die Überraschung nicht anmerken.

Den Rest, erklärt er, bekommst du nach der OP, unmittelbar vorm Verlassen der Klinik. Ebenfalls in bar. Außerdem habe die *Transorgans Unlimited* die Bescheinigung eines Warschauer Krankenhauses besorgt, dass ein gutartiger Tumor aus deinem Rücken entfernt worden sei. Damit dein Hausarzt sich nicht über die Narbe wundert.

Du nickst wieder. Diese Organisation denkt an alles.

Unter Paragraf 2, Punkt 1 steht, dass du ledig, allein lebend und kinderlos bist, dass du keine nahen Verwandten hast und keine engen Beziehungen pflegst.

»So ist es«, behauptest du. Weil es weitgehend stimmt. Deine Eltern sind tot, dein Bruder meldet sich allenfalls an deinem Geburtstag. Deine Schwester, mit der du allabendlich zoomst, kannst du guten Gewissens verschweigen. Was geht die arme, rheumakranke Vera diese Leute an?

»Punkt 2«, fährt der Doktor fort, »verlangt von Ihnen, dass Sie mit niemandem, wirklich niemandem, über Ihre Spende sprechen. Nicht mit Kollegen und Vorgesetzten, nicht mit Nachbarn oder Sportsfreunden. Sie machen sich sonst erpressbar. Was der Organisation, ebenso wie Ihnen, schaden kann.«

»Selbstverständlich«, sagst du. Aller Welt hast du erzählt, du würdest für eine Woche in die Heimat reisen. Nur Vera weiß Bescheid. Vera dich erpressen? Lachhaft.

Punkt 3 sieht vor, dass du nicht nach dem Empfänger deiner Niere forschen darfst. Wie er umgekehrt deinen Namen nicht erfährt. »Alles anonym«, erklärt der Doktor, »wie das Gesetz es verlangt.«

Du bist irritiert. Weil ihm klar sein muss, dass das Gesetz sogenannte Lebendspenden unter Fremden untersagt. Dass das, was ihr vereinbart, illegal ist. So oder so. Ich bin dein Bauchgefühl, Aneta, dein siebter Sinn. Und ich sage dir, dass dieser Doktor, wenn er denn ein Doktor ist, dich für dumm verkaufen will. Dass dieser ganze Vertrag ein Fake ist, der dich einlullen soll. Wozu einen illegalen Deal vertraglich absichern? Welches Gericht würde sich im Konfliktfall damit befassen?

Du hakst nicht nach, du diskutierst nicht, weil du das Geld brauchst. Du unterschreibst und bekommst es, eingepackt in einen dicken reinweißen Umschlag mit Innenfutter. »Dreitausend Euro, Frau Wozniak, zählen Sie nach.«

Gönn dir ein Taxi nach Hause, Aneta. Mit so viel Geld in der Tasche ist ein Taxi sicherer als der Fußweg. Bester Laune bist du, was? Noch heute Nachmittag wirst du Vera den größten Teil davon überweisen. Für das marode Dach daheim, durch das es bei jedem Dauerregen tropft. Und übermorgen früh, pünktlich um acht, wirst du am vereinbarten Ort sein: Institut Diana, schönheitschirurgische Praxis, Nähe Martinstor.

Du bist guter Dinge erwacht. Hast es überstanden, denkst du. Lachst dir im Taschenspiegel zu, zupfst dir die Locken zurecht, puderst dir die Nase. Die Naht am Rücken schmerzt kaum, ein bisschen schwindelig ist dir, das kommt bestimmt vom vielen Liegen. Oder von diesem kahlen, fensterlosen Krankenzimmer im Souterrain. Fertig angezogen hockst du auf deinem Bett, wartest auf Dr. Fischer, damit er dir das restliche Geld aushändigt: siebentausend Euro. Die wirst du auf direktem Weg zur Bankfiliale in der Kaiser-Joseph-Straße bringen, das ist nicht weit von hier, und auf dein Konto einzahlen. Dann wirst du mit der Straßenbahn nach Hause fahren, deinen Kanarienvogel Klitschko bei der Nachbarin abholen und Vera anrufen. Vera sagen, dass alles gut gelaufen ist und du sie bald besuchen kommst.

Nichts ist gut, Aneta. Guck auf deine Armbanduhr. Da stimmt was nicht. Dass du eine halbe Stunde vergeblich ausharrst – geschenkt. In Krankenhäusern sind die Wartezeiten krasser. Nein, es ist das Datum. Der 22. Juni ist heute. Deine Entlassung war für den fünfzehnten vorgesehen. Du glaubst, deine Primark-Uhr sei unzuverlässig? Dann schalte dein Handy ein. Ja, Handys sollen bis zum Verlassen der Praxis ausgeschaltet bleiben, so hat man dir eingeschärft, weil sie angeblich die Funktion der medizinischen Apparate stören, doch wenn du nur einmal und nur ganz kurz …? Falls man dich ertappt, entschuldigst du dich, sagst, du hättest die Anweisung vergessen. Hinter der angelehnten Tür rührt sich nichts, also gib deine PIN ein.

Siehst du, das Display zeigt ebenfalls den zweiundzwanzigsten. Und drei WhatsApp-Nachrichten von Vera liegen im Postfach. *Liebe Anetka, wo bist du? Bitte melde dich. – Anetka, was ist los? – Deine Nachbarin hat mich angerufen, Anetka!* Die vierte Nachricht ist von der Nachbarin selbst. Das Vogelfutter sei alle, sie habe neues kaufen müssen, und die Orchideen auf der Fensterbank würden welk, ob sie die mit normalem Leitungswasser …

Die Tür schwingt auf, eine Mittdreißigerin im weißen Kittel tritt ein, feistes Gesicht, hängende Mundwinkel. »Hier wird nicht telefoniert, Frau Wozniak.«

»Ich habe nur … das Datum … « Du spürst, wie du rot wirst.

»Es gab Komplikationen. Sie lagen im Koma«, sagt sie, stellt sich als Dr. Schröder vor und reicht dir eine fleischige Hand.

»Koma? Ich?«

»Sie hatten einen allergischen Schock, ausgelöst durch ein Kreislauf stabilisierendes Medikament. Sie hätten diese Allergie angeben müssen. Beinahe wären Sie gestorben.«

»Allergie?« Quatsch, hast du nicht. Dein Armbruch vor sechs Jahren wurde unter Narkose gerichtet. Alles verlief problemlos.

»Sie hätten Ihre Allergie unbedingt angeben müssen.«

»Haben Sie mich operiert?«

»Ein Kollege. Er ist abgereist.«

»Und wo ist Dr. Fischer?«

»Auch abgereist. Sie lagen im Koma.«

Warum wiederholt die Frau alles? Du wirst ungeduldig, verlangst dein Geld.

Sie öffnet einen Schnellhefter, zieht ein Briefkuvert heraus. »Das Dokument für Ihren Hausarzt, falls er dumme Fragen stellt. Und Ihr restliches Honorar. Da Sie noch etwas schwach auf den Beinen sind, fahren wir Sie selbstverständlich nach Hause.«

Der Umschlag ist verblüffend dünn. Und zugeklebt. Überwinde deine Scham, Aneta, reiß ihn auf, guck rein. Und? Es sind vierzig 50er-Scheine.

»Das sind zweitausend Euro«, sagst du. Es klingt dumm. Klingt, als könntest du nicht gut rechnen.

»Richtig«, sagt sie und räuspert sich.

»Mir stehen siebentausend zu.«

»Wir mussten für die Zeit, die Sie hier am Tropf hingen, und für den Pflegeaufwand etwas abziehen. Sie können von Glück reden, dass Sie am Leben sind.«

Dir wird heiß vor Zorn. »Das ist Betrug«, schreist du und springst auf.

Abrupte Bewegungen verträgt dein Kreislauf nicht. Dir wird schwarz vor Augen, du musst dich am Bettpfosten festhalten.

»Sie haben Ihre Allergie verschwiegen.«

»Ich habe keine Allergie. Ich will jetzt Dr. Fischer sprechen. Wenn er abgereist ist, dann eben am Telefon.«

»Sie haben außerdem verschwiegen, dass Sie lebende Verwandte in Polen haben.«

Du ringst nach Luft. »Wo… woher wissen Sie das?«

Sie grinst verkniffen.

Die Erkenntnis trifft dich mit voller Wucht: Du bist Betrügern aufgesessen, Aneta, Betrügern, die so tun, als seist du die Betrügerin. Und du kannst nicht zur Polizei, ohne dich selbst anzuzeigen. Tränen schießen dir in die Augen, dir wird vollends übel. Du schaffst es gerade noch, das Kuvert in deine Schultertasche zu stopfen und dich aufzurichten, dann erbrichst du dich auf Dr. Schröders schneeweiße Clogs.

Sie weicht vor Ekel zurück, du wischst dir den Mund ab und gehst, ohne dich umzudrehen, wankst den Flur entlang zum Aufzug, steigst ein, drückst den Knopf.

Das ist der Lastenaufzug, Aneta, und der falsche Knopf. Du fährst abwärts und merkst es nicht. Rohe Betonwände und unverputzter Estrich empfangen dich beim Aussteigen. Eine schwache Neonlampe beleuchtet einen Flur voller Gerümpel: Krücken, zerlegte Krankenbetten, ausgediente Rollis. Du bist im zweiten Untergeschoss, Aneta. Mach kehrt!

Zu spät, der Aufzug ist weg. Nimmst du halt die Treppe. Und die ist … wo? Überall Eisentüren mit nicht zu deutenden Kreidemarkierungen. Du entscheidest dich für die doppelflügelige Tür mit dem senkrecht gestellten Hebel, drückst ihn waagrecht. Frische, kühle Luft weht dir durch den Spalt ins Gesicht. Sie tut dir gut, und du atmest auf, weil du glaubst, hier ginge es ins Freie. Irrtum. Da sind Fliesen am Boden, an Wänden und Decke, ein summender Motor, ein synthetischer Geruch – ein Kühlraum ist das hier, eiskalt, penibel sauber und leer, nein, nicht leer – hinter der Tür liegen … Leichen! Vier tote Menschen auf Plastikplanen am Boden, nackt, mit klaffenden Schnittwunden an Brust und Bauch, Rippenknochen ragen heraus, Blutschlieren sind wie mit einem Pinsel über die bleiche Haut gewischt. Erneut befällt dich die Übelkeit, du siehst weg, du siehst wieder hin. Da ist etwas, was dich zwingt hinzusehen. Auf Post-it-Zetteln sind die Namen geschrieben: Patrik Haas, ein magerer alter Mann mit landstreicherhaft filzigem Bart, Aras Saleh, ein untersetzter Dunkelhäutiger, Gina Maria … Alonso? Du schlägst dir vor Entsetzen beide Hände vor den Mund. Das ist deine Kollegin Gina! Man hat ihr das Haar abgeschnitten, die Ohrmuscheln auch. Vor drei Wochen hat Gina gekündigt und ist verschwunden, ohne sich zu verabschieden. Was ein Skandal war, weil sie beim Chef einen Kredit offen hatte. Gina ist hier, ist tot, ausgenommen wie ein Schlachttier.

Kehr um, Aneta! Ich bin deine linke Gehirnhälfte, dein Scharfsinn, deine Besonnenheit. Geh hinauf zu dieser Frau Dr. Schröder, entschuldige dich und tu, als wäre alles in Ordnung.

Du zögerst. Zögerst zu lange. Ein Wärter mit der Statur eines Hammerwerfers und der Miene einer Bulldogge steht breitbeinig im Flur zwischen dem ganzen Gerümpel.

Hält eine Keule in der Hand, nein, keine Keule, das Ding sieht aus wie die Elektroschocker in den Fernsehkrimis.

»So, Alte, jetzt …«

Weiter kommt er nicht, weil du mit einer Geistesgegenwart, die du dir nicht zugetraut hättest, einen der kaputten Rollis schnappst und ihn dem Kerl mit Wucht vor den Wanst rammst.

Er bricht jaulend zusammen. Du hast ihn im Schritt erwischt. Ha, das ist perfekt. Renn los, Aneta, renn! Immer den Flur entlang und um die Ecke. Da gibt es eine altmodisch gezimmerte Holztür mit schmiedeeisernem Griff. Sieht aus wie eine Hauseingangstür aus dem 18. Jahrhundert. Sie ist unverschlossen, du schlüpfst durch und schließt sie leise, lehnst dich aufatmend dagegen und siehst dich um. In einen altertümlichen Gewölbekeller aus Brandsteinen bist du geraten, es riecht nach Fäule und Desinfektionsmitteln. Über dir an der Wand ist eine Notbeleuchtung angeschaltet, taucht das Gemäuer um dich herum in fahles Licht. Der Rest des Kellers liegt im Dunkeln.

Was jetzt? Du hast gesehen, was du niemals hättest sehen dürfen. Sie werden dich verfolgen und umbringen, wie sie Gina …

Da, schau, die Holztür hat einen Eisenriegel auf Höhe deines Kinns. Und einen auf Höhe deiner Knie. Schieb sie vor. Beide. Damit sperrst du den dicken Wärter aus.

Und dich sperrst du ein? Du sitzt in der Falle? Ach, Aneta, es gibt immer einen Ausweg, wie die Großmutter wusste. Sie hat fest an einen gütigen Gott geglaubt. Ich bin nicht dein Gott, nur dein Gedächtnis, Aneta. Und ich sage dir, dass du dich in einem der historischen Tiefkellertunnel befindest, die die Freiburger Altstadt durchziehen.

Ein Kollege hat dir vor Jahren davon erzählt, und du hast gedacht, er wolle dich verkohlen. Aber es stimmt. Einwohner der mittelalterlichen Stadt haben zwei Stockwerke unter Tage ihre Keller miteinander verbunden, um sich auch in Zeiten feindlicher Belagerung wechselseitig mit Gütern versorgen zu können. Später wurden die Gänge als Fluchtwege angelegt oder für die Kanalisation genutzt. Großenteils unerschlossen und unzugänglich ist das System heute, zumal das Straßennetz der Stadt sich seither verändert hat und ganze Abschnitte seit dem 2. Weltkrieg verschüttet sind. Aber vom Historischen Kaufhaus und vom Augustinermuseum aus kann man Stückchen davon besichtigen.

Schalt also deine Handylampe ein, Aneta, und lauf los. Irgendwo wirst du ihn finden, den Ausweg, von dem die Großmutter sprach.

Der Schein deiner Lampe fährt durch uralte Backsteingewölbe und rohe Felswände, einzelne Nischen sind von Bauschutt versperrt. Ruß klebt an der Decke, es stinkt nach Moder und kaltem Rauch, deine Schritte hallen nach, als tappe jemand neben dir her. Die feuchte Kühle dringt durch deine Kleider. Dich gruselt es, und du glaubst für einen Moment an einen Alptraum, aus dem du gleich mit pochendem Herzen erwachen wirst. Es ist kein Traum. Und es gibt kein Zurück, Aneta. Lauf weiter.

Da, eine Rampe. Es geht aufwärts, endlich. Notlampen überall. Sogar einen Aufzug gibt es hier. Den nimm lieber nicht. Das solide verputzte Treppenhaus führt hinauf und hinauf … bis zu einer satinierten Glastür, durch die diffuses Licht fällt. Das ist er, der Ausgang. Der Ausweg?

Wieder befällt dich das Gefühl, zu träumen. Ungläubig taperst du durch ein glasüberdachtes Atrium mit marmornem Springbrunnen und bronzenen Skulpturen. Landschaftsaquarelle an den Wänden. Eine Sitzgruppe plaudernder Männer in Morgenmänteln. Sie drehen sich nach dir um. Du bist in den Männertrakt der berühmten Löwen-Privatklinik geraten. Geh tapfer weiter, nimm die Tür links, nein, nicht die, das ist der Vorratsraum, nimm die nächste, das Patientenzimmer mit der Nummer 104. Denn dort warte ich auf dich.

Ich bin deine linke Niere, Aneta, und befinde mich im Leib eines vierundsechzigjährigen Mannes mit einem blau-weiß-gestreiften Pyjama und einem Herzen aus Gold, wie Vera es ausdrücken würde. Lass dich in seine Arme fallen und vertrau ihm, ich bin ja dabei.

Mit Ohnmächtigen hat er keine Erfahrung, er drückt die Klingel an seinem Bett, um eine Pflegekraft zu rufen. Hebt deine zu Boden gefallene Handtasche auf, legt sie auf dem kleinen Tisch am Fenster ab, widersteht der Versuchung hineinzusehen und klingelt ein zweites Mal. Niemand kommt.

Er denkt an den Erste-Hilfe-Kurs, den er vor Jahrzehnten im Zusammenhang mit seiner Führerscheinprüfung besucht hat. Wichtig sei, so hat er gelernt, eine sogenannte stabile Seitenlage herbeizuführen. Also kippt er dich vorsichtig zur Seite, will an deiner Bluse zupfen, denn sie ist hochgerutscht und er glaubt, du würdest dich schämen, wenn du so entblößt aufwachst. Jetzt bemerkt er das Pflaster an deinem unteren Rücken, auf Höhe deiner linken Niere, und wundert sich.

Die Tür geht auf, Schwester Sabrina tritt ein. »Sie haben gerufen.«

»Nein.«

»Sie haben zweimal geklingelt.« Sie wirft einen finsteren Blick auf die sich räkelnde Frau in seinem Bett, auf dich, Aneta.

»Habe ich nicht«, sagt er. »Meine Lebensgefährtin ist bei mir. Merken Sie nicht, dass Sie stören?«

Die Schwester geht, die Tür fällt zu.

Er schaut dir in die blinzelnden Augen, tätschelt dir die Wange, spricht beruhigend auf dich ein.

Fass Zutrauen, Aneta, sag es: »Bitte ... helfen Sie mir. Man verfolgt mich. Ich ... ich habe im Keller Leichen gesehen ... aufgeschnitten.«

»Aufgeschnitten, im Keller?« Er mustert dich, überlegt, ob du geistesgestört sein könntest. Doch er besinnt sich. Im Tiefgeschoss dieser Klinik befindet sich – außer den Versorgungsräumen – der spezielle Saal, in dem er operiert wurde und über den er nicht sprechen darf. Offiziell hat man ihm deine Niere im Ausland transplantiert und er ist nur zur Nachsorge hier. Er hat sie bei *Organs Unlimited* gekauft, weil ihm niemand eine legale Transplantation versprechen konnte.

»Es kommt vor, dass Menschen in Krankenhäusern sterben«, sagt er. »Speziell nach einer Operation an inneren Organen und ...«

Raus mit der Sprache, Aneta, sag es: »Meine Kollegin ist darunter. Gina. Sie wird seit Wochen vermisst.«

»Vermisst? Mein Beileid.« Er nestelt ein Papiertaschentuch aus seinem Kosmetikbeutel und reicht es dir. »Gestatten, Martin Lorenz. Kennen Sie *Lorenz-Küchen*?«

»*Lorenz-Küchen. Praktisch fürs Leben*?« Du trocknest deine Tränen.

»Ja, das ist unser Slogan. Haben Sie eine Küche von uns?«

»Ich wohne zur Miete.«

Er nickt verständnisinnig. »Ihr werter Name?«

»Aneta Wozniak. Ich habe eine Niere verkauft. Für zehntausend Euro. Doch die wollen mir das Geld nicht geben.«

»Zehntausend?« Er ist konsterniert, er hat mehr als hunderttausend bezahlt.

»Nur die Hälfte habe ich bekommen, fünftausend haben sie mir vorenthalten.«

»Wenn es Sie tröstet, die schenke ich Ihnen.«

»Das … kann ich nicht annehmen.«

»Dann leihe ich Ihnen die Summe, zinsfrei. Vielleicht hat man mir ja Ihre Niere transplantiert.« Er krempelt seine Pyjamajacke auf und zeigt dir seine Narbe. »Dann stünde ich tief in Ihrer Schuld.«

Du schüttelst den Kopf. »Meine Niere hat eine junge Pianistin bekommen.«

»Eine hochbegabte junge Frau vielleicht, die an der Musikhochschule studiert?«

»Kennen Sie sie?«

»Mir hat man erzählt, der Spender sei ein äußerst begabter junger Pianist und brauche dringend das Geld, um sein Studium an der Musikhochschule zu finanzieren.«

Du lachst. Zum ersten Mal an diesem Tag lachst du.

Wieder klappt die Tür auf. Schwester Sabrina bringt Kalbsleber mit Maronenpüree.

»Möchtest du was abhaben, Schatz?«

»Danke … äh, Liebster, ich muss gehen.«

Die Schwester rollt die Augen, stellt das Tablett ab und verschwindet.

»Ja, wir sollten gehen. Und zwar sofort«, sagt er, zieht seinen Koffer aus der Garderobe und beginnt zu packen.

»Wir?«

Wie rasch doch eine Entlassung aus dem Krankenhaus vonstattengehen kann! Da staunst du, was, Aneta? Dieser Herr Küchenfabrikant tritt in den Flur, beschwert sich lauthals über die träge Klinikorganisation, das miserable Essen, das anmaßende Personal, das eintrete, ohne anzuklopfen. Prompt ist die Stationsärztin mit einem Entlassungsbericht zur Stelle, und der Pförtner telefoniert nach einem Taxi.

»Querulant«, entschlüpft es Schwester Sabrina.

Martin Lorenz überhört es, reicht dir den Arm und geleitet dich wie eine Diva hinaus. »Kommen Sie mit zu mir«, flüstert er. »Wer erlebt hat, was Sie erlebt haben, sollte in Gesellschaft sein.«

Du zögerst. Mit einem Fremden mitgehen?

»Ich muss Sie vorwarnen«, sagt er. »Ich bin geschieden und wohne allein. Aber ich schwöre, Sie nicht anzurühren. Ich schlafe auf meiner Dialysecouch. Das bin ich gewohnt.«

Sieh ihm in die Augen, kleine himmelblaue Augen, umgeben von einem Strahlenkranz. Schieb deine Bedenken beiseite und steig ins Taxi. Ich bin deine Menschenkenntnis, Aneta. Vera würde sagen: dein Herz.

Sein Zuhause ist ein von Thujen umrahmter Bungalow am Lorettoberg. Von außen modernistische Schlichtheit, von innen junggesellenmäßige Leere. Das Wohnzimmer besteht aus einem verschrammten Jugendstilsekretär, einer durchgesessenen Couchgarnitur und jeder Menge am Boden liegenden Krimskrams. Im Schlafzimmer, wo du nächtigen sollst, steht eine Ausziehcouch wie aus den Achtzigern. Nur die Einbauküche, Marke Lorenz, ist neu und vom Feinsten.

»Meine Ex-Frau hat alles mitgenommen«, erklärt er, als er deine Verblüffung bemerkt. »Und meine Köchin hat

Urlaub.« Er ordert Pizza beim Lieferservice und holt eine Flasche Moët & Chandon aus dem Kühlschrank. »Als Aperitif.«

Du willst als Allererstes Vera anrufen. »Aber selbstverständlich, Frau Wozniak«, sagt er und bietet dir sein Festnetz an.

Vera weint vor Erleichterung und dankt dem Herrgott, denn sie hat drei Tage und Nächte gebetet. Am vierten Tag hat sie bei der Polizei angerufen – in Gorzów, die ohne zu zögern in Freiburg nachgefragt hat.

»Bei der Polizei?« Du erschrickst, markierst ein Lachen, obwohl sich ein Kloß in deinem Hals festgesetzt hat. Du musst dich bei der Polizeidienststelle melden. Eine Lügengeschichte erzählen. Behaupten, dass ein Missverständnis vorliege.

Nach der Pizza gießt dein Gastgeber zwei Gläser echt schottischen Single-Malt-Whisky ein, und ihr beschließt, euch zu duzen. »Prosit, Aneta, auf unsere Niere.« Er setzt sich zu dir auf die Couch, und ihr navigiert auf seinem Laptop durch Google Maps. Tatsächlich: Das Institut Diana am Martinstor liegt knapp 300 Meter Luftlinie von der Privatklinik entfernt. Die Organhändler nutzen die unterirdischen Gänge, um ihre Beute zu transportieren. Vielleicht auch, um die Leichen verschwinden zu lassen? Dir fallen die verschütteten Nischen ein, die rußige Decke, der Geruch nach kaltem Rauch. Du brauchst einen weiteren Whisky. Martin auch.

Er surft zur Landespolizei, ruft die Seite mit den aktuell vermissten Personen auf. »Hier habe ich seinerzeit meine Frau als verschollen eintragen lassen. Bis ich Post von ihrem Scheidungsanwalt bekam.«

Du schreist auf, denn dort ist dein Passfoto veröffentlicht, oben an erster Stelle. Aneta Ivona Wozniak, 62 Jahre alt, 1,67 groß … vermisst seit dem 8. Juni …

Dir dämmert es. Deshalb die Klausel in diesem windigen Vertrag, dass du alleinstehend bist und keine engen Verwandten hast. Niemand sollte nachforschen, wenn du mehrere Tage ausbleibst. Vera hat dich als vermisst gemeldet, und nur so wusste diese Frau Dr. Schröder von ihr. Während die arme Gina niemanden hatte, der um sie besorgt war. Die anderen Toten im Kühlraum wohl auch nicht. »Ich habe mein Leben einer lächerlich kleinen Lüge zu verdanken«, sagst du leise.

Martin nimmt deine Hand und streichelt sie. Er erinnert sich, vor Jahren von einer Organhandelsmafia in Indien gelesen zu haben, die ihre Opfer in künstliches Koma versetzte, um Suchanzeigen abzuwarten. Im Fall, dass Verwandte sich meldeten, wurde den Opfern wie vereinbart lediglich eine Niere entnommen. Andernfalls wurden sie lebendig ausgeweidet: Nieren, Leber, Bauchspeicheldrüse, Darm … zuletzt das Herz. Millionen soll die Mafia mit dem Verkauf verdient haben. »Hör mal, Aneta, das musst du der Polizei melden.«

»Dann werden wir selbst bestraft.«

»Du nicht, du bist Geschädigte, bekommst höchstens eine Vorstrafe. Und ich hab einen guten Anwalt. Mein Geld ist weg, aber das kann ich verschmerzen.«

Hat er nicht recht? Da sind Schwerverbrecher am Werk, die machen weiter, bis jemand sie stoppt. Ich bin dein Gewissen, Aneta. Auf mich musst du hören. Immer.

Du seufzt, du schluchzt, du willigst ein und malst eine Skizze, die den Kühlraum des Instituts Diana ortet. »Gleich morgen früh geh ich damit zur Polizei«, sagst du.

Martin kündigt an, dich zu begleiten. Du umarmst ihn,

du küsst ihn. Dass er versprochen hat, dich nicht anzurühren und auf seiner Dialysecouch zu nächtigen? Vergiss es, genieß dein Glück. Glück währt, wie du weißt, nicht ewig.

Gegen vier Uhr in der Nacht dringen sie über die Terrasse ins Haus ein und zerren euch aus dem Bett. Drei vermummte Gestalten. Sie traktieren euch mit Elektroschockern, bis ihr wehrlos seid, sie drücken euch chloroformgetränkte Tücher vor die Nase, bis ihr ohnmächtig werdet. Der Alkohol in eurem Blut tut ein Übriges.

Ihr erwacht im Stockdunkeln, an den Händen gefesselt und am Rücken aneinandergebunden, nichts als eure Pyjamas am Leib. Man hat sich nicht die Mühe gemacht, euch zu knebeln, hier hört euch keiner schreien. Du weißt, wo du dich befindest. Erkennst die feuchte Kälte, den Geruch von Moder und kaltem Rauch. Weshalb haben sie euch am Leben gelassen? Um euch lebendig auszuschlachten – so wie Gina und die anderen?

»Martin?«

Er schläft, stöhnt leise, braucht seine Tabletten. Unbedingt. Sonst stößt sein Organismus deine Niere ab. Und dann? Was wird dann? Und was wird aus Vera? Wie soll Vera ohne dich auskommen? Du zitterst vor Kälte und Entsetzen.

Es wird Stunden dauern. Deine Gliedmaßen werden taub und steif sein, dein Leib wird vor Durst und Hunger schmerzen, und du wirst zu delirieren beginnen. Wirst glauben, dich auf einem Schiff zu befinden, das Martin und dich rund um die Welt schaukelt. Du wirst sphärische Klänge hören und eine bildschöne junge Frau an einem Piano vor dir sehen. Sie sieht aus wie du, als du jung warst, sie lächelt dir zu, wie du früher einmal die Welt angelächelt hast, und sie spielt mit flinken Fingern die *Träumerei* von Schumann.

»Hörst du, Martin, ist das nicht herrlich?«, wirst du fragen. Und Martin wird laut weinen und der Kellerwand entgegenschreien, dass er sich in dich verliebt hat.

Da wird dir urplötzlich ein Licht erscheinen, so hell, dass es blendet. Du wirst es für das legendäre Licht am Ende eines Tunnels halten, für deine Nahtoderfahrung, und du wirst fröhlich werden, weil du denkst, dass alle Qual und alle Angst überstanden sind und dass ein friedlicher Tod dich erwartet.

Unsinn, Aneta, es ist die Stirnlampe eines Höhlenexperten der Stadtverwaltung. Und ein Wunder ist das nicht. Denn vorige Nacht, während du schliefst, ist Martin aufgestanden, ist unruhig in seinem leeren Wohnzimmer auf und ab gegangen und hat sich entschlossen, die 110 anzurufen. Ja, und noch in der Nacht hat er der Bereitschaftspolizei deine Skizze zugemailt. Erst gegen zwei ist er ruhiger geworden, hat sich wieder hingelegt und ist eingeschlafen.

Heute Morgen haben Freiburger Beamte den Kühlraum gefunden, die Toten bergen lassen, Dr. Schröder und den Wärter festgenommen. Und nun durchkämmen sie das Tiefkellersystem und finden euch, Martin und dich. Gerade noch rechtzeitig.

Glaub mir, Aneta. Ich bin die Autorin deiner Geschichte und halte mich nicht an vordergründige Wahrscheinlichkeiten. Ich nehme mir die Freiheit, über dein Schicksal zu bestimmen, wie es mir gefällt. Und über das von Martin ebenso. Ich verfüge außerdem, so unrealistisch es sich anhören mag, dass sämtliche Stroh- und Hintermänner dieser Mafia schleunigst vor Gericht kommen und zu angemessen hohen Gefängnisstrafen verurteilt werden.

Bald wirst du mit Martins Hilfe dein Elternhaus sanieren, sodass du zusammen mit Vera deinen Lebensabend darin verbringen kannst. Es sei denn, du ziehst es vor, am Lorettoberg wohnen zu bleiben. Und in Martins Begleitung regelmäßig die Kammerkonzerte im Theater Freiburg zu besuchen. Irgendwann geben sie garantiert einmal die *Träumerei.* Und Vera? Kommt dich oft besuchen.

Schau, Aneta, da sind sie schon, sie kommen näher. Polizisten mit Sturmhauben und Maschinenpistolen. Wie Gespenster erscheinen sie dir, und du schauderst. Doch sie bleiben zurück, sie warten. Eine Sanitäterin kommt auf dich zu, beugt sich zu dir herab, fragt, ob du verletzt bist. Du siehst sie ungläubig an. Sie trägt einen Bauarbeiterhelm und hat das Gesicht eines Engels.

Man nimmt euch die Fesseln ab. Man will euch aus diesem Verlies herausführen, mit heißen Getränken und Thermoplanen versorgen. Komm zu dir, Aneta, steh auf. Deine Geschichte ist zu Ende. Und alles wird gut.

DAS FREIBURGER TIEFKELLERSYSTEM

Schon während des 13. Jahrhunderts dürften die ersten Tiefkellerwege in der Altstadt entstanden sein. Findige Freiburger gruben aus Schutz vor feindlichen Belagerern Höhlengänge unter ihren Kellern. So konnten sie sich selbst, ihre Lebensmittel und andere lebensnotwendige Güter verstecken und transportieren, konnten sich austauschen und einander helfen. Das geheime Wegesystem muss über die folgenden Jahrhunderte wegen wechselnder Herrscherhäuser, Belagerungen und Besatzungen weiter ausgebaut worden sein, denn es zog sich, wie wir heute wissen, durch einen Großteil der Altstadt. Später diente es teils als Fluchtweg, teils der Abwasserregulierung. Nach einem äußerst zerstörerischen Luftangriff im Zweiten Weltkrieg hatte der rasche Wiederaufbau Vorrang vor dem Erhalt der historischen Zeugnisse, und so können die Gänge, auch wegen der Einsturzgefahr, heute nur noch abschnittsweise erschlossen und besichtigt werden.

DIE ASSELBANDE

BARBARA SALADIN

»Asstrid! Asstrid!!« Die Stimme, die nach mir ruft, tönt immer lauter. Und durchdringender. Kein gutes Zeichen, das weiß ich aus langjähriger Erfahrung. Denn die da schreit, ist meine Mutter. Wahrscheinlich glaubt sie, dass ich wieder mal etwas ausgefressen habe, wofür sie mich dann ausschimpfen und mit moralinsauren Tiraden eindecken will. Das kann ich dem mitschwingenden Unterton anhören. Darauf hab ich aber grad keinen Bock, echt nicht, und deshalb bleibe ich erst mal ruhig in der finsteren Ecke des langen Gangs hocken, in dem ich gerade unterwegs bin, und warte, was geschehen wird. Hocken und Warten kann ich gut. Soll sie doch rufen, bis sie grau wird und das Echo ihres Geschreis noch den letzten Verputz von den maroden Wänden runterbröseln lässt.

Na ja, *bis sie grau wird* ist eine etwas unpassende Redewendung, ich weiß. Denn grau braucht sie nicht zu werden, grau ist sie längst. Wie wir alle übrigens. Auch wenn ich jetzt so was sagen würde wie *sie hat alle Hände voll damit zu tun, mich zu erziehen*, wäre das bescheuert, denn erstens brauche ich keine weitere Erziehung, da ich alt genug bin, selber zu denken. Und zweitens hat meine

Mutter gar keine Hände. Dafür Füße und Beine, und davon wirklich viele. Um genau zu sein: zwölf Spaltfüße und vierzehn Schreitbeine.

Meine Mutter ist eine Kellerassel. Und weil es naheliegend ist, dass ich deshalb also kein Rosaflamingo und kein Mausmaki bin, könnt ihr euch bereits vorstellen, was ich bin.

Genau. Und glaubt mir, von uns gibt's viel, viel mehr als von euch Menschen auf dem ganzen Planeten zusammen, auch wenn ihr euch aber so was von bemüht, die Zahl der Weltbevölkerung in die Höhe zu treiben. Wir sind trotzdem in der Überzahl.

Als meine Mutter endlich aufgehört hat, nach mir zu kreischen, krieche ich aus meinem dunklen, feuchten Versteck und gehe ein Stück weit den düsteren Gang entlang weiter, bis ich eine frische Brise von draußen wahrnehme. Das riecht nach Abenteuer und fremden Welten! Hier in den unterirdischen Gängen des alten Schlossbergbunkers ist die Luft ja nicht gerade wohlriechend. Ist auch nicht nötig, brauchen wir nicht, aber so zwischendurch habe ich halt trotzdem Lust auf frischen Wind, den ich mir reinziehe.

Dann setzt das Rufen meiner Mutter wieder ein. Sowieso: Der Lärm im Innern des Bunkers ebbt nicht ab. Sie ist nämlich nicht die Einzige, die laut ist. Das beunruhigt mich dann doch ein wenig. Jetzt, wo ich genauer hinhöre, höre ich auch die Aufregung der anderen. Meine Mutter hat einfach die grellste Stimme von allen. Ich vernehme aber auch das hohe Piepsen von Anastassia sowie den sonoren Bass von Asstor, unserem Chef. Irgendwas scheint meine Sippe gerade tierisch in Alarmbereitschaft zu versetzen.

»Ogottogottogott, wo kommt der her? Ist der gefährlich?«

»Der wird uns eine ganze Menge neuer Probleme einbrocken, glaubt mir.«

»Ich schwöre bei meinem Panzer: Ich hab nichts mit seinem Auftauchen zu tun!«

Aha, da scheint echt was los zu sein. Die wilde Diskussion, die zu mir herüberhallt, klingt doch recht spannend. Ich beschließe also, meiner Mutter ausnahmsweise zu gehorchen und eile Richtung Berginneres. Das Zentrum unseres Wohnorts liegt nämlich in der Nähe der ehemaligen Toilettenanlagen im Schlossbergbunker. Dort, wo man in den 1960er-Jahren mal plante, 5000 Menschen aus Freiburg einzusperren, wenn es für die Zweibeiner draußen kriegs- oder katastrophenbedingt zum Weiterleben zu ungemütlich werden würde.

Diese Pläne haben die Menschen vor bald zehn Jahren dann allerdings aufgegeben. Also nicht das mit den Kriegen und Katastrophen, sondern das mit dem Weiterleben unter Tage. Ob der Bunker nicht mehr den modernen Anforderungen an den menschlichen Lifestyle entspricht oder ob ihre Waffen sich mittlerweile so weit entwickelt haben, dass es auch im Innern des Berges kein Entrinnen mehr gibt, entzieht sich meiner Kenntnis. Ist mir auch egal, ehrlich gesagt. Ich bin ja eine Assel, kein Mensch. Und wir Asseln haben schon viel mehr auf diesem Planeten überlebt als die steifen Zweibeiner, sei es eine Eiszeit oder ein Meteoriteneinschlag.

Wie dem auch sei: Aus unserem muffig riechenden Reich haben die Menschen sich zurückgezogen und den Untergrund wieder uns überlassen. Und das ist gut so, denn hier unten hausen wir. Wir bevölkern die geheimnisvollen Gänge und Stollen, die den Schlossberg durchziehen. Wir bevölkern den Bunker, und wir haben hier, wo noch nie ein Fitzelchen Tageslicht hingefallen ist, das Sagen.

Aber dann ist plötzlich, wo so lange schon kein Mensch mehr vorbeikam, wieder einer da. Und liegt mitten im Weg. Als ich meine Sippe erreiche, erfahre ich nämlich den Grund für ihre Aufregung: Da unten ist ein Mensch. Und zwar ein mausetoter.

Wie der hierher gelangt ist, hat niemand von uns mitbekommen. Es bleibt ein großes Rätsel. Dazu muss man wissen, dass wir Kellerasseln uns eigentlich nicht groß darum scheren, was um uns herum passiert. Unser Interesse gilt in erster Linie Fressbarem, und na ja, die Fortpflanzung ist auch nicht ganz unwichtig. Das tut aber hier nichts zur Sache.

Bevor hier übrigens falsche Vorstellungen aufkommen, so von wegen Leiche und kleines Krabbelgetier in rauen Mengen: Nein! Igitt! So was Ekliges würden wir nie tun! Wir sind strikte Vegetarier und ernähren uns von Pflanzenresten. Je fauliger, je besser.

Das ist schlussendlich auch der Grund, wieso die urplötzlich daliegende Leiche nicht auf besondere Gegenliebe stößt. Also ich meine: Wäre es ein Festessen für unsere rund dreihundertköpfige Sippe, hätte sicher niemand gekreischt. Wir Kellerasseln können aber mit so was nichts anfangen. Die menschliche Leiche liegt, um ehrlich zu sein, nämlich nichts anderes als im Weg rum und sorgt für ein ungünstiges Raumklima.

Dass sich Leichen im Schlossbergbunker befinden, kam bisher glücklicherweise nicht oft vor. Auf jeden Fall ist mir keine Geschichte darüber bekannt, und unser Gedächtnis geht ja ziemlich weit zurück. Unsere Art gibt es – wenigstens so ungefähr – seit rund 250 Millionen Jahren. Wir sind also nicht so grün hinter den Ohren wie der Mensch. Dieser ist gerade mal seit etwa sechzig Jährchen hier im Schlossberg beim Bunkerbau aktiv, also nicht mal einen Wimpernschlag lang.

Klar, man suchte hier früher schon nach dem Heiligen Gral, erzählen manchmal die Alten. Was soll ich sagen: selbstverständlich vergeblich. Auch ein anderes Gerücht hält sich hartnäckig: dasjenige, dass es geheime unterirdische Gänge gäbe von hier bis zum Freiburger Münster.

»Asstrid! Asstrid! Du sollst nicht allein hier rumrennen. Ich hab dir doch gesagt, es ist gefährlich hier!«

Meine Mama wieder. Wie kommt sie darauf, von Menschen auf Asseln zu schließen? Nur weil hier ein Mensch den kalten feuchten Boden für alle Ewigkeit geküsst hat und ein Messer aus seinem Rücken ragt, heißt das noch lange nicht, dass das Milieu hier auch für Asseln ungünstig ist.

»Es ist überhaupt nicht gefährlich«, murre ich. Aber so richtig zu widersprechen traue ich mich nicht. Nützt eh nichts, das ist mir klar.

Meine Mama! Sie macht sich halt immer Sorgen. Und sie scheint noch immer nicht begriffen zu haben, dass Kinder irgendwann groß werden, Eigenverantwortung übernehmen wollen und ihr eigenes Leben leben.

Es wird weiterhin wild hin und her geredet. Über die potenzielle Gefährlichkeit von menschlichen Leichen für Krebstierchen zum Beispiel, und was das für den Ruf des Schlossbergbunkers bedeuten könnte. Oder wer dahinterstecken könnte (zum Glück wirft meine Mama mir nicht vor, dass ich etwas mit diesem unschönen Ereignis zu tun habe. Sonst macht sie das hin und wieder, obwohl ich eigentlich eine ziemlich brave Assel bin).

Ebenfalls wird darüber debattiert, was geschehen wird, wenn ein anderer Mensch den mausetoten Menschen hier findet. Dass dann noch viel mehr Menschen kommen werden und alles aufs Penibelste untersuchen. Vor allem das lange Messer in seinem Rücken wird dazu führen, dass die lebendigen Menschen eine ganze Weile bleiben und danach kein Schlammpartikel mehr auf dem anderen ist. Keine schöne Vorstellung.

Daher setzt sich bei uns Asseln allmählich der Drang durch, etwas gegen die Anwesenheit der Leiche zu tun. Denn dieser Unbekannte liegt nicht nur im Weg rum – und das definitiv – sondern er sollte auch unentdeckt bleiben. Doch wie man sich seiner entledigen könnte, das ist gar keine so einfache Aufgabe. Denn ein Mensch von der Größe des vorhandenen Exemplars – egal ob tot oder lebendig – bringt sicher so 80 oder 90 Kilo auf die Waage, und wenn man bedenkt, wie viel eine einzelne Kellerassel wiegt …

Während der allgemeinen Diskussion fällt mir plötzlich Jeremiass auf. Jeremiass ist eine sehr kluge Assel, aber er ist ein Weichei. Und mein Bruder. Nun trippelt er nervös von einem Spaltfuß auf den anderen und meint dann: »Wir können sie nicht allein beseitigen. Da bräuchten wir schon Hilfe.«

»Von wem denn?«, fragt Asstor, unser Chef, ungeduldig.

Jeremiass druckst herum und sagt dann: »Von den Ratten.«

Ein entsetztes Raunen geht durch die Sippe. Ratten! Die sind uns Asseln sehr, sehr unsympathisch.

Sofort sagt Asstor kategorisch Nein. »Die Ratten um Hilfe bitten? Niemals!«

Ich kann ihn verstehen, schließlich bin ich nicht blöd. Wer mit Tieren paktiert, die Allesfresser sind, muss sich nicht wundern, wenn seine eigene Sippe plötzlich unter Mitgliederschwund leidet. Allesfresser bedeutet nämlich, dass die Viecher wirklich alles fressen. Einschließlich Kellerasseln.

Nach einer weiteren wilden Diskussion und nachdem mein Jeremiass, das Weichei, hyperventiliert hat, setzt sich die allgemeine Meinung durch, dass die Leiche eigentlich doch nicht allzu arg stört. Angesichts mangelnder Alternativen wird beschlossen, dass man sie gut und gerne dort lassen kann, wo sie halt liegt. Asstor, der Chef, ruft eine Arbeitsgruppe ins Leben, die sich um neue Verkehrswege kümmert, mit denen der mausetote Mensch die Mobilität der Kellerasseln nicht allzu sehr einschränkt. Ansonsten beschließt man, ihn seinem Schicksal zu überlassen – und sich weiterhin auf die Kernaufgaben einer Assel zu beschränken: das Fressen von fauligen Pflanzenteilen, fauligen Pflanzenteilen und fauligen Pflanzenteilen. Wir haben nämlich die gute Angewohnheit, dass wir uns ob unlösbaren Problemen nicht den Kopf zermartern, sondern uns auf das Wesentliche beschränken. Also auf's Fressen.

Das Ganze geht ein paar Tage gut. Wir Asseln können mit geänderten Lebenswegen recht schnell umgehen – sonst hätten wir es ja kaum Hunderte von Millionen Jahren auf diesem Planeten ausgehalten. Doch dann liegt plötzlich wieder eine da. Eine Leiche, meine ich.

Niemand hat sie kommen und sterben sehen, sie ist einfach da und liegt vor sich hin. Und wieder steckt ein langes Messer in ihrem Rücken.

Dieser neue mausetote Mensch nervt uns ziemlich, weil er genau unsere Alternativroute, also die neue Hauptverkehrsachse, blockiert. Und alles fängt von vorne an: Die hysterischen Rufe meiner Mutter nach mir, die Diskussionen, das Hyperventilieren meines Bruders, das Abwägen der Handlungsmöglichkeiten.

»Vielleicht müssten wir uns mal damit beschäftigen, weshalb hier plötzlich Leichen rumliegen?«, frage ich.

Die anderen sind skeptisch – einige verfolgen strikt die Theorie, dass sämtliche menschlichen Aktivitäten uns Kellerasseln nichts angehen und am Uropoden vorbeigehen können.

»Ich könnte sonst mal nach draußen gehen und schauen, ob ich was in Erfahrung bringe«, schlage ich vor.

»Asstrid!!« Meine Mutter scheint nahe an einer Ohnmacht. Von Jeremiass, der nur noch nervös zittert, ganz zu schweigen. Die anderen finden die Idee aber okay (wahrscheinlich, weil sie sich selber nicht auf diese Expedition trauen). Ich werde also abkommandiert, die Lage zu checken, und laufe wenig später mit einem doch etwas mulmigen Gefühl Richtung Ausgang.

Dort, an der Schwelle zur Außenwelt, gibt es ein Gittertor. Und jenseits davon ist es hell. Verdammt hell. Es riecht nach Brennnesseln, Rebenspritzmittel und Hundekacke.

Da das Licht kaum auszuhalten und die Hitze mörderisch ist, wage ich mich nicht weit von meiner vertrauten Welt weg. Es reicht gerade mal für einen halben Meter, dann werden die von meiner Mutter ewig wiederholten Schauergeschichten von in der Sonne vertrockneten oder von oberirdischen Vögeln gefressenen Kellerasseln doch zu präsent in meinem Kopf. Ich kehre also zum Eingang des Bunkers zurück und linse von dort vorsichtig in die Welt.

Hier, wo die Innen-Luft und die Außen-Luft aufeinandertreffen, scheinen sich manchmal Menschen aufzuhalten. Ein muffeliger Schlafsack liegt da, ein kaputtes Fahrrad, einige Plastiktüten und eine Zeitung. Darauf steht in fetten Lettern die Schlagzeile: »Rätsel-Verschwinden in Freiburg: schon zwei Vermisste!«

Fragt mich nicht, weshalb ich lesen kann. Denn auch Asseln haben ihre Geheimnisse.

Als ich mich Zeile für Zeile fertig über die Buchstaben gekämpft habe, von denen auch im Lauftext jeder Einzelne gut und gerne mindestens halb so groß ist wie ich selber, bin ich schlauer. Und so kehre ich in den Schlossbergbunker zurück.

»Was hast du bei den Menschen erfahren?«, werde ich von meiner neugierigen Sippe empfangen. Ich genieße den Moment, bevor ich wichtig sage: »Sie vermissen unsere beiden Leichen.«

»Schön, wir geben sie ihnen gerne wieder«, schnaubt Asstor. Jeremiass zittert ängstlich, weil er doch weiß, dass das nicht gut möglich ist. Er ist zwar ein Weichei, aber nicht dumm.

Schnell wird uns klar, dass hier ein Mehrfachmörder unterwegs sein muss. Schließlich hat er beide unserer Leichen auf dieselbe Weise mit einem Messer in den Rücken getötet und sie dann hier abgelegt. Wenn wir nicht wollen, dass das so weitergeht, dann müssen wir nicht etwas gegen die rumliegenden Toten tun, sondern gegen den Mörder.

In einer weiteren Diskussion – Asseln lieben es nämlich, zu diskutieren – beschließen wir, dass der Killer vertrieben werden muss, sollte er sich jemals wieder hierher getrauen.

»Der Mörder kommt zum Tatort zurück!«, referiert Anastassia mit ihrer Piepsestimme. Wenn das stimmt, dann ist das vielleicht unsere Chance.

Ein paar Tage später ist es so weit. Es betreten wieder Menschen den Schlossbergbunker, und zwar gleich zwei! Wir hören die Schritte, und sofort ist die ganze Sippe in Alarmbereitschaft. Mit leiser Stimme gibt Asstor die Befehle, wie wir uns in Stellung zu bringen haben.

Damit es klar ist: Wir wollen niemandem was Böses. Wir wollen nur verhindern, dass schon wieder ein mausetoter Mensch mit Messer im Rücken hier rumliegt. Und deshalb knöpfen wir uns, im Sinne einer nachhaltigen Lösung, den Mörder vor.

Welcher der beiden es ist, ist klar ersichtlich, denn er bedroht sein Opfer bereits mit dem Messer.

Aber ha! Da hat er die Rechnung ohne die Asseln gemacht. Auf ein Zeichen von Asstor stürzen wir uns alle auf ihn und laufen, so schnell eine Kellerassel mit ihren kurzen Beinen eben laufen kann, seine haarigen Menschenbeine hoch. Das ist im Fall ziemlich eklig. Aber wir tun es, für die Sache.

Der Mörder findet unsere Idee nicht gut. Zuerst versucht er, uns abzuschütteln, dann vollführt er einen wilden Tanz, als hätte ein ganzes Volk roter Ameisen ihn befallen, und schreit und flucht. Weil er sich nun auf uns konzentriert und nicht mehr auf sein Opfer, ergreift dieses sofort die Flucht. Schon mal gut!

Ob dem Angriff verliert der Mörder total die Contenance, hüpft rum – und rutscht schließlich auf ein paar fauligen Pflanzenteilen aus. Mit dem Hinterkopf knallt er mit voller Wucht an die Wand, bevor er zu Boden geht. Und augenblicklich Ruhe einkehrt.

Wir warten. Eine Minute. Zwei Minuten. Drei Minuten. Vier Minuten. Fünf Minuten. Der rührt sich einfach nicht. Noch immer liegt der Mörder starr da, mit dem Gesicht nach unten in einem der Kanäle, die dort draußen in der sonnendurchfluteten Welt die Freiburger Bächle speisen.

Erst allmählich erkennen wir, was geschehen ist. Mist! So wollten wir das ja eigentlich auch nicht.

»Sind wir nun Mörder?«, fragt Anastassia unsicher. Wir wissen es ehrlich gesagt alle nicht. Aber auf jeden Fall ist das Ergebnis unbefriedigend, denn nun haben wir hier bereits eine dritte Leiche. Wenigstens hat der lebendige Mensch Fersengeld gegeben.

»Nein, wir haben ein Menschenleben gerettet. Vielleicht sogar mehrere«, sagt Asstor schließlich mit ein wenig Pathos in der Stimme und blickt auf das lange Messer, das neben der schlaffen Hand des Toten liegt.

Was dann geschieht, haben wir Asseln natürlich vorhergesehen. Und dennoch können wir es nicht verhindern: Das gerettete Opfer hat draußen alles erzählt, und der Schlossbergbunker wird von Menschen regelrecht geflutet. Sie leuchten alles aus, sie vermessen und fotografieren, und schließlich transportieren sie die Leichen eins bis drei ab.

Einige Tage später wage ich mich wieder an den Ausgang des Bunkers. Dort, wo Obdachlose manchmal

Schutz vor Wind und Wetter suchen, liegt neben anderem Unrat wieder eine Zeitung. Sie ist wohl ziemlich neu, und ihre Schlagzeile lautet: »Serienmörder stirbt in Schlossbergbunker!«

Kein Wort darüber, wer ihn effektiv ausgeschaltet hat. Na ja, Menschen können halt auch nicht alles wissen. Ich finde, sie hätten uns schon lobend erwähnen dürfen. Oder wenigstens ein ganz klein wenig Anerkennung dafür zeigen, dass bei ihnen nun wieder Ordnung herrscht und ihnen keine Mitglieder der Gesellschaft mehr abhandenkommen, die dann in unserem Lebensraum rumliegen.

Wir unsererseits waren ob all den kriminaltechnischen Ermittlungen und Umwälzungen allerdings gezwungen, ein paar hundert Meter umzuziehen. Die ganzen Spurensicherungsaktivitäten rund um die drei Leichen waren nämlich nicht auszuhalten. Viel zu stressig für die sanften Gemüter von Kellerasseln.

Aber zum Glück gibt es noch ganz, ganz viel Platz unten im Schlossbergbunker, wo meine Sippe ein neues Zuhause gefunden hat. Es gibt nämlich genügend kalte und feuchte Gänge, in die der Wind immer mal wieder Blätter weht oder der Kanal pflanzliches Material treibt. Damit ist für ausreichend faulige Pflanzenresten gesorgt in diesen ruhigen und friedlichen Gängen, in die sich seit Jahren kein Mensch mehr verirrt hat. Nicht mal ein mausetoter mit Messer im Rücken.

ZUR GESCHICHTE DES SCHLOSSBERGBUNKERS

Bis ins 17. Jahrhundert floss der Kanal, der im Osten Freiburgs von der Dreisam abgeleitet wird, und der die berühmten Bächle speist, oberirdisch. Erst 1668 überwölbte man ihn mit einem gemauerten Stollen und bedeckte ihn mit Stein und Erdreich.

Ferner befindet sich unter dem Schlossberg eine große Bunkeranlage, die den offiziellen Namen *Zivilschutzanlage Schlossbergstollen* trägt. Sie stammt ursprünglich aus dem Zweiten Weltkrieg, wurde aber in den 1960er Jahren ausgebaut, um auch vor atomaren, biologischen und chemischen Waffen Schutz zu bieten. Bis heute reichen die Gänge etwa zwei Kilometer weit in den Berg hinein, der Bunker verfügte über eigene Stromaggregate, die im Ernstfall etwa einen Monat lang Strom erzeugt hätten.

Mittlerweile hat die Anlage jedoch ausgedient: Die hohe Luftfeuchtigkeit hat zu einer Verseuchung durch Schimmelpilze geführt, die alten Neonröhren zu einer PCB-Vergiftung in den Gängen. Der Zugang in der Kartäuserstraße sorgte 2021 für Aufsehen, weil einige Obdachlose sich dort Zutritt zur Anlage verschafft und in den verseuchten Gängen logiert hatten.

Auch unter dem weiter östlich gelegenen Hirzberg befinden sich alte Bunker – ob es eine Verbindung zwischen den Anlagen gibt, ist ungewiss. Ein Teil der Hirzbergbunker wird seit mehreren Jahrzehnten für die Champignonzucht genutzt. Mit Sicherheit ein Paradies für Kellerasseln!

YERSINIA PESTIS

ANDRE ROBER

Es war einer jener Abende, an denen man sich traf, um Spaß zu haben. Ein bisschen was zu essen, ein bisschen mehr zu trinken, zu lachen, sich freundschaftlich zu dissen und sich über dies und jenes zu unterhalten, lautstark und engagiert. Und um, da bin ich ehrlich, als Single, der ich bin, nicht wieder einen Abend allein mit einer Tafel dunkler Schokolade und einem Malt Whisky zu verbringen und in Gedanken mit Jessica Alba auf einer Segelyacht durch die Karibik zu schippern. Stattdessen hielt der Abend für mich also Claudias vegane Zucchini-Zitrone-Frittata – Zoe und Raphael leben fleischlos – und einen mittelmäßigen Wein aus der Dordogne bereit. Klaus, Claudias Lebensgefährte, Berenike und Ludger vervollständigten das Septett, zu dem unsere Achterrunde verkommen war, seit mich Jessica (nicht Alba) vor drei Monaten mit den Worten verlassen hatte, ich sei ein unerträglicher Narzisst. Dass *ich* derjenige bin, der die gemeinsamen Abende im Freundeskreis verbringt und nicht sie, wird wohl ausschließlich daran liegen, dass sie nicht nur unsere gemeinsame Wohnung verlassen hat, sondern gleich den großen Schritt zurück in ihre Heimat tat. *Grass Valley*, irgendein

Kaff in der kalifornischen Sierra Nevada. Nun denn, so saßen wir sieben zusammen und waren nach der zugegebenermaßen genießbaren Frittata bei einem definitiv ungenießbaren Chianti angekommen, als Ludger, wie jedes Mal, von einem Ausflug zu einem verlassenen Industriekomplex berichtete. Einem echten Lost Place, wie er sagte. Wo die Geschichte greifbar sei. Wo man vor dem inneren Auge die schwitzenden Arbeiter an den Maschinen stehen sehe. Wo unwillkürlich im Kopf Geschichten und Ereignisse entstünden. Ebenfalls ganz unwillkürlich wanderte mein Blick zu der Box mit dem Laphroaig Quarter Cask, den ich als probates Mittel sah, Ludgers langweiliges Gelaber von verlassenen Orten aus meiner Wahrnehmung zu spülen. Aber als zum dritten Mal der Begriff Lost Place fiel, sah ich die Gelegenheit gekommen, meinem Ruf als Klugscheißer gerecht zu werden.

»Dir ist schon klar, dass Lost Place genauso eine deutsche Wortkreation ist wie Handy, Public Viewing oder Mobbing? Kein Native Speaker würde diesen Begriff benutzen. Die korrekte Bezeichnung heißt *abandoned premises.*«

Wie üblich reagierte die Runde mit Schweigen. Ludger ließ ein paar Sekunden verstreichen, dann redete er weiter, als sei nichts gewesen. Als er an dem Punkt ankam, an dem er von dem *Atem der Toten* sprach, den er nachts in der Ruine einer Kirche in Schottland förmlich spüren konnte, und der Angst, die einen an solch einem Platz ergreife, sah ich mich wieder genötigt, etwas einzuwerfen. Nicht von dem Laphroaig, den ich mittlerweile Gott sei Dank vor mir stehen hatte, sondern verbal.

»Also ehrlich, wieso sollte man an einem solchen Ort Angst bekommen? Solange dort keine reelle Bedrohung existiert, gibt es doch keinen Grund. Nur weil der Platz verlassen ist? Weil sich dort vielleicht grausige Dinge abgespielt haben? Finde ich reichlich übertrieben!«

Erneut nur Stille und, wenn ich mich nicht täuschte, der eine oder andere verächtliche Blick. In meine Richtung, nicht in Ludgers.

»Warst du denn schon mal an einem Lost Place, Entschuldigung, einer *abandoned premises?«*, fragte mich Berenike in leicht gereiztem Ton. Ich wusste, dass sie Ludger bisweilen begleitete und sowieso einen Hang zum Esoterischen hatte, deswegen war meine größte Sorge, dass sie jetzt von den spirituellen Erfahrungen berichten würde, die sie schon gemeinsam gemacht hatten.

»Nein, und das ist auch gut so, denn, ehrlich gesagt, interessiert mich dieses Thema auch überhaupt nicht«, sagte ich in der Hoffnung, dies zu einem Abschluss zu bringen.

»Vielleicht solltest du mal einen besuchen«, sagte sie herausfordernd. »Mal sehen, ob du dann immer noch so großspurig urteilst.«

»Dumm nur, dass ich keine Ahnung habe, wo hier in der Nähe eine *abandoned premises* zu finden ist. Und mich auf eine stundenlange Fahrt oder Wanderung zu begeben, das ist mir diese Erfahrung sicher nicht wert.«

»Aber wenn es fußläufig wäre, dann ließest du dich darauf ein?« Berenike war mir stets wegen ihrer Hartnäckigkeit ein Dorn im Auge gewesen. Blitzschnell wägte ich die Parameter ab. Fußläufig? Das konnte nichts Großartiges sein. Also willigte ich, um meine Ruhe zu haben, letztendlich ein: »Ja, in diesem Fall käme ich mal mit.«

Es war etwa drei Wochen später, wieder einer der Abende im beschriebenen Septett, als Ludger mich spät in der Nacht ansprach.

»Und, bist du bereit, einen Lost Place zu besuchen? Heute wäre der richtige Zeitpunkt, um uns zu zeigen, dass du dich von der Aura dort nicht einfangen lässt.«

Zugegeben, ich war überrumpelt und der Blick auf die Uhr verriet mir, dass es bereits nach ein Uhr in der Früh war. Und hätte Ludgers Frage nicht den Unterton *oder traust du dich doch nicht* gehabt, hätte ich lachend abgelehnt. So aber …

»Klar, da bin ich jetzt schon gespannt. Am allermeisten darüber, wie wir fußläufig zu einem Ort kommen, der schon vor langer Zeit aufgegeben und verlassen wurde.«

»Du wirst schon sehen.«

Wir sieben zogen uns die Schuhe und Jacken an, gingen nach unten und traten ins Freie. Leichter Schneefall und die bittere Kälte waren sicherlich der Grund dafür, dass außer uns keine Menschenseele auf dem Kopfsteinpflaster der Freiburger Innenstadt unterwegs war. Nach zehn Minuten kamen wir auf dem Münsterplatz an, mittlerweile war es kurz vor zwei Uhr, die Turmbeleuchtung war erloschen und der Platz lag nur spärlich erhellt vor uns. Ludger steuerte die Nordseite der Bischofskirche an und blieb unvermittelt einige Meter neben der gotischen Kathedrale stehen.

»Wir sind da«, sagte er und schien durch sein Schweigen herausfinden zu wollen, ob ich wusste, warum er uns hierhergeführt hatte. Ich wusste es nicht. Also versuchte ich es mit Sarkasmus.

»Auch wenn sich die Kirchenaustritte auf Rekordniveau halten, als Lost Place lasse ich das Münster nicht gelten.«

»Du hast also wirklich keine Ahnung«, resümierte Ludger und lächelte vielsagend. War es so befriedigend, mich bei etwas zu ertappen, wovon ich keine Ahnung hatte?

Er zog etwas aus seiner Jackentasche, eine Postkarte, wie sich herausstellte, als er mit der Smartphone-Taschenlampe darauf leuchtete. Es war eine Luftaufnahme des Münsters und des Marktplatzes. Anders als bei den üblichen Postkartenmotiven, auf denen die Stände des Wochenmarkts einen bunten Flickenteppich um das Münster legten, war der Platz auf dieser Aufnahme leer.

»Siehst du das?«, fragte Ludger und deutete auf die Stelle auf dem Foto, an der wir uns augenblicklich in Realität befanden.

Ich konnte tatsächlich eine Form entdecken, wo die Pflastersteine etwas dunkler waren und einen regelmäßigen Umriss bildeten.

»Ja«, lautete meine knappe Antwort.

»Diese Pflastersteine markieren die Grundmauern der alten Friedhofskapelle, die an dieser Stelle stand, als rund um das Münster noch die Menschen begraben wurden und sich der Markt auf der Kaiser-Joseph-Straße befand.«

»Okay.«

Meine Einsilbigkeit lud Ludger ein, weiter auszuholen.

»Der Friedhof wurde auf Befehl Kaiser Maximilians aus der Stadt heraus verlegt. Die Toten wurden umgebettet. Als dann der Festungsbau unter Vauban stattfand, mussten die Freiburger die Gräber nochmals verlegen, und zwar auf den heute unter dem Namen Alter Friedhof bekannten Platz. Diese Kapelle hier wurde allerdings erst viel später abgerissen.«

»Das wusste ich«, warf ich trocken ein. »Also, bis auf das mit der Kapelle.«

»Der Punkt ist, dass die Kapelle eine Krypta hatte, und die befindet sich nach wie vor genau an dieser Stelle. Und darin sind immer noch die Gebeine hunderter Verstorbener. Die meisten davon sind der Pest zum Opfer gefallen, als diese Freiburg im Jahre 1564 heimgesucht hat. Und weil der Weg zum Friedhof so weit war, wurden etliche in dem Beinhaus bestattet. Wisch mal den Schnee ein wenig beiseite.«

Ich tat es. Hervor kam ein Gullydeckel. Was sollte das alles?

»Wie du auf dem Foto sehen kannst, befinden sich zwei Kanaldeckel in der Nähe der Grundmauern. Einer dort, wo der Eingang war, der andere hier, wo wir stehen, bei der Apsis.«

»Und?«

»Das sind keine normalen Kanaldeckel. Das sind Eingänge zu der Krypta. Die werden aber nur ganz selten und nur mit Genehmigung für Archäologen geöffnet. Also alle zehn bis fünfzehn Jahre vielleicht. Wir haben eine Grablegekapelle, die vor dreihundert Jahren aufgegeben und quasi versiegelt wurde. Und obwohl täglich einige tausend Menschen darüber hinweglaufen, wissen nur sehr, sehr wenige, dass sich diese Krypta unter ihren Füßen befindet. Reicht dir das als Lost Place?«

Ich muss eingestehen, dass ich beeindruckt war, sagte dies aber nicht.

»Das reicht gerade so«, antwortete ich stattdessen.

»Dann lass uns da mal reingehen«, sagte Ludger und holte eine Art Mehrkantschlüssel aus der Jackentasche, steckte ihn an drei Stellen in offensichtlich dafür vorgesehene Löcher und vollführte damit jeweils eine halbe Drehung. Während sich die anderen fünf im Kreis um den Gully stellten, um unsere Machenschaften vor den Blicken etwaiger Passanten zu verbergen, deutete Ludger auf einen von zwei Klappgriffen, fasste den anderen, und gemeinsam hoben wir den Deckel an und legten ihn keuchend neben dem dunklen Loch auf den Boden. Auch wenn es ohnehin schon richtig kalt war, schien es, als ob ein eisiger Hauch aus der Tiefe kroch. Fast glaubte ich, einen langen, gequälten Seufzer zu hören.

Blödsinn!

Ludger und Berenike durften doch nicht recht behalten!

»Und da soll ich jetzt rein?«, fragte ich in einem coolen Tonfall und es gelang mir, denke ich, mein Unbehagen, das ich mir nicht einmal selbst eingestehen wollte, zu verbergen.

»Ich kann gerne vorausgehen«, bot Ludger an.

»Ach was«, lehnte ich schroff ab und trat mit dem Fuß bereits auf die von der Handylampe beleuchtete oberste Stahlsprosse. »Leuchte mal weiter runter.«

Die Überwindung, die es mich kostete, tiefer und tiefer in den Schacht zu steigen, war größer, viel größer, als ich es jemals hätte zugeben können. Schon als sich mein Kinn auf Höhe des Kopfsteinpflasters befand, mein gesamter Körper bereits in das Dunkel ragte, fingen meine Knie an zu zittern.

Gib dir diese Blöße nicht!

»Ich sage Bescheid, wenn ich unten bin und mich die Geister der Pesttoten heimsuchen«, ließ ich verlauten und tauchte nun auch mit dem Kopf in den Schacht. Oben konnte ich das leise Getuschel der anderen hören, aber was sie begleitet von hämischem Gelächter sprachen, war nicht zu verstehen. Je tiefer ich stieg, desto unheimlicher, ja unmenschlicher drangen die Laute an mein Ohr und formten einen beängstigenden Klagegesang, der mich einzulullen schien.

Jetzt hör aber auf! Das ist ein Loch im Boden und hier liegen ein paar Knochen! Sonst nichts!

Nach einer Ewigkeit ertastete mein Fuß anstatt der nächsten Sprosse einen unebenen, festen Untergrund. Endlich hatte ich die Hände frei und konnte mein Smartphone aus der Tasche nehmen. In der Hoffnung, dass mein schneller, panischer Atem am anderen Ende der Leiter nicht zu hören war, schaltete ich das Licht ein, blickte in Richtung Ausstieg und versuchte, so selbstsicher wie möglich zu klingen: »Und? Traut sich noch jemand außer mir, ihr Loser?«

Wieder drangen nur die gespenstischen Laute zu mir hinunter. Langsam, ganz langsam drehte ich mich von der betonierten Schachtwand weg und leuchtete in den Raum. Er war größer, als ich dachte. Die LED meines Telefons vermochte nicht einmal, die Wände auszuleuchten. Es war, als würde die Krypta das Licht einfach verschlucken. Lediglich der Dampf meines Atems bildete helle Schleier, die sich aber zügig wieder auflösten. Ich spürte eine Beklemmung in der Brust. War es die Luft, die trotz der niedrigen Temperatur modrig roch? Alt, faulig, nach Tod?

Zögerlich tat ich einen Schritt nach vorne, verließ die Sicherheit vermittelnden Sprossen und den Schacht, der die Verbindung zur Außenwelt darstellte. Weder vorne noch links noch rechts erhellte meine Behelfstaschenlampe etwas, nur den Boden konnte ich bis maximal anderthalb Meter vor mir erkennen. War die LED immer so funzelig? Kam mir das nur hier unten so vor? Nach dem zweiten Schritt überkam mich Panik. Ich leuchtete hinter mich und ja, da war noch die Betonwand mit Sprossen und mein Herz machte innerlich einen Sprung. Ich hatte das Gefühl, dass, wenn ich diesen Anker verlöre, mich die Dunkelheit auf ewig herumirren ließ. Trotzdem drang ich weiter vor, bis ich tatsächlich schemenhaft eine Begrenzung vor mir wahrnehmen konnte. Täuschte ich mich? Waren dort tatsächlich Gebeine gestapelt? Lugte da nicht der ein oder andere Schädel aus den aufgeschichteten Knochen? Ich fing an, mich zu beruhigen und trat näher an die Wand aus menschlichen Überresten heran.

Genau das, was du erwartet hast! Und deswegen hast du dir fast in die Hosen geschissen!

Lächelnd näherte ich mich einem der zahlreichen Schädel, die mit Blick in den Raum zwischen den übrigen Skelettteilen eingearbeitet worden waren.

Wie gehabt, nichts, wovor man sich fürchten müsste.

Ich sah nach beiden Seiten, und die Knochen erweckten jetzt, nachdem sie den Schrecken verloren hatten, meine Neugier. Ich streckte meine Hand aus, zögerte noch einmal kurz und fasste dann aber eines der Gebeine an. Ich war sicher, dass es sich dabei um einen Oberschenkel handelte. Erst berührte ich ihn nur kurz. Danach streichelte ich sacht darüber und schließlich umgriff ich ihn. Es war schon ein seltsames Gefühl, schließlich waren es die Überreste eines Menschen, der vor ich weiß nicht wie viel hundert Jahren gelebt hatte. Der gegessen, getrunken, gearbeitet, geliebt hatte. Und der gestorben war, woran und in welchem Alter auch immer. Aber was ich nicht verspürte, war Furcht. Wovor auch? Dass sich die Überreste wie aus Zauberhand zu vollständigen Skeletten zusammensetzen würden, um mich für den Frevel, ihre Ruhe zu stören, zu bestrafen? Ich musste lächeln, trat zurück zu dem Totenkopf, den ich als ersten wahrgenommen hatte.

»Und du kleiner Scheißer hast geglaubt, du könntest mir Angst einjagen?«

Meine zurückerlangte Selbstsicherheit äußerte sich in einem halblauten Zwiegespräch mit dem Schädel, der mich auf Augenhöhe aus dem Gebeinestapel ansah.

Auf einmal schien sich in den leeren Augenhöhlen etwas zu bewegen! Eine optische Täuschung? Nein! Ich stolperte einen Schritt zurück. Die ganze Wand schien auf einmal zu wabern! Die Arme und Beine schienen sich zu winden, als wollten sie dem Stapel entfliehen. Die Augen der Schädel rollten, als wären sie voll Wut über den Eindringling. Ich taumelte rückwärts und ließ mein Handy fallen. Das Fünkchen Licht, mein einziger Freund in der Dunkelheit, erlosch. Und doch war da dieser gelbliche Schein, wie das Licht hunderter Seelen, die sich in der Gruft versammelt hatten. Meine Beine versagten ihren Dienst. Mein Herz schlug bis zum Hals, als ich versuchte, in Richtung Schacht zu kriechen. Ein ohrenbetäubender Lärm, wie das Lachen Dutzender Dämonen, erfüllte die Dunkelheit. Ich konnte mich aufrappeln, stürzte in Richtung der Sprossen, doch ich rannte in ein von Flammen umgebenes Wesen, das mich packte! Ein seltsamer Geruch, wie der Schwefel aus der Hölle, umfing mich. Dann sank ich abermals in die Knie und alle Wahrnehmungen entschwanden in einem Strudel aus psychedelischen Farben.

Benommen öffne ich meine Augen. War das ein schrecklicher Alptraum? Ich bin müde. Ich erkenne nur, dass es hell ist, dann fallen meine Lider wieder zu. Was ist passiert? Abermals will ich sehen, wo ich bin. Diesmal klappt es, die Augen bleiben offen. Weiß. Ein Zimmer, weiß gestrichen. Ein Kruzifix an der gegenüberliegenden

Wand. Ich blicke mich weiter um. Zur Linken ein Fenster, rechts eine Tür. In der Ecke ein Tischchen und zwei Stühle. Ich bin in einem Krankenhaus! Mühsam begutachte ich, worauf ich liege, es ist definitiv ein Klinikbett. Rechts steht auf Kopfhöhe ein Infusionsständer, an dem ein Beutel mit einer transparenten Flüssigkeit hängt. Der Schlauch führt zu meinem Handrücken, wo eine Butterflykanüle mit weißem Leukoplast fixiert ist. Was zum Teufel ist mir zugestoßen? Warum bin ich hier? Ich versuche, mich aufzurichten, doch es strengt mich zu sehr an. Also bleibe ich liegen und muss ganz tief atmen, so sehr hat mich das erschöpft.

Plötzlich geht die Tür auf. Ich erschrecke ziemlich, denn die Person, die den Raum betritt, trägt einen Vollschutz mit Atemgerät, so wie man es aus Katastrophenfilmen kennt. Was ist nur los? Was ist mit *mir* los? Hinter dem Mann kommt eine Frau ins Zimmer, auch sie steckt in einem blauen Overall, trägt Handschuhe und Atemmaske.

»Guten Tag, Herr Linde. Mein Name ist Doktor Dorner, das ist meine Kollegin Doktor Schneider. Wie geht es Ihnen?«

Ich bin verunsichert. Zwei Ärzte, die unter Vollschutz zu mir kommen? Ich muss in Quarantäne sein. Aber weshalb?

»Warum bin ich hier?«, frage ich, ohne mich zu meinem Befinden zu äußern.

Der Arzt und seine Kollegin tauschen Blicke. Dann tritt sie vor.

»Herr Linde, an was können Sie sich als Letztes erinnern?«, möchte sie von mir wissen.

Ich überlege. Die Aktion in der Krypta war sicher illegal. Was könnte mir dafür blühen? Unerlaubtes Eindringen, also Hausfriedensbruch. Störung der Totenruhe. Alles in allem eine Geldstrafe. Also kann ich erzählen, was wir nachts auf und unter dem Münsterplatz getrieben haben. Nach meiner knapp gehaltenen Schilderung nicken die beiden Mediziner.

»Aus eben jener Krypta sind Sie bewusstlos gerettet worden. Sie lagen in einem unerklärlichen Koma«, klärt mich Doktor Dorner auf.

Unerklärliches Koma?

»Wie lange schon?«

»Dreizehn Tage. Wir haben in dieser Zeit unzählige Untersuchungen gemacht, um herauszufinden, warum Sie in diesem Zustand sind.«

Dreizehn Tage?

»Und, ist es Ihnen gelungen?«

Der Arzt zögert. Wieder ist es seine Kollegin, die antwortet.

»Herr Linde, es tut mir leid, Ihnen mitteilen zu müssen, dass Sie sich mit einem Erreger infiziert haben, der hierzulande seit sehr langer Zeit als ausgerottet gilt. Mit *Yersinia Pestis*, um genau zu sein.«

»Ich habe mich mit der Pest infiziert?«, will ich ungläubig wissen. Doch dann klingen mir Ludgers Worte im Ohr, dass die meisten Menschen in der Krypta von der Pest dahingerafft worden waren. Also doch nicht so unwahrscheinlich.

»An Lungenpest«, spezifiziert Doktor Schneider. »Ich bin erstaunt, dass Sie den Namen des Erregers kennen.«

Ich bin aufgebracht. Natürlich kenne ich die Bezeichnung, die auf den Entdecker des Pesterregers Alexandre Yersin zurückgeht. Von dem auch der Ausspruch stammt, man könne doch als Arzt keine Bezahlung von einem Patienten verlangen, das wäre ja wie *Geld oder Leben*.

»Und deshalb bin ich in Isolation?«, frage ich, ohne näher darauf einzugehen.

Die beiden nicken. Aber keiner sagt etwas. Also ergreife ich wieder das Wort.

»Da der Erreger ein Bakterium ist, dürfte die Behandlung mit Antibiotika doch kein Problem sein?«

Erneut schauen sich die beiden nur an.

»Was ist? Das ist doch richtig, oder?«, dränge ich auf eine Antwort.

Jetzt antwortet Doktor Dorner, er muss sich offensichtlich ein Herz fassen, um mir das Folgende mitzuteilen.

»Alle bekannten Antibiotika blieben wirkungslos. Wir haben auch sämtliche Reservepräparate inklusive derer, die bei der WHO unter Verschluss sind, ausprobiert. Kein einziges schlägt an. Wir stellen stündlich eine steigende Bakterienlast fest.«

Meine Gedanken rasen. Wie kann ein vor etlichen Dekaden ausgerotteter Erreger eine Resistenz gegen die modernsten Verfahren der Antibiose entwickelt haben? Ich äußere meine Einwände. Doktor Schneider zuckt mit den Schultern.

»Wir können es uns nicht erklären. Was wir an dieser Stelle sicher sagen können, ist, dass wir medizinisch nichts mehr für Sie tun können.«

Jetzt bin ich mehr als nervös. Panisch geradezu.

»Und wie soll es weitergehen?«, möchte ich wissen.

Abermals zögert die Medizinerschaft.

»Bisher zeigen Sie denselben Verlauf wie Ludger Braunfels.«

Ach ja, den gibt es ja auch noch. Ist dieser Laberkopf tatsächlich ebenfalls in den Schacht gestiegen.

»Und wie geht es dem?«, frage ich. Nicht aus Sorge um ihn, sondern um abzuschätzen, wie es um mich steht.

»Er ist vorgestern verstorben«, klärt mich Doktor Dorner auf.

Ich erstarre. Verstorben?

»Er hat, wie Sie, lange praktisch keine Symptome gezeigt, bis auf die stetig zunehmende Anzahl an Bakterien. Dann hat sich sein Zustand aber rapide verschlechtert und er ist über zwei Stunden hinweg erstickt, ohne dass wir etwas hätten tun können.«

Noch subtiler hätte er es wohl nicht in Worte fassen können. Erstickt? Ohne dass sie etwas für ihn tun konnten? Eine panische Angst ergreift mich. In wie vielen Alpträumen bin ich erstickt? Wie oft bin ich schweißgebadet aufgewacht mit dem Gefühl, nicht mehr atmen zu können? Wie grausam muss es sein, verzweifelt die Luft einzusaugen und von Minute zu Minute zu spüren, dass die Menge nicht mehr lange ausreichen wird, um zu überleben? Es schüttelt mich in meinem Bett. Mir wird übel. Mein ganzer Körper krampft. Ersticken ist bei mir so wie die Angst Edgar Allen Poes, lebendig begraben zu werden. Ich bäume mich auf und spüre, dass ich einnässe. Nicht Ersticken!

»Wir lassen Sie jetzt allein«, sagt Doktor Schneider ganz unvermittelt. »Damit Sie diese Nachricht erst einmal verdauen können.«

Die beiden verlassen das Zimmer. Lassen mich einfach so zurück! Allein! Obwohl sie sehen, wie es mir geht! Jetzt dekompensiere ich richtig, auch körperlich. Bis ich nach einigen Minuten erschöpft zurück in das Kissen falle. Ersticken! Fast schon spüre ich, wie meine Lungen enger werden. Von allen Arten zu sterben die Schlimmste! Mein Alptraum, meine Nemesis.

Ich versuche tief und ruhig zu atmen, es gelingt mir nicht. Fängt es schon an? Mühsam setze ich die Füße neben dem Bett auf den Boden. Irgendwie bringe ich es fertig, mich zum Fenster zu schleppen. Ich öffne den Flügel weit und blicke hinunter. Fünf oder sechs Stockwerke. Das reicht. Ich schaffe es tatsächlich, beide Beine über den Sims zu heben. Die Luft ist kalt.

Ersticken? Niemals!

Einmal lasse ich noch das erquickende Elixier in meine Lungen strömen, dann beuge ich mich nach vorne, bis mich der Abgrund vom Fenstersims zieht.

»Und wie lief es?«

»Als wir ihm das mit dem Ersticken gesagt haben, ist er durchgedreht. Hat sich in die Hosen gemacht.«

»Er hatte mir mal von dieser Phobie erzählt. Schade, dass ich das nicht mit ansehen konnte. Aber seine Panik, als die Schatten der Fackeln die Gebeine in der Krypta quasi zum Leben erweckt haben, war auch schon sehenswert!«

»Also ehrlich, Ludger, wie lange willst du das denn noch durchziehen? Ich meine, der Aufwand ist doch riesig! Das gefakte Krankenzimmer, deine Freunde als Ärzte verkleidet … Mal ganz davon zu schweigen, dass du dich strafbar machst.«

»Wenn er mich anzeigen wollte, müsste er ja in die Öffentlichkeit tragen, dass er sich von mir so was von hat verarschen lassen. Glaub mir, das wird er nicht tun. Und ich scheue den Aufwand nicht, um diesem eingebildeten Klugscheißer mal so richtig den Arsch auf Grundeis gehen zu lassen. Leute wie er sind einfach die Pest.«

DIE ANDREASKAPELLE AUF DEM MÜNSTERPLATZ

Die den Heiligen Andreas und Michael geweihte Kapelle des ursprünglichen Friedhofs rund um das Freiburger Münster wird 1314 zum ersten Mal urkundlich erwähnt. Sie verfügte über ein Beinhaus, in das nach gewisser Liegezeit die Knochen von Verstorbenen umgebettet wurden, um auf dem überfüllten Friedhof Platz zu sparen. Hierbei wurden, wie in Beinhäusern üblich, die gereinigten Knochen sauber aufgeschichtet. Bereits im Jahr 1512 hatte Kaiser Maximilian wegen der Seuchengefahr die Schließung des Münsterfriedhofs verfügt. Aber die Knochen von im Inneren des Münsters beigesetzten Menschen wurden noch bis 1744 umgebettet und in den Kellergewölben der Andreaskapelle gestapelt. In jenem Jahr wurde die Kapelle durch die französischen Besatzer stark beschädigt und schließlich 1753 abgebrochen. Das Kellergewölbe geriet in Vergessenheit. Bei Bauarbeiten 1973 wurde die Krypta zufällig wiederentdeckt, von Archäologen untersucht und anschließend dauerhaft, bis auf zwei versiegelte Einstiegsschächte, verschlossen. Im Inneren befinden sich immer noch die bis zu zwei Meter hoch aufgestapelten Gebeine etlicher im Laufe der Jahrhunderte verstorbener Freiburger Bürger.

DER SÜDLICHE SCHWARZWALD

Wir sind im Süden des Schwarzwaldes angekommen. Auch er hat einige Lost Places zu bieten. Da stehen vergessene Burgruinen, alte, halb verfallene Kapellen, versteckte Friedhöfe und natürlich gibt es auch hier jede Menge Stollen und unterirdische Gänge, die wiederentdeckt werden wollen.

Die folgenden vier Geschichten können natürlich nur einen kleinen Auszug der vielen verlorenen Orte bieten, die das geübte Auge ausmachen kann. Und natürlich sind auch diese Orte der steten Veränderung unterworfen. Was heute noch verloren war, ist morgen vielleicht schon ganz verschwunden – oder es erwacht zu neuem Leben.

PICKNICK MIT ENZO

ANNE GRIESSER

Blumberg, 16 Uhr

»Verschieben wir es auf morgen, Justin. Es ist zu spät für heute.«

»Angsthase.«

»Quatsch. Aber die Etappe dauert mindestens sechs Stunden. Um acht geht die Sonne unter, wir müssten also zwei Stunden durchs Dunkle tappen. Das ist nicht ohne. Der Schluchtensteig ist kein Spaziergang.«

»Sag ich doch: Angsthase.«

»Ich hab keine Angst! Ich bin nur vernünftig.«

»Ach, es passiert schon nichts. Ich bin doch bei dir, Baby. Hast du denn gar keine Lust auf ein bisschen Abenteuer?«

»Schon, aber ...«

»Oder auf Romantik?«

»Was soll denn daran romantisch sein?«

»Das zeig ich dir dann schon, Baby. Wir könnten sogar irgendwo dort unten übernachten. Warm genug ist es ja noch. Nur du und ich in der wilden Wutachschlucht. Klingt das nicht verlockend?«

»Schon irgendwie, aber …«

»Also ist es entschieden. Vertrau mir.«

»Na schön, du Angeber. Auch wenn es unvernünftig ist.«

»Ich liebe dich, Baby.«

»Ich dich auch, Justin.«

Ruine Tannegg, 16 Uhr

Knack, knack.

Die alten Knochen ächzen und die Beine zittern. Ihre Augen müssen sich anstrengen, um die Wurzelfallen am Waldboden zu erkennen. Die schmerzenden Kniescheiben verdrängt sie, so gut es geht. Es ist kein einfacher Weg für eine 82-Jährige.

Die Luft ist immerhin angenehm warm und das Plätschern des Baches klingt beruhigend. *Es klappert die Mühle …*

Zumindest bleibt ihr noch Zeit, denn sie ist früh dran. Schwer stützt sie sich auf einen Gehstock und verlagert ihr Gewicht. Die Hüfte zwickt. Auch der Rucksack mit den Picknicksachen wird langsam schwer.

Hihi. Sie gibt sicher ein merkwürdiges Bild ab: eine faltige Alte im weißen Sommerkleid, mit klobigem Wanderrucksack auf dem Rücken und einem Stock in der Linken. *Faltig, doch, doch.* Mit 82 ist die Haut nicht mehr so glatt wie mit 28. Da nützt auch die beste Kosmetik nichts, ganz egal, was die Werbung verspricht. Aber ihre Falten hängen noch nicht so tief wie die ihrer Nachbarin, Ludmilla. *Dabei ist das alte Reff sechs Jahre jünger.*

Zwei Mädchen überholen sie auf dem Weg nach unten

in die Schlucht. Sie grüßen nicht, sondern schauen verschämt zur Seite, tuscheln miteinander, kichern nervös. *Keinen Respekt vor dem Alter, die jungen Leute heutzutage!*

Sie hat allerdings keine Lust, sich darüber aufzuregen, denn heute ist ein besonderer Tag. Heute hat sie ein Rendezvous. *Nach all den Jahren, ein Rendezvous!* Wie sich das anhört! *Hihi.*

Man altert ja nur mit dem Körper, nicht mit dem Geist. Der bleibt jung, verändert sich nicht. Freilich, man sammelt Erfahrungen, mal gute, mal schlechte, aber die Seele bleibt zeitlos. Und darum ist es nicht die faltige Alte, die sich den Weg hinab ins ehemalige Bad Boll quält, sondern eine junge Frau, deren Herz pocht und in deren Bauch ein Hund mit dem Schwanz wedelt. (Der Vergleich mit den Schmetterlingen hat ihr noch nie gefallen. Viel zu schwach für ein solch großartiges Gefühl.)

Enzo. Nach all den Jahren!

Sie sieht ihn vor sich, wie die Erinnerung ihn bewahrt hat: dunkel, rassig, mit Augen wie kleine Kohlebrocken. Unergründlich der Blick und sehr geheimnisvoll, genau wie der Rest von ihm. Ihr ist klar, dass auch er älter geworden ist.

Ob er oft an sie gedacht hat?

Muss er wohl. Es kann nicht anders sein. Enzo, ihr Herzensmann. Der so plötzlich aus ihrem Leben verschwunden ist und der dennoch jeden einzelnen Tag bei ihr war – als Schatten, als Seelengefährte, als Liebhaber in dunklen Nächten.

Hihi. Sie bemerkt nicht, dass sie verstohlen kichert. *Ja, hört nur! Auch die Alten haben noch ein Recht auf das, was das Leben süß macht!*

Enzo. Sie treffen sich dort, wo sie es zum ersten Mal miteinander getrieben haben. Und dann immer wieder. Wie die Karnickel.

Jetzt schaut nicht so, ihr Spießer! Ja, gerammelt, in der alten Badkapelle von Bad Boll! Glaubt ihr etwa, wir hätten immer nur verstohlen im Bett und bei ausgeschaltetem Licht kopuliert? Hihi.

Die Badkapelle! Sie steht noch immer, wurde vor ein paar Jahren sogar renoviert. Und dann verschlossen. Sie wird mit Enzo nicht hinein können.

Ach, Enzo! *Du hast mir so gefehlt!* Dass er sie ausgerechnet dort unten treffen will! *Das passt zu dir, du alter Romantiker*. Sie hört ihn schon flüstern: »Komm zu mir, Pupita. Näher. Noch näher. Weil ich dich mit Haut und Haar verspeisen will.«

Ein Schauer überrieselt sie und der alte Köter in ihrem Bauch wedelt noch immer.

Endlich kommt sie unten an.

Ein paar Wanderer sind noch unterwegs, aber nicht mehr viele. Im Dunkeln trauen sich die Leute nicht hier herunter. Das war früher schon so. Deshalb war es auch der perfekte Platz zum Poussieren.

Ach, es hat sich viel verändert, seit damals! Früher standen noch etliche Gebäude, ein kleines Wasserkraftwerk und das alte Kurhaus. Bevor es 1975 abgebrannt ist und alles verfiel. Jahre später wurden die Ruinen abgerissen. Jetzt gibt es nur noch die Engländerallee und die Kapelle. Mehr ist vom prächtigen Kurort Bad Boll nicht übriggeblieben.

Raddazong, raddazong. Mal sehen, was von Enzo noch übrig ist! Von seiner Leidenschaft.

Da sie nicht in die Kapelle hinein kann, deckt sie einen

der Tische auf der Wiese davor. Um sie herum wachsen Pestwurz, Streifenfarn und Gestrüpp. Dschungelartig.

Das Tischtuch ist weiß wie ihr Sommerkleid. Weiß, wie ein Brautkleid. Wie die Jugend, die Unschuld. *Hihi. Unschuldig bin ich nicht.*

Champagner. *Nennen wir es einfach Champagner.* In Wahrheit ist es ein billiger Secco, aber sie wird es Champagner nennen. Wie früher.

Dann die Gurkenschnittchen. Die hat er immer besonders gern gemocht. Sie hat sie mit größter Sorgfalt zubereitet.

Der Tisch ist gedeckt, die Sonne rutscht hinter das Blätterdach oder hinter die Seitenwände der Schlucht, aber es wird noch eine Weile dauern, bis sie wirklich untergeht. Jetzt heißt es warten. Warten auf Enzo.

Schluchtensteig, 20 Uhr

»Mist, das war knapp!«

»Was denn, Baby?«

»Ich bin abgerutscht und hab mich gerade noch fangen können. Ganz schön glitschig hier! Wir hätten wenigstens Stirnlampen mitnehmen sollen.«

»Wollte ich ja. Ich hab sie nur in der Eile vergessen. Sorry. Ich hab auch nicht damit gerechnet, dass es hier unten so früh dunkel wird. Aber bald müsste der Mond aufgehen.«

»Wir haben Neumond, Justin.«

»Echt jetzt?«

»Verdammt! Ich glaub, der Knöchel ist verstaucht.«

»Hältst du noch ein bisschen durch? Es ist nicht mehr

weit bis nach Bad Boll. Wir könnten uns ein schönes, gemütliches Fleckchen für die Nacht suchen. Und dann sorge ich schon dafür, dass du den blöden Knöchel vergisst …«

»Na klar, du Angeber! Weißt du nicht, dass in Bad Boll immer mal wieder eine Weiße Frau gesichtet wird? Eine unheimliche Erscheinung?«

»Hast du etwa Angst vor Gespenstern?«

»Natürlich nicht. Na schön, dann eben nach Bad Boll. Aber nicht so schnell, okay? Denk an meinen Knöchel.«

»Ich denke an nichts anderes, Baby.«

Bad Boll, 20.30 Uhr

Er war noch nie pünktlich. Schlechte Eigenschaften verstärken sich im Alter, sagt man. Trotzdem: Heute hätte er eine Ausnahme machen können. *Enzo! Wo steckst du?*

Sind das nicht Schritte? Ist er endlich da?

Sie versteckt sich hinter einem Busch, aufgeregt wie ein Teenager. Soll er sie doch suchen! Aber – das sind ja die Schritte von zwei Personen! Leises Murmeln ertönt: »Dort hinten, bei der Felswand finden wir sicher ein geschütztes Plätzchen.«

Zwei junge Leute. *Ja, ja. Geht ihr ruhig zur Felswand. Dort seid ihr weit genug weg von Enzo und mir.* Was wollen die beiden hier unten, im Dunkeln?

Rammeln, wahrscheinlich.

Kaum sind ihre Schritte verklungen, schon nähern sich die nächsten. Diesmal muss es aber Enzo sein!

Sie drückt sich tiefer ins Gebüsch, damit er sie nicht gleich sieht. Schade, dass es so dunkel ist. Sie wird seinen Gesichtsausdruck nur erahnen können, wenn er die geliebten Gurkenschnittchen entdeckt.

Beim Tisch verharren die Schritte. Ihr Herz klopft bis zum Hals. Die Schritte klingen so schwer! Hat Enzo etwa zugenommen? In ihrer Vorstellung ist er schlank geblieben, ist noch immer athletisch, nur die Haare sind weiß geworden.

Sie riskiert einen Blick – und ihr Herz stolpert.

Das ist nicht Enzo.

Am Tisch steht ein korpulenter Mann und starrt auf ihre Gurkenschnittchen. Der Kerl kommt ihr bekannt vor.

»Hallo, Darling!«, schnarrt eine heisere Stimme. »Ich weiß, dass du da bist!«

Himmel, das kann nicht sein! Das ist …

»Ich bin's. Andreas.«

Ihr wird schlecht.

»Damit hast du nicht gerechnet, was?«

Er scheint durch das Gestrüpp hindurch zu starren und sie zu sehen. Das weiße Kleid leuchtet sogar im schwachen Licht der Sterne.

Aber – wie kommt Andreas hierher?

Sie versteht nicht, was die Augen sehen. Sie ist doch mit Enzo verabredet! Die beiden Männer haben sich nie kennengelernt. Was ist hier los? Hat sie etwas missverstanden? Kam die Einladung nicht von Enzo, sondern von Andreas?

Nein, das kann nicht sein. Sie hat doch Enzos Stimme erkannt! *Bei der Kapelle, du weißt schon, mia Cara …*

»Verstecken nützt nichts, Darling! Komm raus.«

Die heisere Stimme hat einen hässlichen Unterton. Der ganze Kerl ist ihr zuwider. Immer schon gewesen. Was will er hier?

»Muss ich dich etwa holen, Cherie?«

Er droht ihr! Ihr Herz stolpert erneut.

Sie kann ihn nur undeutlich sehen. Sein schwabbeliger Körper scheint noch fetter geworden zu sein, beim Atmen rasselt es laut und das Gesicht schimmert im Sternenlicht blasser und bläulicher, als sie es in Erinnerung hat.

»Was willst du hier?« Ihre Stimme ist nur ein Piepsen.

»Dich wiedersehen, Darling.«

»Komm mir nicht zu nahe!«

Er lacht dröhnend. »Hast du etwa Angst vor mir, Cherie? Das ist gut! Ja, das gefällt mir. Andreas, der böse Rächer!«

»Ich verstehe nicht, was du meinst.«

»Ach, komm schon! Erinnerst du dich etwa gar nicht mehr an die vertauschten Herztabletten? An die Brausebonbons, die du mir ins Pillendöschen getan hast?«

Ihr graust. Sie kann sich nicht erklären, was Andreas nach all den Jahren von ihr will. Wie er hierherkommt. Was diese Anschuldigungen sollen.

Und – wo bleibt Enzo?

»Das war ein Versehen«, stammelt sie.

Warum verteidigt sie sich vor dem Kerl?

Er lacht höhnisch. »Das glaube ich kaum, Cherie. Du wolltest mich loswerden, stimmt's? Aber das schöne Geld, das ich dir geboten habe, wolltest du behalten.« Er grinst zufrieden. »Hat nur leider nicht geklappt.«

Am liebsten würde sie sich wieder ins Gebüsch drücken, sich verstecken. Irgendjemand hat ihr eine Falle gestellt! Aber wer? Doch sicher nicht Enzo!

Hinter ihr raschelt etwas. Kommt da endlich ihr Seelenmann?

»Hallo Zuckerpüppchen«, ertönt eine smarte Stimme. »Schön, dich zu sehen.«

Ihre Beine zittern. Nicht vor freudiger Erregung, oh nein, sondern vor Schreck. Auch das ist nicht Enzos Stimme.

Am Himmel funkeln zahlreiche Sterne, es ist eine klare Nacht, trotz des Neumonds kann sie die Umrisse der Kapelle deutlich erkennen. Genau wie den Umriss von Karl, der sich gerade dem gedeckten Tisch nähert.

Karl! Wie kann das sein?

Er zieht das linke Bein nach, das schlimme, und mustert mit Abscheu die Gurkenschnittchen.

»Du weißt doch, Zuckerpüppchen, dass ich das Zeug nicht mag.«

Die sind auch nicht für dich, will sie rufen, aber die Worte bleiben ihr im Hals stecken. Die Situation ist völlig absurd. Sie kann sich keinen Reim darauf machen. Was für ein Spiel wird hier gespielt?

»Du siehst schlecht aus«, sagt sie, weil ihr nichts Besseres einfällt.

Tatsächlich trägt Karl noch immer diesen albernen gezwirbelten Schnurrbart, den sie noch nie leiden konnte, auch wenn er sonst ganz gut ausgesehen hat, ihr zweiter Ehemann.

Sein Gang ist schleppend, das steife Bein bremst ihn aus. Wenn es sein muss, kann sie sicher schneller laufen als er. Das hofft sie zumindest.

»Ja, Zuckerpüppchen«, grinst er böse. »Und das verdanke ich dir.«

»Mir?« Sie schluckt hart. »Was habe ich denn damit zu tun?« Das Ganze wird immer rätselhafter.

Er zeigt auf sein Bein, das in einer cremefarbenen Hose mit ausgeprägten Bügelfalten steckt. Sie wundert sich, dass sie in diesem Moment auf so etwas achten kann.

»Mein Sturz«, sagt er mit Nachdruck. »Mein Sturz in der Schlucht. Du hast mich gestoßen, Zuckerpüppchen.«

»Nein!«, ruft sie entsetzt, allerdings nicht besonders laut. »Das war ein Unfall, Karl. Das weißt du doch! Ich hatte einen Schwindelanfall und du standest unglücklich im Weg. Ansonsten wäre ich selbst gestürzt. Es tut mir leid, dass du ... dein Bein ...«

Das ist gelogen und Karl weiß es. Aber Himmel, es ist so lange her! Was soll das hier werden? Eine Abrechnung mit der Vergangenheit?

Wenn nur endlich Enzo käme! Er würde die zwei schon zum Schweigen bringen.

Sie kann jetzt wirklich einen Schluck vom Champagner brauchen. Aber sie traut sich nicht näher an den Tisch heran. Dort stehen Andreas und Karl, ganz dicht beieinander und blicken alles andere als freundlich zu ihr herüber.

Ihr wird kalt. Auf einmal kommt es ihr so vor, als hätte sie das alles schon einmal erlebt.

Einmal? Nein, hundertmal. Tausendmal. Wie ein Traum, der immer wieder von vorne beginnt. Ein Alptraum ohne Ende.

Sie schließt die Augen. Vielleicht ist es wirklich nur eine Vision und die beiden Männer verschwinden, wenn sie den Bann bricht?

Karamba, karacho.

Nein. Sie sind immer noch da.

»Enzo!«, haucht sie, lässt den Ruf nach hinten anschwellen. Wie Wolfsgeheul.

Bad Boll, etwas weiter entfernt

»Psst. Hast du das gehört?«

»Nein, was denn?«

»Da war so ein Stöhnen. Ganz leise. Kam aus der Richtung der Kapelle. Klang irgendwie unheimlich.«

»Vielleicht war es die Weiße Frau!«

»Blödmann. Sei doch mal still.«

–

»Ich kann nichts hören.«

»Nein, jetzt höre ich es auch nicht mehr.«

»Soll ich mal nachschauen?«

»Untersteh dich! Du lässt mich hier nicht allein, Justin!«

»Du hast ja doch Schiss!«

»Hab ich nicht. Aber ich will, dass du genau da weitermachst, wo du gerade aufgehört hast. Und wenn dann noch mal jemand stöhnt, bin es garantiert ich.«

»Ich liebe dich, Baby.«

»Ich dich auch, Blödmann.«

Bei der Kapelle

Sie kann ihn riechen, bevor sie ihn sieht. Der schwache Duft seines würzigen Sandelholz-Aftershaves erreicht ihre Nase, allerdings vermischt mit einem erdigen, ein wenig modrigen Aroma.

»Mia cara«, haucht er und tritt an den gedeckten Tisch. »Gurkenschnittchen! Du hast daran gedacht!«

Er sieht noch immer atemberaubend aus. Die Kleidung ist allerdings etwas zerknittert und verschmutzt. Ein paar welke Blätter hängen in seinem Haar, die Hose hat Lehmflecken. Ist er gestürzt, auf dem Weg zu ihr?

»Enzo!« Mehr bringt sie im ersten Moment nicht heraus. Es tut so gut, ihn zu sehen! Fast vergisst sie die Anwesenheit von Andreas und Karl. Enzo scheint sich über die zwei Männer überhaupt nicht zu wundern. Und auch die beiden wirken nicht sonderlich erstaunt über sein Auftauchen.

»Ich habe Champagner mitgebracht«, sagt sie leise und ignoriert ihre beiden Ex-Ehegatten. »Wie früher.«

Enzo umkreist die Gurkenschnittchen, nimmt sich aber keines. Auch die Flasche rührt er nicht an.

»Und die Pistole, Pupita?«, fragt er sanft. »Hast du die auch mitgebracht? Wie früher?«

Sie unterdrückt einen leisen Aufschrei. Das ist nicht nett von ihm!

»Liebster!«, wimmert sie. »Fang doch nach all den Jahren nicht damit an! Es tut mir leid, hörst du? Es tut mir schrecklich leid!«

»Du hast auf mich geschossen, Carissima.«

Was soll das? Haben sich die drei zusammengerottet, um sich für uralte Geschichten an ihr zu rächen? Andreas und Karl würde sie es zutrauen. Aber doch nicht Enzo!

»Du hast mich betrogen, mein Liebster«, versucht sie sich zu rechtfertigen. »Meine Schüsse waren nichts weiter als ein Liebesbeweis! Begreifst du das denn nicht? Ich war rasend eifersüchtig. Ich wollte dich nicht verlieren.«

Ein Schluchzen schüttelt sie. »Ich dachte, du wärst hier, um dich endlich mit mir auszusöhnen!«

Enzo, mein Enzo! Jetzt lacht er genauso diabolisch wie die anderen beiden.

Langsam kommen sie alle drei auf sie zu. Sie sollte weglaufen, das Weite suchen, aber irgendetwas hält sie davon ab. Wie festgenagelt steht sie auf der Wiese vor der alten Kapelle, wo sie es mit Enzo getrieben hat, wo sie sich zum ersten Mal getroffen haben und auch zum letzten Mal.

Mit wachsendem Unbehagen sieht sie zu, wie die drei Männer näherkommen. Ein eisiger Windhauch packt sie, plötzlich fehlt ihr die Luft zum Atmen, und es ist kalt, bitterkalt.

Bad Boll, 6.30 Uhr

»Scheiße, ich glaube, da liegt jemand!«

»Wo denn?«

»Dort drüben, bei der Bank mit dem gedeckten Tisch.«

»Das ist doch …«

»… eine Weiße Frau!«

»Lebt sie noch?«

»Moment mal. – Ja, ich spüre einen schwachen Puls.«

»Wir müssen die Bergwacht rufen!«

»Ich hab hier unten kein Netz. Hilf mir mal, sie umzudrehen, Baby. – Hallo? Hallo, Sie! Können Sie mich hören?«

»Psst, Justin. Nicht so laut! Ich glaube, ich kenne die Frau. Nur vom Sehen allerdings. Das ist die verrückte Alte aus Boll. Man erzählt sich von ihr …«

»Ja, was denn?«

»Also …, sie soll drei Männer ermordet haben! Ihre beiden Ehemänner, weil sie an deren Geld wollte. Beim ersten hat sie seine Herztabletten ausgetauscht, beim zweiten war es ein tödlicher Sturz beim Wandern. Beide Male kam sie davon, weil sie Stein und Bein geschworen hat, es seien Unfälle gewesen. Der dritte Mann war ein Italiener, ihr Liebhaber. Der ist eines Tages verschwunden und man hat nie wieder eine Spur von ihm entdeckt. Der damalige Betreiber der Kurklinik will in der fraglichen Nacht hier unten bei der Kapelle drei Schüsse gehört haben.«

»Klingt ja wie ein Schauermärchen! Glaubst du das?«

»Ich weiß nicht. Jedenfalls ist die Alte nach dem Verschwinden des Italieners verrückt geworden. Verfolgungswahn, sagen die Leute.«

»Klar. Wahrscheinlich verfolgen sie die Geister der Ermordeten! *Uahh*!«

»Blödmann! Ich finde das nicht lustig.«

»Schon gut. Was machen wir denn jetzt mit ihr?«

»Ich glaube, ihr fehlt nichts. Schau doch, sie atmet ganz ruhig. Wir können ja einen Notruf absetzen, sobald wir wieder ein Netz haben.«

»Ja, das machen wir.«

Es ist kalt. Feucht. Ihre Gelenke schmerzen.

Trotzdem kann sie das Geschwätz der beiden jungen Leute gut verstehen. Sie weiß nur nicht, von wem die reden. Die haben ja nicht einmal gegrüßt. Kein Anstand mehr, die Jugend von heute!

»Könnt ihr mir nicht aufhelfen?«, krächzt sie. »Ich habe es eilig.«

Die beiden erschrecken.

Hihi.

»Ich muss mich sputen. Muss schnell nach Hause, denn es gibt noch viel zu tun. Heute ist ein ganz besonderer Tag!«

In ihrem Bauch wedelt ein alter Köter mit dem Schwanz.

»Ich muss Gurkenschnittchen richten, denn ich habe heute Abend ein Rendezvous. Ein Rendezvous mit Enzo!«

Warum schauen die beiden sie so komisch an?

Ach, schaut nur. Ich wisst ja gar nicht, was Liebe bedeutet, ihr jungen Dinger. Liebe, die stärker ist als der Tod!

ZUR GESCHICHTE VON BAD BOLL

Heute existieren vom ehemals glamourösen Kurort Bad Boll, direkt an der Wutach in der gleichnamigen Schlucht gelegen, nur noch die Überbleibsel der sogenannten Engländer-Allee und die Badkapelle.

Bereits Anfang des 19. Jahrhunderts wurden bei der Heilquelle, deren Wasser vor allem als bewährtes Mittel gegen die Krätze galt, eine Gaststätte und eine kleine Badeanstalt eingerichtet. Seine Blütezeit erlebte der Kurort ab 1887 unter dem Freiburger Oberbürgermeister Carl Schuster, der das Kurhaus erweiterte und modernisierte. Ein eigenes Turbinenhaus lieferte den Strom für die Anlage, es entstanden u.a. ein Park mit elektrisch beleuchtetem Wasserfall, eine Promenade sowie zwei Weiher, auf denen die Kurgäste Gondelfahrten unternehmen konnten.

Sieben Jahre später, nach dem Tod Carl Schusters, ging Bad Boll in den Besitz der Londoner *Fishing Club Ltd.* über, der Kurbetrieb kam zum Erliegen. Stattdessen reisten nun britische Angler zum Fliegenfischen an.

Auch diese Ära dauerte jedoch nicht lange, 1918 kam der einstige Kurort an die AOK Göppingen, die ein Erholungsheim daraus machte. Weitere Pächter folgten, nach dem Zweiten Weltkrieg nutze die französische Besatzungsmacht das Heim als Ferienort für Soldatenkinder.

Alle weiteren Wiederbelebungsversuche des Badbetriebes scheiterten – 1975 brannte das Kurhaus unter ungeklärten Umständen ab. 1990 kaufte das Land Baden Württemberg das Areal und ließ aus Naturschutzgründen alle Gebäude und Ruinen bis auf die Badkapelle abreißen.

Um die wechselnden Pächter und Eigentümer des Areals ranken sich mancherlei Geschichten und Legenden – so wurde der Freiburger Arzt Werner Schütze 1968 wegen illegaler Abtreibungen festgenommen und während des Deutschen Herbstes 1977 hielt man Bad Boll für einen Unterschlupf für RAF Terroristen. Belege dafür wurden jedoch nicht gefunden.

EIN PLAN MIT SCHÖNHEITSFEHLERN

UTE WEHRLE

Keine Frage. Der Plan war genial. Auch wenn ihm noch etliche quälend lange Stunden bevorstanden, bis er wieder richtig durchschnaufen und den strahlend blauen Himmel sehen konnte, der schon seit Tagen für Urlaubsstimmung in dem kleinen Weindorf sorgte.

Im Bötzinger Schwimmbad herrschte Hochbetrieb, an der großen Rutsche bildeten sich regelmäßig lange Schlangen, wenn die Dorfjugend nach dem Mittagessen einfiel, und abends floss das Bier in den Gartenwirtschaften literweise in die Kehlen der durstigen Besucher. Kurzum, der Sommer präsentierte sich von seiner schönsten Seite.

Er selbst hingegen war von Heiterkeit und Frohsinn Lichtjahre entfernt. Beklemmend. Einfach nur beklemmend. Das war exakt das Wort, das seine momentane Gefühlslage am treffendsten beschrieb. Und diese hatte ihn nicht mehr verlassen, seit Viktoria die schwere Türe mit Hilfe eines nachgemachten Schlüssels geöffnet und sie durch die Stahltür getreten waren, die das ehemalige unterirdische Hilfskrankenhaus unterhalb der Schule vor ungebetenen Gästen schützte. Da er sich nicht getraut hatte, das Licht anzuschalten, waren sie in dem langen Gang den gespenstisch leuchtenden grün-gelben Linien an den Wänden gefolgt, die ihnen den Weg mitten hinein in dieses gigantische dunkle Labyrinth gewiesen hatten, bis sie in einem der spartanisch eingerichteten Schlafräume gelandet waren, wo er sich seit gestern Abend aufhielt. Vor Aufregung war er gegen einen Stapel Stühle gelaufen, was ihm einen Bluterguss am Oberschenkel einbrachte. Als wäre die Wunde an seinem rechten Oberarm, die ihm Viktoria beherzt mit einem Messer zugefügt hatte, nicht schon schmerzhaft genug. Aber schließlich sollte alles möglichst echt wirken, damit niemand Verdacht schöpfte. Trotzdem hatte er protestiert, als sie ihn mit Kabelbinder ans Bett fesselte, worauf sie wenigstens eine Hand frei gelassen hatte, damit er nicht völlig bewegungsunfähig zurückblieb. Noch ein letzter inniger Kuss, dann hatte sie ihn verlassen.

Sein Blick richtete sich gegen die kahle Decke. Obwohl er nicht zu Klaustrophobie neigte, konnte er jetzt gut nachvollziehen, warum einige der 600 Polizisten, die hier vor etlichen Jahren wegen eines Großeinsatzes in Freiburg einige Nächte verbringen mussten, einen Lagerkoller bekommen hatten. Zumindest hatte ihm das irgendwann mal ein ehemaliger Kollege bei einem Schulfest erzählt, der in den 70er-Jahren selbst zu den Hausbesetzern gehört und sich zu jener Zeit erbitterte Schlachten mit den Gesetzeshütern geliefert hatte. Heute bezog der gute Mann Pension just von jenem Staat, den er so vehement bekämpft hatte, und legte sich mit jedem an, der sich erdreistete, nach 22 Uhr Musik zu hören. Vom Revoluzzer zum Spießer – es war schon erstaunlich, wie Menschen ihre Überzeugungen und Werte irgendwann einfach über Bord warfen. Er selbst war schließlich das beste Beispiel dafür. Hätte ihm früher jemand gesagt, wie viel kriminelle Energie in ihm steckte, wäre er in einen hemmungslosen Lachkrampf verfallen. Aber die Zeiten änderten sich und er verspürte fast schon so etwas wie Stolz auf sich.

Wenn es nur nicht so muffig riechen würde. Wie in einem feuchten, schimmeligen Keller. Trotzdem, ein besseres Versteck gab es nicht. Vor allem tobten keine Schüler herum, die ihm normalerweise um diese Uhrzeit das Leben schwer machten, versuchte er sich zu trösten. Er warf einen Blick auf das Leuchtblatt seiner Armbanduhr. Die große Pause ging gleich zu Ende und in wenigen Minuten würde der Sportunterricht beginnen. Er grinste. Kollegin Ullrich verstand es, sich Respekt zu verschaffen, die würde die Mädels und Jungs so lange über den Sportplatz scheuchen, bis ihnen Hören und Sehen verging und ihnen die Luft für ihr albernes Geschwätz wegblieb. Digger hier, Alter da – er konnte es nicht mehr hören, wie diese pickeligen kleinen Monster die deutsche Sprache verhunzten.

Ob überhaupt schon einer von ihnen gemerkt hatte, dass ihr Deutschlehrer heute Morgen nicht pünktlich aufgetaucht war? Und falls ja – vermutlich war es ihnen gleichgültig, sonst benahmen sie sich im Unterricht ja auch so, als wäre er schlicht Luft. Ununterbrochen fummelten sie an ihren Handys herum, und was er zu Kleist und Goethe zu sagen hatte, interessierte sowieso kein Schwein. Er war es so leid, sich Tag für Tag zum Affen zu machen. Der Einzige, der über sein unentschuldigtes Fernbleiben fluchen würde, wäre der Rektor. Die Personaldecke war dünn und auf die Schnelle ließe sich sicher keine Vertretung auftreiben. Nun, ihn musste das nicht mehr interessieren, seine Tage als Lehrer waren gezählt. Und irgendein weltfremder idealistischer Idiot, der bei seiner Berufswahl mehr als blauäugig gewesen war, würde seine Klasse schon übernehmen.

Wenn die alle wüssten, dass er sich direkt unter ihnen befand! So gut es ging, räkelte er sich auf dem schmalen Bett, dessen Matratze in einer Plastikhülle steckte. Sie war hart wie eine Gefängnispritsche und kein Vergleich zu dem handgefertigten Modell, auf dem er zu Hause schlief, und sein Rücken machte sich bereits schmerzhaft bemerkbar. Außerdem blutete die Stichwunde schon wieder. Hoffentlich entzündete sie sich nicht noch zu allem Übel, darauf konnte er echt verzichten. Aber Blut machte sich eben immer gut an einem Tatort und unterstrich zudem den Ernst der Lage, da hatte Viktoria nicht unrecht. Dennoch würde er drei Kreuzzeichen machen, wenn er endlich diesem Bunker mit seinen Filtern, Luftentfeuchtern und Entlüftungsrohren entrinnen konnte. Aber was konnte man schon an Annehmlichkeiten von einer Anlage erwarten, die Mitte der 60er-Jahre zu Zeiten des Kalten Kriegs für den Fall eines Atomkriegs gebaut und für 600 Menschen konzipiert worden war? Er mochte sich gar nicht ausmalen, wie es wohl wäre, wenn sich um ihn herum weinende Frauen und schreiende Kinder drängten – strahlenverseucht und voller Angst, ob sie jemals wieder das Tageslicht erblicken würden. Zum Glück war seit 1945 keine Atomwaffe mehr in einem Krieg eingesetzt worden, weshalb das Hilfskrankenhaus aufgegeben worden war und seither den Bötzinger Vereinen als Abstellplatz für Tische, Bänke und anderen Krempel diente, den sie für ihre Sommerfeste benötigten. Auch vom Kernkraftwerk Fessenheim drohte keine Gefahr mehr, das war nach 43 Jahren endgültig vom Netz genommen worden – ungeachtet des Gejammers von französischer Seite. Aber die pflegte ja schon immer ein unverkrampftes Verhältnis zur Atomenergie, daran konnten weder Tschernobyl noch Fukushima etwas ändern. Wie es wohl am Kaiserstuhl ausgesehen hätte, wäre es tatsächlich zu einem Reaktorunfall gekommen? Hätte der Bunker als Schutz für alle Betroffenen ausgereicht?

Wohl kaum.

Verdammt, er musste sich zusammennehmen. Die Einsamkeit machte ihn noch ganz kirre. Schließlich musste er nicht den Rest seines Lebens in diesem Bett verbringen. Für ihn bestand weiß Gott kein Grund zum Trübsalblasen angesichts der rosigen Zeiten, die ihn erwarteten, sobald er endlich wieder frei war. Und zwar in jeder Hinsicht. Trotzdem hätte er jetzt zu gern Musik gehört, um sich abzulenken. Am liebsten Beethovens Neunte, seine Lieblingssymphonie. Oder Mozart, den er ebenfalls sehr schätzte. Aber sein Smartphone lag im Auto, das einsam und verlassen mit geöffneter Fahrertür auf einem Waldparkplatz stand. Bestimmt hatte Angelika schon x-mal versucht, ihn anzurufen, seit er gestern Abend nach dem Joggen nicht nach Hause gekommen war. Seine Frau geriet ja schon jedes Mal in Panik, wenn er sich anschließend noch ein Bier in einer Gartenwirtschaft gönnte und nicht spätestens um 21.30 Uhr zu Hause aufschlug. Sie konnte es eben einfach nicht leiden, wenn ihr geliebter Bruno eigene Wege ging, das war schon immer so gewesen. *Ihr Bruno*. Genau das war das Problem in ihrer Ehe. Angelika betrachtete ihn als persönliches Eigentum und hätte ihn am liebsten wie einen Golden Retriever an die Leine gelegt. Verdammt, er war es so leid.

Mit seiner freien Hand griff er nach einem der Schokoriegel in der Jackentasche, die er sich vorsorglich eingesteckt hatte. Mist. Nur noch zwei. Vielleicht hätte er doch ein paar mehr mitnehmen sollen. Bedächtig biss er ein Stück ab und ließ die Schokolade in seinem Mund zergehen, bevor er mit einem Schluck kalten Tee, der sich in der offenen Flasche neben seinem Bett befand, nachspülte. Igitt. Das Gesöff schmeckte wie aufgebrühtes Heu und er verzog angewidert das Gesicht. Als Erstes würde er sich eine Flasche Rioja gönnen, sobald alles vorbei war, so viel stand fest. Dazu ein saftiges Rindersteak, innen noch leicht blutig, genau so, wie er es am liebsten hatte.

Doch das musste leider noch warten.

Wenn ihm wenigstens Viktoria Gesellschaft leisten könnte! Jene Frau, die ihn vom ersten Augenblick an verzaubert hatte, als sie sich im Musikverein als neue Klarinettistin vorstellte. Er hatte sie angestarrt wie ein Trottel und dabei vor Aufregung seine Notenblätter vom Pult gefegt. Trotzdem hatte sie sich in ihn verliebt. Ausgerechnet in ihn, einen vierzigjährigen frustrierten Lehrer mit Bauchansatz und schon leicht schütterem Haar. Manchmal konnte er sein Glück immer noch nicht fassen. Er erinnerte sich, wie sein Herz galoppierte, als ihn dieser blonde Engel nach einer Probe lächelnd gefragt hatte, ober er nicht noch Lust auf ein Glas Wein hätte. Bei einem Glas war es nicht geblieben. Seit jenem Abend trafen sie sich regelmäßig heimlich in der Wohnung ihrer Schwester, die dankenswerterweise im Außendienst für eine Freiburger IT-Firma arbeitete und entsprechend häufig unterwegs war.

Zum Glück hatte Angelika ihm abgekauft, dass er Flüchtlingen Deutschunterricht gab, wenn er einmal in der Woche abends gut gelaunt das Haus verließ, um zu seinem Schäferstündchen zu eilen. Allerdings war es nur eine Frage der Zeit, bis sie ihm auf die Schliche kommen würde – und wie sie sich im Fall der Fälle aufführen würde, konnte er sich lebhaft vorstellen. Sie war ja schon wochenlang eingeschnappt, wenn er vergaß, ihr zum Valentinstag Blumen zu schenken. Tobsuchtsanfälle und Heulkrämpfe wären noch am harmlosesten, viel wahrscheinlicher war, dass sie ihn köpfen und vierteilen würde, eifersüchtig, wie sie war.

Keine Frage, unter anderen Umständen hätte er sich schon längst von ihr getrennt, um ein neues Leben mit Viktoria zu beginnen, doch fatalerweise war es Angelika, die auf dem Geld saß. Und – noch schlimmer – bei einer Scheidung ginge er komplett leer aus, da sie schlau genug gewesen war, vor fünfzehn Jahren auf einen Ehevertrag zu bestehen. Tja, und Viktoria war sehr anspruchsvoll, das war ihm gleich aufgefallen. Die würde nicht lange bei ihm bleiben, wenn er ihr nicht einen gewissen Luxus bieten konnte. Allein die Handtasche von Prada, die sie sich so sehnlich zu ihrem Geburtstag gewünscht hatte, hatte ihn ein kleines Vermögen gekostet. Zwar verdiente er nicht gerade schlecht, doch für die Reisen in die Karibik, Städtetrips nach New York und London oder Segeltörns auf dem Mittelmeer, von denen er seiner Geliebten leichtsinnigerweise vorgeschwärmt hatte, hätte sein Gehalt als Pauker an einer Realschule bei Weitem nicht mehr ausgereicht. So etwas hatte er sich nur leisten können, weil seine Frau mehr Geld von ihrem Vater geerbt hatte, als sie jemals im Leben ausgeben konnte. Ergo musste er sich etwas anderes einfallen lassen, um seinen bisherigen Lebensstil beizubehalten, der Viktoria so faszinierte.

»Bis dass der Tod euch scheidet …« Er schnaubte. Als wäre das so einfach. Der Sensenmann schlug einen großen Bogen um Angelika, die sich bester Gesundheit erfreute und absolut nicht den Eindruck machte, als würde sie demnächst abtreten. Deshalb hatte er auch in letzter Zeit immer häufiger mit dem Gedanken gespielt, diesbezüglich ein bisschen nachzuhelfen, um sein finanzielles Problem zu lösen. Nur leider war ihm keine zündende Idee gekommen, wie er das hätte anstellen sollen. Eine Pistole besaß er nicht, ein Messer kam ebenfalls nicht in Frage, da er kein Blut sehen konnte, mit Giftpflanzen kannte er sich viel zu wenig aus, und in der Badewanne konnte er sie auch nicht ertränken, weil sie lieber duschte. Abgesehen davon, wäre er als Haupterbe automatisch ins Visier der Polizei geraten, die war schließlich nicht völlig verblödet.

Zum Glück war Viktoria nicht nur bildhübsch, sondern auch fast schon erschreckend clever und abgebrüht. Ohne sie hätte er nie einen Ausweg aus dieser Misere gefunden. Und dafür war er ihr mehr als dankbar, obwohl er jetzt in diesem Loch festsaß und sich fühlte wie lebendig begraben.

Er starrte schon wieder auf die Uhr und versuchte sich vorzustellen, wie Angelika auf die Lösegeldforderung reagierte, die gestern Nacht nach seiner vermeintlichen Entführung per WhatsApp bei ihr eingetrudelt war. Selbstverständlich mit einem Foto von den Blutflecken auf dem Fahrersitz, die von der Wunde an seinem Arm stammte. So, wie er seine liebende Ehefrau einschätzte, würde sie alles tun, um sein Leben zu retten und anstandslos die eine Million Euro für seine Freilassung herausrücken. Dass sie die Polizei alarmierte, war mehr als unwahrscheinlich, von der hielt sie sowieso nichts mehr, seit sich die Bötzinger Beamten vergangenen Sommer strikt geweigert hatten, den Rasensprenger des Nachbarn zu konfiszieren, durch dessen penetrantes Geplätscher sich Angelika empfindlich gestört fühlte. Jeder andere hätte klein beigegeben. Nur nicht seine Ehefrau, die es daraufhin mit einer Dienstaufsichtsbeschwerde versuchte, die erwartungsgemäß ins Leere lief. Seither waren die Uniformierten für sie restlos unten durch. Was ihm jetzt sehr gelegen kam.

Genauso wenig Sorgen musste er sich machen, dass ein übereifriger Bankmitarbeiter der örtlichen Sparkasse misstrauisch wurde, wenn sie die verlangte Summe vom Konto abhob, denn das würde nicht passieren. Er wusste nämlich ganz genau, dass ein Großteil ihres väterlichen Erbes unversteuert in einem der imposanten Fässer lagerte, die sich im Keller des familieneigenen Weinguts befanden. Die Chancen standen also mehr als gut, dass sie wie verlangt das Geld in einen Koffer verpacken und nach Einbruch der Dunkelheit auf dem Waldparkplatz *Vogelsang* abstellen würde. Ein schlechtes Gewissen verspürte er deswegen nicht, sie würde die Summe locker verschmerzen und konnte sich weiterhin ein schönes Leben machen. Auch ohne ihn.

Verdammt. Waren da etwa Schritte auf dem Gang? Er schreckte vom Bett hoch. Doch das Einzige, was er hörte, war sein eigener Herzschlag.

Er atmete tief durch. Höchste Zeit, sich wieder auf den Plan zu konzentrieren, bevor er endgültig durchdrehte. Seine Frau würde ohne Wenn und Aber auf die Forderungen des Entführers eingehen, um sein Leben nicht zu gefährden, brav das Lösegeld herausrücken und sehnsuchtsvoll abwarten, bis sie ihren Ehemann wieder in die Arme schließen konnte.

So weit, so gut. Das Dumme an der Sache war nur, dass er nicht einfach nach Hause spazieren konnte, nachdem Viktoria das Geld auf dem Parkplatz abgeholt hatte, das wäre zu plump gewesen. Nein, er musste von Unbeteiligten gefunden werden, erst dann konnte er die Geschichte erzählen, wie er nach dem Joggen überfallen und anschließend von einem maskierten und bewaffneten Täter in den Bunker geschleppt und ans Bett gefesselt worden war.

Jetzt galt es nur, eine Nacht zu überstehen, denn schon morgen würde er in seinem Gefängnis entdeckt werden. Obwohl normalerweise keiner freiwillig hier herunterkam, wenn es sich irgendwie vermeiden ließ. Sogar das Putzpersonal zickte, sobald es an diesem unheimlichen Ort ans Saubermachen ging. Aber – und das war das Grandiose an seinem Plan – der Musikverein veranstaltete just am Wochenende sein großes Sommerfest. Und genau dafür wurden jene Bänke und Tische gebraucht, die momentan noch in den Gängen lagerten. So, wie er den Vorsitzenden Horst Kiechle kannte, würde der den Aufbau wie schon all die Jahre zuvor erneut generalstabsmäßig organisieren, damit alles bereitstand, wenn die ersten Gäste eintrudelten, um von den Musikern mit dem Badnerlied empfangen zu werden, bevor das Bierfass angestochen wurde. Sprich, die Tür zum Bunker würde sich am Samstagmorgen pünktlich um 10 Uhr öffnen, wenn die Musikerkollegen anrückten.

Na, die würden Augen machen, wenn sie seine Hilfeschreie hörten. Daran, dass alle ihm die Geschichte abkauften, hatte er keine Zweifel. Das Blut auf dem Fahrersitz war eindeutig seines. Und dass zudem jegliche DNA-Spuren fehlten, sprach eindeutig für einen Profi als Täter. Viktoria hatte nicht umsonst Handschuhe und eine Plastikhaube getragen, als sie mit dem Messer auf ihn einstach. Dieses Teufelsweib hatte einfach an alles gedacht.

Nach seiner Rettung musste er nur noch ein paar Monate abwarten, bis er die Scheidung einreichen und seine eigenen Wege gehen konnte. Angelika würde zwar Zeter und Mordio schreien und ihm den Geldhahn zudrehen, aber das konnte ihm völlig gleichgültig sein. Kein Mensch würde jemals Verdacht schöpfen und ahnen, dass das Lösegeld so lange sicher in Viktorias gut bestücktem Kleiderschrank versteckt war. Für ihre gemeinsame Zukunft war bestens gesorgt.

Seine geliebte Viktoria. Er streckte sich aus und schloss die Augen. Im Geiste sah er sich mit ihr Hand in Hand barfuß an einem weißen Strand spazieren gehen, während sie ihm verliebte Blicke zuwarf.

Mit einem seligen Lächeln auf den Lippen schlief er ein.

*

»Wie jetzt, den Schorsch hat es auch erwischt?« Horst Kiechle, Vorsitzender des Bötzinger Musikvereins, rieb sich entnervt die Schläfen, bevor er wie von der Tarantel gestochen aufsprang, um die Toilette im Vereinsheim aufzusuchen.

»Sag ich doch. Der liegt genauso flach wie die Klarinetten, die Flöten, die Hörner und das Schlagzeug«, antwortete sein Vize, als Kiechle wieder zurückkam. Im Gegensatz zu ihm wirkte er frisch und munter. »Kannst du mir mal verraten, wie wir so am Wochenende unser Sommerfest veranstalten sollen? Ich kann ja schlecht allein mit der Tuba auftreten.«

»Unser Sommerfest? Vergiss es. Das fällt dieses Jahr flach, was denkst du denn? So können wir das auf keinen Fall durchziehen.« Kiechles Bauch gab schon wieder merkwürdige Geräusche von sich.

»Da werden die Bötzinger aber enttäuscht sein«, meinte sein Vize bedrückt.

»Was glaubst du, was mich das interessiert. Die werden das schon überleben. Bei mir bin ich mir da nicht so sicher.« Horst Kiechle japste nach Luft, als er von einer neuen Welle Übelkeit überwältigt wurde. »Wenigstens bleibt uns die elende Schlepperei erspart, letztes Jahr habe ich mir einen Hexenschuss geholt, als wir die Tische aus dem Bunker herausgewuchtet haben. Abgesehen davon, gehe ich da eh nicht gern rein, da muffelt es, als hätte man eine Leiche versteckt. Oh Gott, ist mir elend.« Kiechles Gesicht nahm plötzlich eine grünliche Farbe an.

»Ich habe gleich gesagt, dass die Frikadellen seltsam riechen, die Viktoria gestern in die Probe mitgebracht hat«, bemerkte sein Vize mit gerunzelter Stirn. »Aber ihr musstet ja alle wie die Wilden darüber herfallen. Als hättet ihr seit Tagen nichts mehr zwischen die Zähne gekriegt.«

»Ach komm, du hast nur Glück gehabt, weil du Veganer bist, sonst ginge es dir jetzt genauso dreckig wie uns«, pampte ihn Kiechle an. »Wenigstens war Bruno schlau genug, erst gar nicht aufzutauchen. Was mich eigentlich wundert, wo doch Viktoria ihren Einstand gegeben hat. Apropos: Hat die überhaupt schon mitgekriegt, was sie angerichtet hat? Schließlich haben wir ihr den ganzen Schlamassel zu verdanken.«

»Der geht es hervorragend, die muss ein Magen wie ein Ross haben«, antwortete sein Vize grinsend. »Das behauptet zumindest meine Frau, die hat sie heute Morgen zufällig beobachtet, wie sie mit einem großen Koffer in ein Taxi stieg. Übrigens zusammen mit Angelika. Sah ganz danach aus, als würden die beiden zusammen verreisen. Jedenfalls waren beide blendend gelaunt.«

Horst Kiechle sah ihn verdutzt an. »Echt jetzt? Dabei war ich mir sicher, Viktoria hätte was mit Bruno am Laufen. So kann man sich täuschen.«

Dann verschwand er wieder Richtung Toilette.

ZUR GESCHICHTE DES HILFSKRANKENHAUSES IN BÖTZINGEN

Das ehemalige Hilfskrankenhaus befindet sich unter der Schule und der Sporthalle in Bötzingen und wurde Mitte der 60er-Jahre, also zu Zeiten der Ost-West-Konfrontation, für 3,7 Millionen Mark aus Mitteln des Bundes erbaut. Die Größe beträgt 145 auf 45 Meter. Zum Vergleich: Die Größe eines Fußballfelds beträgt normalerweise 68 auf 105 Meter. Im Falle eines Atomkriegs oder eines Reaktorunfalls hätte es 600 Menschen Platz geboten.

Quelle: Badische Zeitung

WILLI UND GEORG
ODER: VERLORENE SEELEN

THOMAS ERLE

I

Willi schwitzte. Die Anstrengung war ungewohnt. Seine Finger schmerzten, auf seinem linken Unterarm traten aus einem langen, schmalen Kratzer Blutstropfen hervor. Die stickige, abgestandene Luft machte ihm das Atmen schwer.

Doch all das zählte nicht, er durfte nicht aufgeben, so kurz vor dem Ziel. Und er würde nicht aufgeben. Für einen Moment hielt er inne und wischte sich die Schweißtropfen aus der Stirn. Dann packte er entschlossen den abgeschabten Schraubenzieher und stieß ihn mit aller Kraft in das Mauerwerk.

Eine halbe Stunde später war es endlich so weit. Durch die Lücke zwischen den Steinen drang ein schwacher Lichtschimmer, ein Hauch frischer Luft machte sich breit.

Willi atmete tief ein.

Ehe er den letzten Schritt wagte, schaute er noch einmal zurück. Die Kerze, die die ganze Zeit mit ruhiger kleiner Flamme gebrannt hatte, flackerte ein wenig im zarten Luftstrom, der jetzt von außen in den Keller drang.

Willi erinnerte sich an das erste Mal, an dem er hier unten war. Hier in der Welt unter der Welt.

Ganz oben lebte Georg, sein Bruder, irgendwo im Süden, dort, wo immer die Sonne schien, wo es warm war, und wo die Mutter Willi in die Arme genommen und zu ihm gesagt hatte: »Du bist ein guter Bub.« Bis sie ihn in die andere Welt gebracht hatten, dorthin, wo es geschlossene Türen gab, weiße Wände, keine Blumen, Menschen in weißen Kitteln, die ihm Essen brachten und zu trinken gaben und andauernd die kleinen Tabletten, jeden Tag. Wo Willi herumlaufen durfte, aber nicht überall, nur bis zum Zaun.

2

Georg sah in den Spiegel. Ein verschlafenes Enddreißigergesicht blickte ihm entgegen. Ein paar erste Falten, ein paar graue Streifen, die er noch geschickt in seinem fülligen Haar verbergen konnte. Er hatte unruhig geschlafen. Der Gedanke an seine Frau ließ ihn nicht los. Warum musste sie immer so heftig reagieren? Nach zwölf Ehejahren sollte sie es doch akzeptiert haben, dass seine Arbeit mehr war, als im Führerstand eines modernen Hochleistungszuges durch Deutschland zu rasen und die Landschaft zwischen Freiburg und Hamburg bewundern zu können. Es war nicht das erste Mal, dass sie ihm eine Szene machte. Ob sie etwas ahnte von Gisela, die ihm hoch im Norden half, die langen Pausen und die Einsamkeit zu überbrücken?

Georg seufzte. Seine Frau hatte ihn nie wirklich verstanden. Als sie heirateten, hatte sie einen Mann bewundert, der täglich die Verantwortung für zweihundert Reisende in seinen Händen hielt. Ein Mann, der Herr war über einen weißen, stromlinienförmigen Zug, der an den wenigen privilegierten Bahnhöfen stets das Prestige des Bahnsteigs eins genoss, ein Zug, für den man Zuschlag bezahlte, um hinter getönten Scheiben und mit abgedämpften Fahrgeräuschen zum nächsten Geschäftstermin zu gleiten oder in den verdienten Urlaub.

Doch was wusste sie wirklich von ihm? Von seinen Sorgen, die er sich um ihre Zukunft machte in einer Zeit, da die nächsten Entlassungen des Staatsbetriebes bevorstanden. Sie nannten es Rationalisierung oder Verschlankung, Worte, die ihm das bedrückende Gefühl des Ausgeliefertseins vermittelten. Wie sollte er die Raten für das kleine Haus aufbringen, das sie sich am Fuße des Schwarzwaldes gekauft hatten?

Georg zog seine Dienstjacke an, steckte seinen Geldbeutel ein und verließ den kleinen Waschraum des Dienstgebäudes. Auf dem Flur traf er Harald, seinen Kollegen, mit dem er seit drei Monaten zusammen die Strecke fuhr. Sie nickten sich kurz zu, dann gingen sie in das Büro des Fahrtdienstleiters, um die Papiere abzuholen. Die beiden sprachen nur wenig miteinander. Die tägliche Routine verband sie, nicht mehr. Freiburg – Hamburg, knappe sechs Stunden. Hamburg – Freiburg, knappe sechs Stunden. Am Zielort nickte man sich wieder kurz zu und ging seiner Wege. Georg wusste nichts von Harald, er wollte auch nichts wissen. Indem er ihn nichts fragte, vermied er, selbst Antworten geben zu müssen, die er vermeiden wollte. Die Familie in der einen Nacht, Gisela in der anderen. Dazwischen tausend Kilometer silberner Schienenstrang, eintönig, gerade, der Horizont ein Punkt, in dem alles zusammenlief, Büsche, Wälder, Felder, einige Signale, Schallschutzmauern, die bekannten Haltepunkte. Georgs Leben lief stets auf diesen Fluchtpunkt zu, den er nie erreichte.

3

Das Grab der verlorenen Seelen, so hatte Herr Berscheidt die verborgene Welt genannt. »Sie werden alle hierher geschickt, für alle Zeiten«, hatte er gemurmelt, als Willi ihm von seiner Entdeckung erzählte. Dann hatte er zu singen begonnen, wie er es immer tat, wenn er Angst hatte oder etwas nicht verstand.

Willi hatte keine Angst gehabt, im Gegenteil. Die Welt unter der Welt hatte ihn magisch angezogen. Seit er den Zugang entdeckt hatte, war er immer wieder hierher gekommen. Stundenlang konnte er durch die Gänge streifen.

Anfangs hatte er außer den großen verrosteten Rohren, in denen es geheimnisvoll gluckerte und rauschte, vieles nicht gekannt. Doch das hatte seine Neugier nur noch mehr beflügelt. Es gab Drähte und Leitungen an der Decke und den Wänden, zum Teil heruntergerissen oder zu wirren Knäueln verfilzt, andere summten auf unerklärliche Weise und sprühten kleine Blitze, die im Dunkel blau und grün aufleuchteten. Überall gab es Pfützen auf dem Boden, in manchen Gängen stand das Wasser knöcheltief, von den Wänden tropfte es über dunkle Moosteppiche, von oben herab hingen zentimerterlange bleiche Nasen, ausgewaschen aus der Decke, die seit vielen Jahren keiner mehr repariert hatte.

Doch es gab auch andere Räume. Dort war es trocken und staubig, die Luft roch modrig und abgestanden. Willi dachte manchmal, dass Herr Berscheidt vielleicht doch Recht hatte mit seinen verlorenen Seelen, denn vor allem das Wohnzimmer, wie er es nannte, sah aus, als wohne hier jemand. Das Zuhause der Vergessenen tief unter der Erde, bestückt mit Blechschränken, morschen Holzregalen und sogar mit einem Stahlrohrbettgestell, auf dessen Kettenrost eine von Mäusen zerfressene Matratze und ein paar zerknüllte verrottete Leintücher lagen. Ob das für die Verlorenen genügte? Oder hatten sie nichts anderes, weil sich niemand mehr um sie kümmerte?

Es gab auch einiges, von dem Willi nicht wusste, wozu es gut war – dicke Bücher mit unleserlichen Namen, Zahlen und Tabellen, zerborstene Lampen mit dickem Metallschirm, ein paar gelbliche Emailschüsseln und eine große, die aussah wie eine Badewanne.

Der seltsamste Fund war ein großes gerahmtes Bild, das halb zerbrochen zwischen zwei Schränken steckte. Willi konnte nicht erkennen, ob es eine Fotografie war oder ein Gemälde. Zur Erinnerung an den Besuch der Großherzogin Luise von Baden 188…, war in vergoldeter Schrift darunter geschrieben. Es zeigte eine wunderschöne Frau in weißem Kleid und weißen Handschuhen und einer kleinen Krone im Haar. Ihr Blick war sanft und erinnerte Willi an die Zeit, als er noch bei seiner Mutter sein durfte.

Er hatte das Bild sorgfältig gereinigt und den Rahmen repariert, so gut es ging. Natürlich durfte er es nicht mit nach oben nehmen, sie hätten es ihm abgenommen, und vor allem hätten sie gefragt, wo er es her hatte. Das durfte nicht sein. Also hatte er es am schönsten Platz des Wohnzimmers aufgehängt.

4

Nachdem sie die Papiere, Schlüssel und den Fahrtauftrag abgeholt hatten, schritten Georg und Harald rasch hinaus in den Wartungsbahnhof. Es war noch kühl, der Tag hatte kaum begonnen. Überall brannte grell und gesichtslos die Neonbeleuchtung. Auf dem Wartegleis stand der ICE, fertig überprüft, gewaschen, die Innenreinigung abgeschlossen. Längst hatten die Caterer das Bistro und die Kühlschränke des Bordrestaurants wieder mit frischen Lebensmitteln gefüllt. Die Faltblätter mit den Reisezeiten waren auf die Plätze verteilt, die neuesten Zeitschriften baumelten an den grauen Plastikhaken, auf den Toiletten gab es Papier und Wasser.

Ein kurzes Händeschütteln mit dem Leiter der Bordcrew, man kannte sich. Mit einem Vierkant schloss Georg die schmale Tür der Lok auf und stieg ein, Harald kam hinterher. Die beiden verloren keine Zeit, in dreißig Minuten war Abfahrt von Gleis eins des Hauptbahnhofs, an dem die ersten Reisenden bereits warteten.

Georg gab die Hauptstromversorgung frei, und ein leises, kaum wahrnehmbares Zischen durchfuhr den riesigen Stahlkoloss. Dann der Sicherheitscheck: Fahrtgeber, Bremsen, elektrische Kontrolle, Sicherheitskontrolle, Bordfunk, Computerbildschirm. Georg sah auf die Uhr und nickte zu Harald. Nach einem kurzen Blick aus dem Fenster legte Georg den Hauptfahrhebel um. Langsam setzte sich der Zug in Bewegung Richtung Bahnhofshalle.

5

Die Treppenstufen waren unter dem Schutt und der Erde kaum zu erkennen, doch Willi ließ sich nicht mehr aufhalten. Er hatte es sich genau überlegt. Frühstück und Tabletten gab es um sieben, vorher würde sich niemand um ihn kümmern. Vorher würde ihn auch keiner vermissen. Aber dann wäre er längst auf dem Weg.

Auf dem Weg zu Georg.

Als er zur Oberfläche kam, fand er sich in einem dichten Unterholz stacheliger Ranken wieder. Hinter ihm ragte die Mauer eines flachen Gebäudes auf, vor ihm lag eine große Grasfläche mit vereinzelten alten Bäumen und Blumenbeeten. Es war noch dämmrig, auf der Wiese lag der Tau der Nacht. Eine Amsel blickte erschrocken auf und hüpfte zeternd in die Büsche, als Willi sich aus der dunklen Öffnung hochzog und den Dreck von seinen Kleidern klopfte.

Das letzte Hindernis war der Zaun um das Gelände. Willi hätte durch die Pforte gehen können, sie war stets offen, doch jetzt durfte er nichts mehr riskieren. Er griff mit beiden Händen in den Draht. Mit einem Ruck zog er sich hoch. Das dünne Metall schnitt in seine Haut, doch er bemerkte es kaum. Sein rechter Fuß fand Halt. Mit einer kurzen Kraftanstrengung warf er das andere Bein über den Zaun. Willi spürte, wie sein Hosenbein zerriss, doch das war ihm gleichgültig. Er durfte keine Zeit verlieren. Außerdem würde Georg ihm helfen. Er würde ihm neue Kleider geben, feine Kleider, so wie sie die Menschen draußen trugen.

Für einen kurzen Moment hielt Willi inne, dann ließ er sich an der Außenseite des Zauns zu Boden fallen. Er sah sich um. Niemand war zu sehen.

Über den Schwarzwaldbergen leuchteten die ersten Strahlen der aufgehenden Sonne.

6

»Ihr Frühstück, Herr Brändlin!«

Der junge Mann vom Catering-Service reichte Georg ein Tablett und eine Thermoskanne nach oben. »Gute Fahrt wünsche ich.«

»Vielen Dank.«

Harald hatte bereits sein Frühstück ausgepackt. Er brachte immer etwas von zu Hause mit. Georg sah zu ihm hinüber. Er wunderte sich, wie es der eingefleischte Junggeselle schaffte, sich um seine Tagesverpflegung selbst zu kümmern. Fünf doppelte Brote und zwei Flaschen Mineralwasser, so auch dieses Mal. Georg hatte es schon lange aufgegeben, seine Frau um diesen Gefallen zu bitten, und selbst schaffte er es morgens einfach nicht. So nahm er freudlos den für das Personal kostenlosen Zugservice in Anspruch. Das Frühstück bekam er gleich, Mittagessen gab es in Göttingen. Dazwischen jede Menge Kaffee.

Freiburg, Offenburg, Baden-Baden, Karlsruhe, Mannheim …

Es war ein klarer, heller Morgen. Die Sonne stieg über den östlichen Bergen hoch. Es würde eine Fahrt ohne besondere Vorkommnisse sein.

7

Willi hatte nie verstanden, warum sie ihn weggebracht hatten von zu Hause. Seine Mutter hatte geweint, als sie gekommen waren an jenem Abend und ihn höflich, aber unmissverständlich aufgefordert hatten mitzukommen. Der weiße Wagen hatte ihn durch die Stadt gefahren bis zu jenem Park, zu jenem Haus, in dessen Zimmer von diesem Tag an sein neues Zuhause sein sollte.

Sie hatten ihm zu essen und zu trinken gegeben und er durfte fernsehen. Die Ärzte waren freundlich und gaben ihm Spritzen. Sie sagten, das sei gut für ihn, denn er sei krank.

Doch er war nicht krank, ganz gewiss nicht. Sicher, da war dieser rasende Schmerz im Kopf, der ihn immer wieder überfiel, wenn er ein junges Mädchen ganz nah bei sich spürte, und wenn er dann …

Er wollte das nicht, und er wusste auch nicht, warum das so war. Doch war er deswegen noch lange nicht krank.

Keiner konnte ihn wirklich verstehen, nur Georg verstand ihn. Sein Bruder. Willi freute sich, als er an ihn dachte, während er durch die hohe, mit alten Pappeln gesäumte Allee auf die Felder zulief. Er würde ihn verstehen. Georg hatte immer zu ihm gehalten, seit der Zeit, als sie Kinder waren. Georg hatte ihn verteidigt, als die großen Jungs ihn auslachten wegen seiner ungeschlachten Hände, die alles Spielzeug zerbrachen. Und er hatte mit ihm den toten Vogel begraben, dessen Federn so weich gewesen waren, so zart …

Anfangs hatte Willi immer wieder gefragt, warum sein Bruder ihn nicht besuche, ob er denn nicht seine Adresse habe, und wann er endlich wieder zu ihm dürfe. Die Antwort der weißen Kittel war vage und unbestimmt gewesen. Es sei bald so weit, sobald es ihm wieder besser ginge. Doch was das genau bedeutete, erfuhr Willi nicht.

Er wusste nicht, wie lange er schon hier war, Wochen, Monate, Jahre – die Tage gingen ineinander über, und er war oft müde. Seit einiger Zeit hatte er den Verdacht, dass dies etwas mit der Medizin zu tun hatte, die er täglich viermal bekam, kleine bunte Tabletten, die süß schmeckten, und die er ohne zu fragen schluckte. Es sei gut für ihn, hieß es, wie bei allem, was sie mit ihm machten – die Spritzen, die Bäder, die Einreibungen, die so seltsam rochen.

Willi glaubte ihnen. Er hatte immer getan, was man ihm sagte. Sein Vater war sehr streng mit ihm gewesen, als er noch lebte. Er hatte ihm seine Spielsachen ebenso ausgesucht wie seine Spielkameraden, als er noch klein war, und er hatte ihm stets gesagt, dass er noch zu jung sei, um wie die anderen abends mit Mädchen an der Bushaltestelle zu sitzen und Cola zu trinken. Er durfte niemanden mit nach Hause bringen in die kleine Dreizimmerwohnung, in der er sich mit Georg ein Zimmer teilte. »Wir müssen uns einschränken, das musst du verstehen«, sagten sie ihm, und Willi gehorchte.

In den Nächten lag er oft wach und hörte, wenn Vater und Mutter stritten. Es ging um Geld und Alkohol, das hörte er heraus, doch er fragte nie, denn das war die Welt seiner Eltern und da durfte er sich nicht einmischen.

Mutter hatte dann oft rote, verweinte Augen am nächsten Morgen, und Willi ahnte, dass es ihr nicht gut ging. Doch er fragte nicht.

Sie hatten sich ewige Treue geschworen, er und Georg, sie wollten sich niemals im Stich lassen. Auch nicht, als Vater eines Tages nicht mehr da war. Willi hatte nicht verstanden, warum. Doch von der Zeit an war das Leben etwas leichter geworden, es schien, als ob Mutter neuen Mut gefasst hätte.

Bis zu jenem Tag, an dem Willi zum ersten Mal mit dem Mädchen alleine gewesen war. Sie hatten ein Bier getrunken und belangloses Zeug geredet, und Willi wusste nicht, was ein Junge und ein Mädchen miteinander tun sollten, wenn sie älter wurden. Vielleicht war er zu unhöflich gewesen, sie hatte geschrien und war davongerannt, und am nächsten Tag war die Polizei gekommen. Mutter hatte wieder geweint und Georg hatte ihn beruhigt und ihm seine Lieblingskassette geschenkt.

Die Mädchen in seiner Straße mieden ihn seither, obwohl er nicht verstand warum. Eine Zeitlang beschäftigte er sich mit Computerspielen und brachte es zu einer bemerkenswerten Geschicklichkeit, die außer Georg niemand bewunderte. Manchmal sah man ihn auf dem Sportplatz bei den Heimspielen des Fußballvereins. Doch dann spürte er plötzlich wieder diesen merkwürdigen Drang, der ihn nicht mehr losließ, und dann lag das Mädchen eines Abends da und sagte nichts mehr. Willi streichelte sie und sprach mit ihr, doch ihr Kopf blieb in dieser merkwürdig verrenkten Haltung auf der Seite liegen.

Wie das kleine Vögelchen mit den zarten Federn.

Vor der Unterführung, die zur Hauptstraße führte, bog Willi nach links in die Felder ab. Er wollte nicht auf die Straße, die Straße musste er unbedingt meiden. Die Autos machten ihm Angst, vielleicht kam wieder ein weißes großes Auto, so eines wie das, das ihn hergebracht hatte. Weg von zu Hause.

Vor ihm lag der Bahndamm. Er kletterte durch das braune Gras des Vorjahres nach oben und stand schließlich auf den Schienen. Er blinzelte in die noch tiefstehende Sonne. Willi würde nach Süden gehen. Dort, irgendwo, wohnte Georg, zu ihm wollte er. Er holte kurz Luft, dann lief er auf den Bahnschwellen nach links.

Es war immer noch kühl, doch Willi begann zu schwitzen, als er über die Schwellen stolperte. Er hatte Hunger. Der Frühstücksdienst würde sein Fehlen als Erster bemerken. »So, Herr Brändlin, guten Morgen. Haben Sie gut geschlafen, wie geht's uns denn heute? Hier ist Ihr Frühstück: Käsebrot, Müsli und Tee. Aber zuerst Ihre Tabletten, Sie wissen doch.«

Willi setzte sich für einen Moment auf die Schiene. Er spürte das kalte Metall durch seine dünne Hose. Die Oberleitungsdrähte über ihm surrten leise. In der Ferne auf dem Feld sah er einen Mann mit einem Hund beim Morgenspaziergang.

Er würde so weit gehen, bis die nächste Stadt kam. Dort wohnte Georg, das wusste er. Er würde ihn finden, und Georg würde ihm helfen. Willi stand auf und ging weiter. Es würde nicht mehr lange dauern.

8

»Bitte Vorsicht am Gleis eins, die Türen schließen selbsttätig. Wir wünschen Ihnen eine angenehme Fahrt.«

Der Bahnhofssprecher verlas den üblichen Aufruf.

Georg schaute noch einmal kurz zum Seitenfenster hinaus. Er sah das grüne Licht und hörte gleichzeitig den Pfiff. Am Bahnsteig standen etliche Menschen, die winkten und unverständliche Abschiedsworte riefen. Georg wandte sich seinen Kontrollinstrumenten zu und überprüfte sie ein letztes Mal. Er legte den Hauptfahrthebel um und startete den Bordcomputer. Heute war er pünktlich auf die Minute.

In genau bemessener Geschwindigkeit setzte sich der Zug in Bewegung. Noch einmal schaute Georg hinaus und sah die letzten Bahnhofsgebäude vorübergleiten. Dann setzte er sich mit einem Seufzer in seinen gepolsterten Sessel. Die nächsten Stunden würde er nicht viel zu tun haben. Das meiste war vorprogrammiert, und sofern nichts Außergewöhnliches passierte, würden die Zwischenstopps an den Bahnhöfen die einzige Abwechslung sein.

Bis Offenburg eine halbe Stunde Zeit für Essen und Trinken. Georg zog die Alufolie vom Tablett. Zwei Brötchen, Käse und Schinken, beides in Plastik eingewickelt, dazu ein wenig Butter und Marmelade, Plastikbesteck. Das Übliche. Zuerst schenkte er sich einen Becher Kaffee ein, gab etwas Milch dazu und nahm einen kleinen Schluck. Der Kaffee war heiß, und Georg verbrannte sich fast die Zunge. Dann schnitt er eines der Brötchen auf und bestrich es mit Butter.

Draußen wurde es allmählich heller.

9

Willi wusste nicht, wie lange er schon gegangen war. Seinen morgendlichen Ausbruch hatte er längst vergessen. Einzig der Gedanke an Georg trieb ihn vorwärts. Willi stellte sich vor, wie er bei ihm vor der Tür stehen und läuten würde. Georg würde öffnen, ihn in die Arme nehmen und Willi wäre endlich wieder zu Hause. Sie würden gemütlich essen und Computerspiele miteinander spielen.

Er hörte nicht, wie das leise Surren auf den Gleisen unaufhörlich stärker wurde. Er sah nicht, wie der winzige weiße Punkt vor ihm rasch größer und größer wurde.

»Georg«, rief er glücklich, »mein Bruder! Ich komme.«

10

Der Bremsweg eines vollbesetzten Intercity in mittlerer Fahrt beträgt etwa achthundert Meter. Harald hatte die Bremsen betätigt, sobald er die schwankende Gestalt vor sich sah. Georgs Brötchen fiel auf den Boden der Fahrerkabine mit dem Rücken nach oben, während sich das Geräusch des dumpfen Aufpralls unmerklich mit dem quietschenden Lärm von Stahl vermischte.

DAS ZENTRUM FÜR PSYCHIATRIE EMMENDINGEN (ZFP)

Das Zentrum für Psychiatrie in Emmendingen (ZfP) wurde 1889 auf Bestreben des damaligen badischen Großherzogs Friedrich erbaut und diente zunächst als Außenstelle des Musteranstalt Ilmenau bei Rastatt. Ursprünglich Herzogliche Heil- und Pflegeanstalt genannt, später u.a. Psychiatrische Landesklinik (PLK), Zentrum für Psychiatrie Emmendingen (ZPE), im Volksmund die Anstalt. Das ZfP gilt heute als eine der führenden Einrichtungen für Psychiatrie und Psychotherapie in Deutschland.

Ein Denkmal am Eingang mahnt an die Opfer des Euthanasieprogramms in der Zeit des Naziregimes. Ein weiterer Gedenkstein erinnert an Alfred Döblin, den Autor des berühmten Romans Berlin Alexanderplatz, der sich zur freiwilligen Behandlung einweisen ließ und bis zu seinem Tod 1957 Patient war.

Das Krankenhaus wurde nach damals modernsten Gesichtspunkten auf einem weitläufigen Areal außerhalb der Stadt erbaut. Inzwischen ist das Gelände zu einem stattlichen öffentlichen Erholungspark mit bemerkenswertem Baumbestand geworden.

Unterhalb des Geländes zieht sich ein breites Geflecht von Gängen und Stollen, das noch heute hauptsächlich Ent- und Versorgungszwecken dient. Im Laufe der Jahrzehnte fielen einige dieser unterirdischen Gänge der Vergessenheit anheim. Manche wurden aufgegeben, andere zugeschüttet oder zugemauert. Einen vollständigen Lage- bzw. Netzplan gibt es nicht und diese Tatsache erschwert bis heute notwendige Tiefbauarbeiten, bei denen es durchaus zu Überraschungen kommen kann.

NEUMOND

RENATE KLÖPPEL

Er sehnte die finsteren Nächte herbei und gleichzeitig fürchtete er sie. Es war ein beklemmendes Gefühl, wie früher, wenn ein Ereignis bevorstand, bei dem er seine Stärke beweisen wollte – selbst, wenn es nur eine harmlose Aufgabe war, mit der er vor der Klasse sein Versagen wettmachen wollte.

Es gab nicht viele Ziele, die er sich in seinem Leben gesetzt hatte, und meistens war er gescheitert. Er war niemals Klassensprecher geworden, hatte niemals bei den Bundesjugendspielen eine Urkunde bekommen und bei der Damenwahl in der Tanzstunde war er regelmäßig leer ausgegangen. Er konnte von Glück sagen, dass er überhaupt eine Frau gefunden hatte, aber Vaterfreuden waren ihm trotz aller Bemühungen nicht vergönnt gewesen. Im Beruf hatte es nicht besser ausgesehen, denn im Amt war ihm jede Beförderung versagt geblieben. Und warum? Weil er sich nichts zugetraut hatte. Er hatte immer auf sein Versagen gewartet, deswegen hatte es gar nicht anders kommen können. Am Tag dieser Erkenntnis hatte er beschlossen, seinem Leben eine andere Richtung zu geben. Viel zu lange war er der Leidensmann gewesen.

In jeder Nacht, wenn der Mond seine dunkle Seite der Erde zuwandte, kam er an diesen Ort. Heute war es wieder so weit: Neumond. Kein noch so schwacher Schimmer würde durch die Wolken dringen. Er wartete im Auto und sah zu, wie das Licht des Tages verlosch. Erst als sich die Dunkelheit verdichtet hatte und ihn nur noch die schwarze Nacht umgab, stieg er aus. Ohne zu zögern, ging er die wenigen Schritte bis zu einem eisernen zweiflügligen Tor, das mit einem großen Davidstern verziert war. »Breite über uns die Hütte Deines Friedens« stand dort mit goldenen Lettern geschrieben, Worte, die ihm aus dem Herzen sprachen.

Mit traumwandlerischer Sicherheit fand er trotz der völligen Finsternis den Griff des Tores und drückte ihn herunter. Niemals in all den Jahren hatte er das Tor verschlossen vorgefunden und jedes Mal war das leise Quietschen beim Öffnen das einzige Geräusch in der Einsamkeit. Drei Stufen führten ihn aufwärts in eine kleine Halle, danach zehn Schritte durch sie hindurch. An ihrem Ende tastete er sich vorsichtig mit den Füßen weiter. Hier war er schon einmal gestürzt, als er den Beginn einer Treppe verpasst hatte. Danach wurde der Aufstieg noch beschwerlicher. Es folgten unregelmäßige Stufen, die den steilen, mit alten Bäumen bewachsenen Berghang hinaufführten. Nur ein niedriges Geländer gab etwas Halt. Wie oft war er hier gewesen? Hundert Mal? Nein, mehr als tausend Mal. In den ersten Jahren hatte er eine Taschenlampe benutzt, jetzt fand er den Weg im Dunkeln wie ein Blindgeborener. Wie lange würde er diesen Weg noch gehen können? Er war nicht mehr der Jüngste und für einen kleinen Mann wie ihn war der Anstieg über die hohen Stufen schon immer beschwerlich gewesen.

Er wusste um die Grabsteine zur Rechten und zur Linken, die hier unter den alten knorrigen Bäumen standen und deren Inschriften längst vergangen waren, wie die Toten. Diese Gräber betrafen ihn nicht. Sein Ziel war ein Stein ganz oben, wo der Friedhof im finsteren Fichtenwald endete. Unaufhaltsam stieg er seinem Ziel entgegen. Als er die letzte Stufe erklommen hatte, wandte er sich nach rechts, ging genau acht Schritte. Dann tastete er mit den Händen nach einem niedrigen Grabstein, einem der unscheinbarsten auf dem ganzen Friedhof. Die Steinchen, die er im Laufe der Jahre oben auf das Grabmal gelegt hatte, waren mittlerweile von dickem, weichen Moos überwachsen, das sie überzog wie eine schützende Kapuze. Immer wenn er kam, strich er über das feuchte Moos mit einer Geste wie eine zarte Liebkosung und betastete die steinerne Rose, die das Grabmal verzierte. Danach ließ er sich auf dem Boden nieder. Den Rücken lehnte er an den Grabstein, die Hände faltete er im Schoß. In dieser Stellung verharrte er in der völligen Dunkelheit so bewegungslos, als wäre er selbst ein Leichnam. Er wusste, die Tote würde sich niemals bei Mondschein nähern, es konnte nur der Neumond sein, der sie aus dem Grabe weckte. Ihr Erscheinen brauchte diese Finsternis, die schwärzer war als schwarz.

Seit fast zwanzig Jahren war Gerda nun tot, und nichts von dem, was sie sich für ihren gemeinsamen Lebensabend vorgenommen hatten, war Wirklichkeit geworden. Bald nach der silbernen Hochzeit hatten sie begonnen, Pläne für ihr gemeinsames Alter zu machen. Reisen wollten sie, sobald sie lange genug gearbeitet hatten, um von ihrer Rente gut leben zu können. Ein Wohnmobil war ihnen ideal erschienen. Mit dem wollten sie erst zum Nordkap und dann bis nach Gibraltar fahren. Eine Reise nach Amerika sollte folgen, das war Gerdas Wunsch gewesen. San Francisco, Las

Vegas, den Grand Canyon und die Niagara Fälle hätte sie gern gesehen. Er hätte Afrika bevorzugt. Großwildjagd in Namibia, davon hatte er geträumt.

»Und die Trophäen hängst du im Wohnmobil auf«, hatte Gerda spöttisch bemerkt, denn ihre Wohnung hatten sie aufgeben wollen. Gerda war eine zupackende Frau gewesen. Sicher hätte er nachgegeben und sie wären zuerst nach Amerika gereist. Gerda hielt nichts von Großwildjagd.

Wenn er sich die letzten Jahre seines Lebens ausgemalt hatte, war er sicher gewesen, dass er vor ihr sterben würde. Zwar hatte er sich für den Gesünderen von ihnen gehalten – kein hoher Blutdruck wie sie, kein Pfund zu viel auf den Rippen – aber Frauen überlebten meistens ihre Männer. Sicher hätte sie ihn bis zu seinem Tod gepflegt. Gerda war sehr gewissenhaft gewesen, dabei groß und kräftig genug für diese Aufgabe. Immerhin hatte sie ihn um fast fünfzehn Zentimeter überragt. Doch es war anders gekommen.

Nach Gerdas Tod war nichts mehr gewesen, wie zuvor. Das gehörte nun einmal dazu, wenn ein naher Angehöriger starb, er hatte es gewusst, er kannte viele solche Berichte. Doch als es ihn selbst betraf, war es, als könnte er niemals in ein normales Leben zurückfinden.

Er hatte damals drei Tage lang geheult, sich betrunken, war eine ganze Woche nicht aus dem Haus gegangen. Sein erster Weg hatte ihn zum Münster geführt. Er hatte sieben Kerzen angezündet und ein paar Vaterunser runtergeleiert, aber das hatte ihm auch nicht geholfen.

Schon bald nach Gerdas Tod war es einsam um ihn geworden. Die Menschen vermissten sie. Ihn ließen sie links liegen, und wenn sie ihn einmal trafen, schauten sie zu Boden oder wichen ihm aus.

Den Augenblick, wenn sie erscheinen würde, fürchtete und erhoffte er gleichermaßen in einer eigenartigen Mischung aus Angst und Erregung. Nur ein einziges Mal war sie zu ihm zurückgekommen, zu kurz, um mit ihr reden zu können. Das war beim ersten Neumond nach ihrem Tod gewesen. Tote kehren nicht zurück, jeder Mensch musste das begreifen, auch er, doch trotzdem hatte er an ihrer letzten Ruhestätte ausgeharrt, um auf ihr Kommen zu warten. Er hatte lange Jahre mit ihr zusammengelebt und wusste, ihr Wille würde stärker sein als alle Gesetze der Natur.

Ihr Anblick in jener Nacht hatte ihn so erschreckt, dass er beinahe ohnmächtig geworden wäre. Es konnte kein Irrtum gewesen sein. Neben dem Grab, nur eine Armlänge von ihm entfernt, war ein bläulicher Nebel erschienen, wo kein Licht sein konnte. Der Nebel formte sich zu einer Frauengestalt, die Gerdas Züge trug. So jung war sie wieder! Sie sah sehr gut aus, hochgewachsen und viel schlanker als sie bei ihrem Tod gewesen war, aber sie war es wirklich gewesen. Er hatte sich nicht rühren können und kein Wort über die Lippen gebracht. Panik hatte ihn überfallen und er war zitternd zu seinem Auto gestürmt.

In jener Nacht hatte er Angst gehabt verrückt zu werden. Oder war er es schon?

Es war ein großer Fehler gewesen davonzulaufen, dachte er später. In den folgenden Neumondnächten hatte er bis zum Morgengrauen gewartet, aber er war allein geblieben. Viele Jahre waren mittlerweile vergangen, trotzdem wusste er, dass sie wiederkommen würde.

Irgendwann in einer der vielen finsteren Nächte hatte er das Quietschen des Tores gehört. Er war erstarrt und hatte den Atem angehalten. Hier hatte nach Einbruch der Dunkelheit niemand etwas zu suchen! Kein Mensch sollte wissen, dass er hier war. Weit unten sah er einen roten Punkt, der sich bewegte. Ein Mann, der rauchte? Oder war es eine Frau? Gerda? Nein Gerda war es nicht, sie würde nicht durch das Tor kommen, sie stieg aus ihrem Grab. Außerdem hatte sie niemals geraucht.

Mit einem Mal war der rote Punkt durch Baumstämme verdeckt gewesen. Vielleicht kam er noch näher, vielleicht nicht, er konnte es nicht erkennen. Doch dann hörte er Schritte, die sich vorsichtig näherten, Blätter raschelten, Steinchen knirschten unter Schuhen, während der rote Punkt langsam am Abhang höher stieg. Vermutlich glaubte da jemand, man höre ihn nicht. Aber er hatte ein sehr gutes Gehör. Wenn er hier an Gerdas Grab ausharrte, bemerkte er jedes kleinste Geräusch. – Nein, wer auch immer sich näherte, es war nicht der Geist eines der vielen Toten, die hier begraben waren. Was aber wäre, wenn ein ganz normaler Mensch heraufkäme und ihn hier entdeckte? Welche Erklärung würde er geben? Mit angehaltenem Atem hatte er gewartet und erleichtert gehört, wie sich die Gestalt bei den oberen Gräbern in die andere Richtung bewegte, weg von Gerdas Grab. Später hatte er den roten Punkt weiter unten in der Nähe des Tores bemerkt. Endlich hatte er sich wieder entspannen können.

Danach war jahrelang nichts Besonderes geschehen, aber er hatte nie daran gezweifelt, dass er Gerda wiedersehen würde.

Heute, als er sich in gewohnter Weise vor dem Grabstein niedergelassen hatte, drang eine Veränderung in sein Bewusstsein, eine, die ihn beunruhigte. Dann, mit einem

Schlag, begriff er, was es war. Es roch anders. Es roch, wie es in den zwanzig Jahren nie gerochen hatte. Das war ihm aufgefallen, gleich als er kam, aber er hatte dem keine Beachtung geschenkt. Jetzt begriff er: Es roch nach frischer Erde.

So schnell es seine alten Glieder erlaubten, erhob er sich. Er betastete die Erde. Ja, sie war ganz frisch. Statt Gras und Unkraut fühlte er grobe Schollen unter seinen Händen. Der aufgerissene Boden war beängstigend wie eine frische Wunde. Es gab nur eine Erklärung: Die Erde war so zerfurcht, weil Gerda ihr Grab verlassen hatte! Sie war hervorgekommen, als er nicht hier war, ihr Leib wieder vollständig, deswegen die zerwühlte Erde. Der Schreck nahm ihm den Atem. Hatte sie ihn vergeblich gesucht und war wieder verschwunden oder suchte sie ihn immer noch?

Er fürchtete sich noch mehr, als im Geäst der alten Bäume ein Käuzchen rief. *Wenn das Käuzchen ruft, stirbt jemand*, hatte seine Mutter gesagt. Gerda war schon lange tot, ihr konnte das Rufen nicht gelten, aber das Käuzchen gab keine Ruhe. »Kuwitt«, rief es. »Komm mit«. Galt das Rufen ihm? Ein zweites Käuzchen ließ sich über ihm nieder. »Huu – hu, hu, huu«, rief es, noch schauriger als das erste. Ganz nah bei ihm waren die beiden Vögel, so nah waren ihm die Todesboten noch nie gewesen. Er wagte kaum zu atmen, als könnte das leiseste Geräusch seine Anwesenheit verraten und der Sensenmann ihn finden, um die Prophezeiung seiner Mutter zu erfüllen. Immer wieder riefen die gespenstischen Vögel und flogen über seinem Kopf von Ast zu Ast. Nach einer Zeit, die ihm unendlich erschien, verschwanden sie so plötzlich, wie sie gekommen waren.

Wie spät mochte es jetzt sein? Mitternacht? Er hörte keine Glocken hier, die Kirche St. Cyriak in Sulzburg war zu weit entfernt. So wusste er niemals genau, wann Mitternacht war.

In der nun wieder völligen Stille war plötzlich das Quietschen des Tores zu hören. Er erschrak bis tief in den Magen hinein. Dann sah er ein helles Licht, ein zweites. Es war der Schein von Taschenlampen, die näher kamen und plötzlich an einer Stelle verharrten. Zwei Menschen? Oder waren es mehr als zwei? Sie mussten stehen geblieben sein. Aber was waren das für Geräusche? Keuchte da jemand? Oder war das ein hechelnder Hund? Oder mehrere Hunde? Stimmen hörte er nicht. Das Hecheln und die Lichter kamen näher, langsam, aber stetig. Was sollte er tun? Fliehen? Nach oben in den Wald? In seinem Alter vor Hunden davonlaufen? Unmöglich. Sie würden ihn finden. Die Geräusche waren nun bei den obersten Gräbern angekommen. Der Lichtstrahl einer Taschenlampe kam näher, fand ihn, blieb an seinem Gesicht hängen.

Es war die Polizei und sie suchte ihn. Er hatte sich schon lange nicht mehr vor einer Verhaftung gefürchtet, mit jedem Jahr war diese Angst weniger geworden. Nur in den ersten Monaten nach Gerdas Verschwinden hatte er an nichts anderes denken können. Es gab Zweifel an seiner Erzählung, Gerda sei von einer Reise nach Spanien, die sie allein unternommen hatte, ohne Erklärung nicht zurückgekehrt. Die Kriminalpolizei hatte ihn immer wieder aufgesucht, aber seine Verzweiflung hatte sie schließlich überzeugt. Seine Hoffnungslosigkeit und Trauer waren echt gewesen. Nicht etwa, weil er Angst um Gerda gehabt hätte und glaubte, ihr wäre etwas zugestoßen, nein, weil sie ihm fehlte. Mit ihr war es schlimm gewesen, aber viel schlimmer war es ohne sie. Zwar hatte sie immer den Sieg davongetragen, denn etwas anderes hatte er sich gar nicht vorstellen können, doch nach ihrem Tod war sein Leben sinnlos geworden ohne den Kampf, den sie Tag für Tag ausgefochten hatten.

Solange sie zusammen waren, hatte sie ihn lächerlich gemacht, ihn, den nur einen Meter und neunundfünfzig Zentimeter kleinen Mann mit der Halbglatze, dem nichts gelang. Sein vergebliches Auflehnen gegen Gerda hatte er gebraucht, denn der Kampf war sein Lebenselixier gewesen. Lange Jahre hatte er ihren Spott ertragen und getan, was sie wollte, genau bis zu dem unseligen Tag, an dem er beschlossen hatte, sein Leben zu ändern. Doch was er als Erfolg verbuchen wollte – ihr nächtlicher Tod unter seinen würgenden Händen – war zum Albtraum geworden und sein neues Leben war schlimmer als das bisherige.

Die beiden Polizisten waren nicht unfreundlich, ganz im Gegenteil. Seine Verhaftung hatte er sich schrecklicher vorgestellt. Durchaus höflich machten sie ihn darauf aufmerksam, dass seine Friedhofsbesuche schon seit einiger Zeit aufgefallen waren. Das parkende Auto in dunklen Nächten neben dem Friedhofstor war unübersehbar gewesen. Vor ein paar Tagen hatten Friedhofsbesucher neben dem kleinen Grabstein Knochen gefunden, die wohl ein Fuchs ausgegraben hatte. Sie passten ganz und gar nicht zu dem Toten, der hier vor langer Zeit bestattet worden war.

Ob er darüber Auskunft geben könne, wer die Tote war, deren Knochen man hier gefunden hatte, wollte einer der Polizisten wissen. Und vielleicht könne er auch sagen, wodurch sie zu Tode gekommen sei.

»Gerdas Knochen«, wisperte der kleine Mann und blinzelte in das grelle Licht der Taschenlampe. »Das sind die Knochen von meiner Frau, Gerda. Sie will, dass ich hier auf sie warte. Sie kennt mich, sie weiß, dass ich ihr gehorche. Sie wird wiederkommen und mich für ihren Tod bestrafen. Sie hat schon immer gesiegt.«

ZUR GESCHICHTE DES JÜDISCHEN FRIEDHOFS

Der jüdische Friedhof in Sulzburg entstand bereits in der Mitte des 16. Jahrhunderts. Als die Juden das badische Oberland nach 1577 verlassen mussten, verfiel der Friedhof. Im Jahr 1717 wurde das steile Gelände neben dem Sulzbach an der heutigen Badstraße wieder seiner ursprünglichen Bestimmung übergeben. Aus dieser Zeit stammt auch die kleine Friedhofshalle am Eingang.

Aus gutem Grund wurde das schwer zugängliche und kaum für Bauzwecke geeignete Gelände für den Friedhof ausgewählt, denn nach jüdischer Vorschrift darf ein Friedhof nicht aufgehoben werden. Die ewige Grabesruhe gehört zu den wichtigsten religiösen Vorschriften. Die Abgelegenheit der Ruhestätte mag auch der Grund gewesen sein, dass sie fast vollständig erhalten geblieben ist.

Der Friedhof war im November 1938 von Angehörigen des Reichsarbeitsdienstes geschändet worden, Grabsteine waren umgeworfen, Platten zerschlagen worden und die Juden hatten bis auf 27 Menschen wegen der Repressalien Sulzburg verlassen. Nach der Deportation der Gebliebenen nach Gurs im Oktober 1940 lebten keine Juden mehr in der kleinen Stadt, deren Einwohnerschaft einmal zu einem Drittel aus Juden bestanden hatte.

Nach 1945 wurden die Schäden am Friedhof so weit wie möglich wieder behoben. Begräbnisse fanden nicht mehr statt. Nur der in Sulzburg geborene Jude Hugo Bloch, dessen Initiative die Restaurierung der Sulzburger Synagoge zu verdanken ist, wurde seinem Wunsch entsprechend 1980 hier beigesetzt.

DIE AUTORINNEN UND AUTOREN

Beatrix Erhard
ist studierte Historikerin, ausgebildete Journalistin, praktizierende PR-Frau. Sie schreibt vorwiegend in den Genres Krimi, Thriller, Horror und historische Fiktion. Seit 2015 veröffentlichte sie Kurzkrimis und Erzählungen in Anthologien und als Hörbücher. 2022 erhielt sie ein Stipendium des »Förderkreises der Schriftsteller:innen in Baden-Württemberg« für ihr erstes Romanprojekt. Als leidenschaftliche Wanderin ist sie gerne im Schwarzwald unterwegs, wo sich sprichwörtlich hinter jedem Stein eine Anregung für eine spannende Geschichte findet.

Die Autorin lebt und arbeitet in Hohenlohe-Franken.

*

Thomas Erle
Geboren 1952 in Schwetzingen. 1971 Abitur, danach Studium in Heidelberg. In den 1970er Jahren ausgedehnte Reisen durch Lateinamerika, Asien und USA. 1983 Ergänzungsstudium in Stuttgart, danach 30 Jahre Lehrertätigkeit, zuletzt als Inklusionspädagoge.

Seit den 80er Jahren ausgedehntes Schaffen als Musiker und Schriftsteller. Erste literarische Veröffentlichung 2000, seither erschienen zahlreiche Romane und Kurzgeschichten.

Aktuell: Das Lied der Wächter (Fantasy-Trilogie, Gmeiner-Verlag). Thomas Erle ist verheiratet, hat zwei Kinder, lebt in Emmendingen bei Freiburg.

www.thomas-erle.de

*

Anne Grießer

geboren im Odenwald, studierte Bibliothekswesen, Ethnologie und Germanistik, bevor sie auf die »schiefe Bahn« geriet. Nach einigen Ausflügen ins seriöse Berufsleben (Bibliothekarin, Redakteurin) schreibt sie heute hauptsächlich über Mord und Totschlag. Als Autorin (Kurzgeschichte, Roman, Theater und Sachbuch), Dozentin, Lektorin und Krimi-Entertainerin schwingt sie in Freiburg die Feder und so manches blutige Theaterrequisit.

Sie ist die Initiatorin des Schreibwettbewerbs Freiburger Krimipreis.

www.anne-griesser.de

*

Renate Klöppel

ist promovierte Kinderärztin und Diplommusiklehrerin. Neben Sachbüchern schrieb sie unter anderem sieben Krimis. 2003 war sie Stipendiatin des Förderkreises Deutscher Schriftsteller in Ba-Wü. Für die Biographie *Die Schattenseite des Mondes, ein Leben mit Schizophrenie* (Rowohlt) erhielt sie 2007 den Horst Joachim Rheindorf-Literaturpreis. Nach weiteren Romanen erschien 2019 das Kinderbuch *Nico, Emmi und der Wetterfrosch* und 2021 der Kinderkrimi *Leon und Lotta finden den*

Schatz der weißen Frau. Renate Klöppel ist im Vorstand vom Trägerverein des Literaturhauses Freiburg und Mitglied bei den Bücherfrauen.

www.Renate-Kloeppel.de

*

Bernd Leix

Der Schwarzwald ist seine Heimat! Bernd Leix, 1963 in Klosterreichenbach geboren, hat Forstwirtschaft studiert, lebt in Freudenstadt und arbeitet dort als Personalratsvorsitzender des Landratsamts. Im Kinzigtal betreute er als Revierförster viele Jahrzehnte die Wälder rings um das Klosterstädtchen Alpirsbach. Seit 2005 hat er zahlreiche Regionalkrimis veröffentlicht, in denen Wald und Natur stets eine wichtige Rolle spielen.

Seine bislang zwölfbändige Oskar-Lindt-Krimireihe ist im Gmeiner-Verlag erschienen.

*

Anja Puhane

Die Mönchengladbacher Autorin Anja Puhane schreibt Kurzgeschichten in diversen Genres, von denen zahlreiche in Anthologien veröffentlicht wurden. Ihre spezielle Leidenschaft sind Krimis mit überraschenden Wendungen und oft rabenschwarzem Humor. Seit sie an der Rowohlt Krimischule teilgenommen hat, ist ihr erklärtes Ziel, endlich einen Kriminalroman zu veröffentlichen. Allerdings kommt nach dem Motto »in der Kürze liegt die Würze« immer wieder eine Kurzgeschichte dazwischen. Und im Rahmen der Recherche zum Freiburger

Krimipreis ist sie nun auch noch der Faszination der Lost Places erlegen.

*

Andre Rober
geboren 1970 in Freiburg im Breisgau, studierte Volkswirtschaftslehre und arbeitete nach dem Abschluss mehrere Jahre für Banken im In- und Ausland. 2012 veröffentlichte er sein Erstlingswerk *Sturmernte*, einen in seiner Heimat verorteten Kriminalroman. 2014 musste er seinen bürgerlichen Beruf aus gesundheitlichen Gründen aufgeben und widmete sich seitdem vermehrt der schriftstellerischen Tätigkeit. Bis heute hat er drei weitere Thriller veröffentlicht und schreibt seit einigen Jahren neben der Arbeit an seinen Romanen auch kriminelle Kurzgeschichten.

*

Barbara Saladin
wurde an einem Freitag, den 13. im Jahr 1976 geboren und lebt in einem kleinen Dorf im Oberbaselbiet/Schweiz, wo sie als freie Journalistin, Krimi- und Sachbuchautorin, Auftragstexterin, Fotografin und Ghostwriterin arbeitet. Ihre literarischen Tatorte befinden sich schwerpunktmäßig im Nordwestschweizer Jura und an der rauen Nordseeküste, aber auch gerne mal irgendwo dazwischen. Barbara Saladin liebt Tiere und baut sie und ihre Sichtweisen deshalb gerne in ihre Geschichten mit ein.

www.barbarasaladin.ch

*

Susanne Tägder
stammt aus Heidelberg. Sie arbeitete als freie Journalistin, Anwältin und Richterin und lebte mehrere Jahre im Silicon Valley. Mittlerweile wohnt sie mit ihrer Familie in Rüschlikon bei Zürich. Ihre Kurzgeschichten und Essays sind in Literaturzeitschriften und Anthologien in Deutschland und der Schweiz erschienen. Für ihren in Arbeit befindlichen ersten Kriminalroman hat sie 2022 einen Werkbeitrag Literatur des Kantons Zürich erhalten.

*

Ella Theiss
ist das Pseudonym der Journalistin Elke Achtner-Theiss, die seit rund 30 Jahren in Südhessen, in der Nähe von Darmstadt lebt. Sie hat Germanistik und Sozialwissenschaften studiert, anschließend mehr als 30 Jahre als Redakteurin, PR-Texterin und Sachbuchautorin gearbeitet, insbesondere im Themenbereich Ökologie und Bio-Lebensmittel.

Heute schreibt sie vor allem Romane und Erzählungen. Mit ihrem Kurzkrimi *Der Versager* gewann sie 2013 den 2. Freiburger Krimipreis. Weitere Texte wurden prämiert oder für Literatur- und Krimipreise nominiert.

www.ellatheiss.de

*

Sarah Tischer
geb. Braun, Jahrgang 1987, wuchs am Bodensee auf. Nach ihrem Studium in München (mit diversen Auslandsaufenthalten und Praktika) arbeitete die Diplom-Volkswirtin in

Zürich, bevor sie sich 2015 im nördlichen Schwarzwald, in Igelsberg bei Freudenstadt ein altes Bauern- und Pensionshaus kaufte und renovierte. Seit 2017 ist sie Gastgeberin der Black Forest Lodge. Neben dem Laufen macht sie auch gerne anderen Sport wie Yoga und erkundet den Schwarzwald wandernd und auf dem Rad. Außerdem schreibt sie Kurzgeschichten.

www.black-forest-lodge.eu

*

Daniel Walter
ist studierter Architekt, hat unter anderem fürs Theater Lichtdesign und Bühnenbilder entworfen, diverse Artikel in Computer-Fachzeitschriften und zwei Fachbücher zu den Themenbereichen DIY (Do it yourself) sowie Open Source veröffentlicht und arbeitet aktuell als Grafikdesigner.

Ansonsten ist er Vater zweier Söhne, bekennender Anarchist, glaubt an die Neugierde als Quelle der Lebensfreude und hat selbstverständlich den unvermeidlichen unveröffentlichten Lokalkrimi in der Schublade.

*

Ute Wehrle
ist gebürtige Freiburgerin und studierte Touristik-Betriebswirtschaft in Heilbronn. Die langjährige Redakteurin einer Tageszeitung arbeitet seit 2015 als freie Autorin und Journalistin. Von ihr sind bereits zahlreiche Krimis erschienen, die in Freiburg, am Bodensee und im Schwarzwald spielen. Daneben hat sie Kurzgeschichten in ver-

schiedenen Krimi- und Science-Fiction-Anthologien und Sachbücher zu kulturgeschichtlichen Themen in Freiburg und im Schwarzwald veröffentlicht.

*

Joan Weng

geboren 1984, studierte Germanistik und Geschichte und promovierte über die Literatur der Weimarer Republik. Für ihre literarischen Arbeiten wurde sie vielfach mit Preisen und Stipendien ausgezeichnet.

Im Aufbau Taschenbuch sind die Romane *Die rote Tänzerin*, *Amalientöchter*, *Das Café unter den Linden*, *Die Frauen vom Savignyplatz* und *Die Damen vom Pariser Platz* sowie die Kriminalromane *Feine Leute* und *Noble Gesellschaft* lieferbar.

www.joanweng.de

Weitere Titel finden Sie bei uns im Internet:
WWW.GMEINER-VERLAG.DE

DIE NEUEN Lieblings-plätze

GMEINER KULTUR

WWW.GMEINER-VERLAG.DE
Mensch, Kultur, Region